替天行盜
石章魚 著
卷2
瞞天過海

身分和門檻皆由自己的本心而生

沒有人擋著你，也沒有門檻攔著你

其實這世上的多半煩惱，都是自己找來的

目錄

CONTENTS

第一章

吐真劑

葉青虹問到了劉同嗣心底最深處的秘密，
他正在竭力抗拒，避免回答她的問題，
可是在藥效的作用下，他的口舌仍然不受控制，
葉青虹的聲音彷彿擁有著不可抗拒的魔力，
他顫聲道：「我不知道……我不知道……」

瞎子遠遠眺望著，先是葉青虹和劉同嗣一起進入了書房，然後又看到羅獵和謝麗蘊一起向書房走去。

偽裝成侍者的麻雀再度來到瞎子身邊，小聲道：「他們若是得手，我們馬上撤退。」

瞎子從托盤中拿起了一杯紅酒，猛灌了一口道：「好事多磨，總覺得沒那麼容易。」

麻雀白了他一眼：「真把自己當半仙了？少喝點，小心酒醉誤事！」

瞎子道：「我就那麼點愛好。」心說美女沒我份，美酒我多喝點怎麼了？

在聽到羅獵傳遞的敲門信號之後，葉青虹打開了房門，羅獵帶著已經被他成功催眠的謝麗蘊走入書房內，掃了一眼躺在上的劉同嗣，羅獵低聲問道：「如何？找到了沒有？」

葉青虹搖了搖頭：「他並沒有帶在身上！」

謝麗蘊雙目茫然，望著葉青虹喃喃道：「你是誰？我好像從沒見過你……」話沒說完，葉青虹已經揚起手來，在她頸後給了一記，砸得謝麗蘊暈了過去，羅獵想要阻止已經來不及了，看到葉青虹下手如此冷酷果決，心中暗歎女人何苦為難女人，論到辣手摧花還是女人更狠心一些。他不由得暗自歎息，謝麗蘊本來還有用處，他已經將謝麗蘊成功催眠，原本希望從劉同嗣口中問出結果，然後再利用謝麗蘊進行掩護，得手之後，神不知鬼不覺地離開劉公館，可他的計畫已經被葉青虹魯莽地破壞了。

葉青虹將謝麗蘊雙手捆了，然後又從她衣服上撕下一塊布塞入她的嘴巴裡。這會兒功夫，羅獵又把劉同嗣裡裡外外搜了一遍，果不其然，並沒有找到那枚銀質的七寶避風塔符，葉青虹來到他身邊低聲道：「怎麼辦？」

羅獵沒有馬上回答，葉青虹掏出暗藏的袖珍手槍：「我不信問不出實話！」

羅獵伸出手去將她的手槍推到了一邊，然後從裡面的口袋中取出一個煙盒，打開煙盒，裡面並沒有香煙，而是暗藏著玻璃注射器。葉青虹不解地望著他，羅獵此前並未將這些事全盤相告，這廝對自己果然有所隱瞞。

羅獵道：「他戒心很重，我沒有足夠的把握可以催眠他，所以不得不借助這種方法。」他熟練地敲開針劑，用注射器抽吸其中的藥液。

「裡面是什麼？」

羅獵道：「吐真劑！適量的吐真劑，再加上我的引導，他就會老老實實交代清楚。」揚起注射器將針管刺入劉同嗣的頸部。

謝麗蘊此時悠然甦醒，惶恐地看著眼前的一切，葉青虹走了過去，又撕下她的一塊衣服將謝麗蘊的眼睛蒙住。

因為針扎的疼痛，劉同嗣居然從麻醉中醒了過來，他睜開雙眼，腦子裡雖然殘存者些許的意識，可是他並沒有搞清眼前的狀況，視野中看到的全都是虛幻的重影。

羅獵道：「瑞親王曾經送給你一枚純銀護身符，你把它放在了哪裡？」

羅獵的聲音在劉同嗣聽來節奏極其緩慢而且低沉，仿若來自九天之外，又好像是發生於夢境之中。他竭力睜開雙目，心中想著千萬不能說，可是他的嘴巴卻不受意識的控制，低聲道：「我……我放在臥室的保險櫃裡……」

葉青虹心中暗暗驚喜，想不到羅獵的吐真劑果然奏效，她湊上來問道：「保險櫃在什麼地方？」

劉同嗣道：「就在床後夾牆內。」老奸巨猾的劉同嗣在吐真劑的作用下將這件事交代得清清楚楚，甚至連保險櫃的密碼也老老實實說了出來，葉青虹問完，向羅獵道：「你去跟瞎子會合，把東西取回來，我負責轉移他們的注意力。」

羅獵點了點頭，這邊的事情自然要交給葉青虹收尾，低聲道：「你儘快離開這裡。」

葉青虹應了一聲，羅獵出門之前不禁又回頭看了她一眼，葉青虹也在看著他，嫣然一笑道：「你自己多加小心。」

羅獵離開書房，很快就留意劉公館的管家東生正朝這邊看來，先是劉同嗣和葉青虹走入書房，然後又看到羅獵和三姨太謝麗蘊一起進去，而現在是羅獵一個人走出來，雖然東生心中奇怪，可是沒有主人的吩咐他是不敢貿然進入書房一探究竟的。

葉青虹選擇留在書房內也是為了避免外人生疑，如果她和羅獵同時離開，必會引來懷疑，她留在書房內，會給他人一種劉同嗣夫婦仍在書房內會客的錯覺。

當然葉青虹的目的不僅如此，羅獵離去之後，她再度將書房的房門反鎖，來到劉同嗣面前，趁著吐真劑的藥效沒過，低聲問道：「你將圓明園福海下面的密藏轉移到了什麼地方？」

劉同嗣拚命搖頭，葉青虹顯然問到了他心底最深處的秘密，他正在竭力抗拒，避免回答她的問題，可是在藥效的作用下，他的口舌仍然不受控制，葉青虹的聲音彷彿擁有著不可抗拒的魔力，他痛苦地閉上了雙目，顫聲道：「我不知道……我不知道……」

「你撒謊，是你出賣了自己的主子，背著他轉移了密藏，又向敵人提供他的去向……」

「不是我……不是我……是弘親王載祥……」劉同嗣滿臉是汗，他竭力想從目前的狀態中清醒過來，可是始終未能如願。

葉青虹聽到弘親王的名字，內心不由得一怔，秀眉顰起，俏臉之上現出疑雲：「你撒謊！弘親王分明已經死了！」

「我沒有……我沒騙你……我也是受害者……我本想跟他合作，可是他卻背信棄義……他沒死……」

「他在哪裡？」

「我不知道，我真的不知道，不過……有人見過他……一年前他曾經在漢口出現過……」

葉青虹從右腿的外側抽出匕首，在劉同嗣的眼前晃動，冷冷道：「你最好老老實實交代，不然我現在就殺了你！」

羅獵來到瞎子的身邊，看了看書房的方向，仍然房門緊閉，葉青虹到現在還沒有出來，他心中隱然覺得有些不對，葉青虹該不會趁著這個機會手刃仇人吧？東生的目光仍然追蹤著羅獵，雖然相隔遙遠，羅獵仍然從他的目光中感受到了他內心的懷疑，低聲向瞎子道：「情況有些不對，停電之後馬上展開行動！」

瞎子低聲道：「葉青虹好像還沒出來。」

羅獵心中暗忖，葉青虹應該不會有什麼危險，書房內的兩個人都不可能對她構成任何的威脅，反倒是葉青虹有可能傷害到他們兩個。雖然他答應麻雀不會殺死劉同嗣，他也特地交代了葉青虹，可是行動一旦開始，很多事情就偏離了他的控制，劉同嗣的生死目前掌控在葉青虹的手中。這是一個巨大的風險，如果葉青虹此行的目的是為了報仇，那麼她十有八九不會放過這個手刃仇人的機會，一旦如此，他們的處境必然變得凶險重重。

羅獵走向扮成侍者的麻雀，從托盤中拿起一杯紅酒，麻雀提醒他道：「那管家應該是懷疑了，正在向書房走去。」

羅獵喝了口酒，眼角的餘光向書房望去，果然看到東生向書房走了過去，低聲道：「馬上行動！」

東生來到書房門前，伸手敲響了房門，輕聲道：「老爺，夫人，外面客人都等著您們去招呼呢。」

正在竭力對抗葉青虹詢問的劉同嗣突然清醒了一些，他睜大了雙目，喉頭發出一聲嘶吼：「救命……」他的聲音雖然不大，可是足以讓門外的東生聽到，東生臉色勃然一變，他向後退了幾步然後用肩膀狠狠撞擊在房門之上，就在房門發出蓬的一聲悶響的同時，現場突然停電，陷入一片黑暗之中。

黑暗讓參加酒會的人們出現了短時間的慌亂，有些女客人因為這突然的意外而發出嬌呼，反而掩蓋了東生的撞門聲。

葉青虹揚起手槍的槍托狠狠砸在劉同嗣的面門上，將劉同嗣砸暈了過去，然後她抽出匕首，迅速割下了劉同嗣的兩隻耳朵，然後迅速衝向書房的窗戶，推開窗戶，向外輕盈跳了出去。

東生撞開了房門，眼前的黑暗讓他不敢貿然出手，第一時間擦亮了火柴，看到了葉青虹的身影跳出了窗外，東生並沒有追趕上去，借著火柴的亮光看到了昏倒在地上的劉同嗣和謝麗蘊，劉同嗣滿臉都是鮮血，兩隻耳朵已經被人割去，躺在地上一動不動不知是死是活。東生爆發出一聲怒吼：「來人！有刺客！」

葉青虹剛剛跳出窗外，就有兩名荷槍實彈的警衛循聲從外側趕來，其中一人舉槍瞄準了葉青虹，只是他的手剛剛舉起，暗夜中就響起了一聲清脆的槍響，子彈從那名警衛後腦勺射入，從他的額頭射出，紅色的鮮血白色的腦漿在月光下如煙花般綻放，警衛的身體晃動了一下撲倒在地上。

另外那名警衛想要去找隱蔽的地方，可是念頭剛剛生起，還沒有來得及行動，又一顆子彈從他的右眼射入。兩聲槍響，雙雙爆頭，狙擊手槍法精準，內心冷酷。

劉公館西南方的教堂鐘樓之上，一身黑色勁裝的陸威霖酷勁十足，英俊的面龐宛如大理石雕塑一般不苟言笑，冷峻的目光從瞄準鏡中捕捉著四百米外的目標，他用的這支步槍是毛瑟九八，這款步槍也是一戰時德軍的標準步槍，槍機為旋轉後拉式，口徑七·九二公釐，固定式彈倉，五發橋式彈夾裝彈。四倍瞄準鏡。射殺目標之後，陸威霖馬上拉動槍栓手動上彈，動作準確而迅速。今晚他的任務就是要掩護葉青虹撤退，利用手中的這支狙擊槍，他可以清除掉任何危及到葉青虹安全的目標。

一輛黑色轎車早已提前啟動，在葉青虹逃離劉公館之後馬上前往接應，陸威霖接連清除掉四名意圖阻攔的警衛之後，葉青虹成功來到轎車前，從開啟的車門跳了進去。

黑色轎車調轉方向，朝著大門處加速駛去，葉青虹並非捨棄羅獵於不顧，這是他們事先擬訂的方案，在劉公館斷電之後，葉青虹負責吸引主要的注意力，在她牽制住劉公館多半力量之後，仍然羈留在劉公館的羅獵和安翟兩人可以趁機展開行動，然後混在人群中離開。

「關門！關上大門！」門前負責值守的劉公館警衛慌忙關上大門，意圖阻止葉青虹乘車逃離。

陸威霖移動槍口，瞄準鏡映射出孤月的寒光，槍聲連續響起，三名意圖關閉大門的警衛被他接連擊殺，槍槍爆頭，百步追魂，例不虛發，黑洞洞的槍口在黑沉沉的夜色中噴發出點點槍火，有若星光般璀璨。

陸威霖的雙目也因陣陣槍聲而變得明亮，他似乎聞到隨著寒風飄來新鮮血腥的味道，每當這種時候他的內心深處總會感到興奮，或許冷酷和嗜殺早已深藏於他的血液之中，陸威霖更換彈夾，然後瞄準了一輛剛剛啟動意圖追逐葉青虹的汽車，在他準備擊殺司機的那一刻突然又轉變了念頭，槍口微微朝下偏出一些，瞄準了汽車的右前輪，果斷扣動扳機。

車胎應聲而爆，汽車因為失控而向右偏出，將一名不及閃避的男子碾壓於車輪之下，現場傳出一聲撕心裂肺的慘叫。

載著葉青虹的那輛汽車也得以成功擺脫後車的追蹤，衝出劉公館的大門，向外面疾馳而去。

整個劉公館仍然處於一片黑暗之中，人們驚慌失措地向外面衝去，慌亂中有人被推倒在地，傳來陣陣驚呼哭喊之聲，黑暗中管家東生大聲道：「大家不要驚慌，請待在原地，我們可以保證大家的安全。」他雖然努力想要將場面穩定下來，可是外面接二連三響起的槍聲卻讓客人們心驚肉跳，大廳內已經是亂成一團，到處都是惶恐的哭聲和尖叫。

黑暗對安翟來說卻是大展身手的絕佳時機，他和羅獵一前一後向二樓走去，羅獵雖然沒有安翟黑夜中視物的本領，可是他的聽力非常敏銳，緊跟瞎子的腳步，兩人之間極度默契，悄然繞過人群，來到二層，在二樓的樓梯入口處，有兩名警衛守在那裡，他們原本就負責在那裡駐守，避免有客人進入二樓的私密區域，可是這場突如其來的停電，讓兩名警衛也陷入惶恐之中，他們不安地向周圍努力看著，因為職責所在，一時間不敢離開。

瞎子左手伸向身後阻止羅獵繼續向前，自己則躡手躡腳來到樓梯口處，繞到兩人的身後，然後展開手臂，猛然抓住兩人的腦袋向中間用力一拉，兩名警衛頭對頭重重撞在一起，一聲不吭地倒了下去，羅獵和瞎子分別抱住一人的身體，避免他們從樓梯上滾下去引起恐慌。瞎子從兩人身上卸下了兩把擼子。又找到了一把匕首，此時大廳內燈光亮起，卻是劉公館的人點燃了蠟燭應急照明。

羅獵低聲催促道：「快！」

瞎子將匕首扔給了羅獵，之所以沒有分給他一把手槍，是因為他清楚羅獵從不用槍。瞎子先行向劉同嗣的臥室摸去，羅獵將兩名警衛拖到二樓的走道內，推開洗漱間，將兩人先後塞了進去。

大廳內因為燭光的出現，眾人的情緒明顯穩定了一些，外面的槍聲仍然在不斷響起，槍聲每次響起總會引起一片尖叫，這槍聲也打消了客人即刻逃離劉公館的念頭，現在這種時候，留在公館內才是最安全的。

琉璃狼鄭千川鬼魅般出現在東生的身邊，低聲道：「署長怎麼樣？」

「還好！被人用了迷藥，現在意識不清，性命並無大礙！」

槍聲打斷了東生的話，他怒道：「就算搜遍整個瀛口也要把兇手找出來。」

鄭千川冷笑道：「聲東擊西，外面的動靜意在吸引大家的注意力，我敢斷定，他們還有同黨就在公館內。」

東生經他提醒，抬頭向二樓望去，發現負責值守樓梯口的兩名警衛已經失去了蹤影，他心中暗叫不妙，此前在佈置安防的時候，他特地交代過，無論發生任何事，那兩人都要守住二樓的通道，不可讓任何人進入，現在居然看不到兩人的身影，應當不是他們違抗命令擅離職守，琉璃狼的話應驗了，十有八九有人潛入了公館內部。

鄭千川道：「外面的事情我幫你料理，公館裡面的事情你自己解決。」他說完快步向公館外走去，隨同他一起離去的還有兩名健壯的男子。

陸威霖確信葉青虹已安全撤離，他把狙擊槍斜背在身後，向下一個伏擊點轉移，剛才狙擊的槍火在轉移敵人注意力的同時難免暴露他的藏身點，在對方前來搜索之前，他必須抵達下一個伏擊點，在預訂的計畫中，陸威霖還要執行牽引敵方注意力的任務，將對方力量吸引的時間越久，留給羅獵和安翟的時間就越多。

陸威霖拽了拽事先縛在鐘樓橫樑上的繩索，確信結實可靠，這才沿著繩索滑落，距離下方屋頂還有兩米左右距離的時候，放開繩索，騰躍到屋頂上，通過瞄準鏡向下方望去，卻見數十名聞訊趕來的軍警已經率先來到了劉公館前，一支小隊同時迅速向鐘樓的位置靠近。

陸威霖搖了搖頭，沿著屋脊大步飛奔，靠近邊緣的剎那，他騰空而起，飛躍過近兩米的空隙，落在下一棟房屋的頂部，下一個伏擊點位於劉公館的東南，他只需再拖延對方一段時間，就可以功成身退。奔跑中陸威霖抬起左腕看了看時間，從停電到現在已經過去了接近五分鐘，如果再能拖延五分鐘，羅獵和瞎子應該可以圓滿完成他們的任務。

陸威霖再度騰躍而起落在對面的屋脊之上，他的腳步剛剛落下，就看到一道身影趴在屋脊之上，陸威霖周身的神經瞬間緊繃了起來，出於本能的反應，他的身軀迅速撲倒下去然後沿著傾斜的屋簷向下方滾落。

蓬！蓬！連續兩聲槍響，子彈貼著陸威霖的身體呼嘯低飛，陸威霖驚出了一身冷汗，跌出屋簷的時候他保持著面部朝上的姿勢，雙手從腰間掏出了勃朗寧手槍瞄準屋脊上潛伏在那裡的敵人連續射擊。

對方剛剛射空了兩槍，正準備瞄準目標完成第三次發射，可是陸威霖已經搶在他之前完成了兩次射擊，子彈穿透伏擊者的身體，伏擊者沿著傾斜的屋頂慘叫著滾落下去。

陸威霖四仰八叉地摔倒在地面上，他的身體剛剛接觸地面，顧不上高空墜落的疼痛，就拚命撞開房門衝入其中，他是第一流的殺手，對於死亡有著超人一等的嗅覺，一排子彈傾瀉在他剛才墜落的地方，在地面上留下一個個彈坑，黑色的凍土帶著硝煙和冰屑瀰散在夜色中。

陸威霖驚魂未定地轉身望去，透過敞開的房門，看到銀色的月光下，一個黑色的棒槌正翻轉著向房內飛來。陸威霖的瞳孔因為惶恐而擴展，他跳上火炕用自己的身體撞擊在紙糊的木格窗上，在他撞開木格窗的剎那，聽到身後傳來一聲驚天動地的爆炸，然後他的身體彷彿被一雙無形的大手用力甩了出去，整個人如同斷了線的風箏一般被手榴彈爆炸的衝擊波震飛，飛出足足十多米的距離，撞擊在後院的土牆上，風化嚴重的土牆根本承受不住這巨大的衝擊力，轟然倒塌，一時間泥土飛揚。

陸威霖還未從地上爬起，一個身影已經出現在煙塵之中，手中的槍口瞄準了陸威霖的心口。

呯！槍聲響起，陸威霖下意識地低下頭去，卻見自己的胸口完好無恙，再看舉槍瞄準自己的男子已經搖搖晃晃倒了下去，不遠處現出一個朦朧的身影，低沉的聲音道：「你欠我一條命！」

爆炸的餘波讓整個劉公館為之晃動，驚慌失措的賓客紛紛四散逃離，而劉公館的警衛卻已經將各個出口封閉，一是為了防止潛入者趁亂逃出，還有一個原因是為了保護前來的賓客，畢竟外面隱藏的狙擊手短時間內已經接連槍殺五人，一時間大廳內陷入更加惶恐的氣氛中。

瞎子和羅獵兩人合力取下臥室內的油畫，敲了敲油畫背後的牆板，果然發出空空的聲音，敲開這塊牆板，藏在後方的保險櫃出現在兩人的面前，爆炸剛好在此時發生。

兩人腳步踉蹌了一下，相互扶住對方，彼此對望了一眼，瞎子忍不住道：

「我靠，打仗嗎？這麼誇張？」羅獵示意他繼續，自己則快步來到窗前，小心拉開窗簾的一角，透過玻璃窗向外望去，卻見劉公館的東南方煙火升騰，爆炸應該是在那裡發生，心中想起了負責在週邊接應的陸威霖，希望他不要遇到麻煩才好。耳邊忽然傳來一陣腳步聲，由遠及近，分明朝著這邊而來。

瞎子也覺察到外面的動靜，停下手中的動作，將兩把擼子掏了出來。兩兄弟一左一右躲在房門的兩側，他們進入臥室之前已經用衣櫃將房門抵住。彼此交遞了一個眼神，瞎子手握雙槍，原本梳理得一絲不苟的頭髮也垂落到了額頭上，他向上吹了口氣，將那縷亂髮重新吹到頭頂。在海員俱樂部的時候才是瞎子第一次用槍，不過雖然是第二次用槍，可這次顯然要比上次穩健了許多。

羅獵撩開皮風衣，從腰間抽出兩枚飛刀，對方來得要比他預想中更快一些，看來應當是葉青虹那邊出了問題。就在兩人嚴陣以待，準備和對方展開一場激戰的時候，一聲驚天動地的爆炸從公館內部響起，爆炸發生在公館的地下室，爆炸從地底發生，整座劉公館劇烈晃動起來，客廳巨大的水晶吊燈也從屋頂墜落下來，人群四散逃離，水晶燈摔在地上，水晶珠迸射的到處都是，爆炸引起的火勢迅速燃燒了起來，濃煙從地下室向上躥升出來，這次的爆炸讓正在靠近臥室警衛暫時放棄了搜索，匆匆向爆炸地點趕去。

羅獵和瞎子都被這聲爆炸震得心血沸騰，外面紛雜的腳步聲已經遠去，羅獵向瞎子做了個手勢，示意他去開保險櫃。

瞎子仍然處在爆炸後的耳鳴之中，他搖搖晃晃來到保險櫃前，按照羅獵問出的數字擰動密碼盤，果然順利將保險櫃打開。打開事先準備的口袋，不管三七二十一，將保險櫃裡面的金銀細軟全都裝到其中。氣喘吁吁地來到羅獵身邊，做了個OK的手勢。

羅獵將房門拉開一條細縫，瞎子舉目向外面望去，外面濃煙滾滾，縱然他能夠暗夜視物，卻無法穿透煙霧，羅獵將房門關上，來到窗前，從窗口向下望去，卻見下方聚集著十多名警衛，公館內的賓客也在不斷疏散到這裡，想要在眾目睽睽之下從窗口逃離顯然是不可能的。

瞎子撕下被單，蒙住口鼻，甕聲甕氣向羅獵道：「咱們從正門出去！」

羅獵點了點頭，來到門前，卻聽到外面傳來腳步聲，慌忙舉起飛刀，房門被輕輕敲響，羅獵傾耳聽去，卻是他們事先約定的暗號，羅獵和瞎子聯手將衣櫃推開，一個窈窕的身影衝破煙霧出現在他們面前，卻是穿著侍者衣服戴著奇怪面具的麻雀。麻雀所戴的面具卻是一款新近發明的軍工產品，一戰的時候，德國軍隊為了爭奪比利時伊泊爾地區，釋放了一百八十噸氯氣，導致五萬名英法聯軍士兵中毒死亡，毒氣蔓延控制的區域，動物也幾乎死亡殆盡，可這一區域的野豬卻倖存了下來，原來野豬聞到刺激性的氣味後，就用嘴拱地，躲避氣味對鼻子的刺激，而土壤被拱鬆之後，鬆軟的顆粒又對毒氣起到了吸附和過濾的作用，後來俄國化學家捷林斯基根據這一原理發明了防毒面具，並迅速在歐洲列國推廣開來。

不過這玩意兒在目前的中國還非常罕見，瞎子看到麻雀這身打扮，還以為她戴上面具是為了防止別人認出，覺得實在是有些誇張，禁不住笑了起來，只笑了一聲，就被濃煙嗆得劇烈咳嗽起來，還好劉公館內的人群已經向外疏散，不然他誇張的咳嗽聲一定會將他們暴露。

麻雀將兩只面具分別遞給了羅獵和瞎子，幫他們將面具戴上。羅獵和瞎子都是第一次使用防毒面具，戴上後方才知道這醜陋如豬嘴般面具的用處，暢快的呼吸兩口，心中的愉悅和舒爽實在難以形容。

麻雀在前方引路，瞎子居中，羅獵斷後。劉公館內到處都是濃煙瀰漫，每個人都忙著向外逃生，根本無人關注他們三個。麻雀並未選擇從正門逃出，而是帶著他們進入位於一樓的廚房，指揮羅獵和瞎子兩人合力掀開靠近水槽處的污水口，麻雀率先跳了下去。

瞎子歎了口氣也跟著進去，羅獵最後一個進入，打開手電筒，廚房下暗藏的排水洞直徑約有一米，雖然在下水道中已算得上寬闊，可用來通行仍然捉襟見肘，即便是身姿窈窕的麻雀也要匍匐前行，羅獵還算爬得從容，可是對身材臃腫的瞎子而言，實在有些困難，這廝如豆蟲一般蠕動，爬行的速度明顯緩慢，一會兒功夫就被麻雀甩開近三米的距離。不過還好有羅獵殿後。更倒楣的是，這排水洞中存有不少的污水，雖然帶著防毒面具可以過濾水道裡渾濁的空氣，可他們的衣服卻無法隔絕污水，冰冷的污水很快就沾濕了他們的衣服，浸泡著他們的肌膚，刺骨寒冷煎熬著他們的肉體，瞎子心中暗歎，早知如此，就應該提前準備一下，有生以來還從未嘗試鑽過排水道，來時風風光光，走時如此狼狽。

羅獵比瞎子也好不到哪裡去，如果不是麻雀引路，他或許會選擇大搖大擺地走出劉公館的大門，混入人群，趁著亂糟糟的局面逃走，明明可以堂堂正正地走出去，偏偏要選擇最見不得光的方式逃出劉公館，無論羅獵心中怎樣懊悔，事已至此也只能硬著頭皮繼續爬下去。

瞎子停止了挪動，卻是前方管道的接縫處變窄，他碩大的屁股卡在了那裡，為了擠過去，這廝一邊收腹一邊不停地擺動屁股。

羅獵跟上去，伸手在他屁股上用力一推，瞎子雙手趴在地上用力向前方拱去，可能是太過用力，一個響屁繃不住放了出來。

羅獵這個鬱悶，雖然帶著防毒面具，可瞎子的這個響屁卻結結實實砸在自己的臉上。瞎子也意識到發生了什麼，無意中占了羅獵這麼大一個便宜，心中這個美啊，禁不住哈哈大笑起來，這一笑，又崩出一個響屁。

羅獵氣得一拳打在他的屁股上，瞎子痛得一縮屁股居然從管道的狹窄處擠了過去，因為擔心羅獵報復自己再下黑手，瞎子在下水道內手足並用，爬行速度比起剛才居然快了一倍。

羅獵無奈搖頭，還好帶著豬頭面具，不然今天可虧大了。

通過前方的狹窄處之後，管道明顯增粗，卻是他們進入了主管道，劉公館的幾條排水管道彙集於此，通過主管道排入公館東北約五十米的小河。

麻雀已看到了出口的月光，距離出口兩米左右有拇指粗細的鐵柵欄阻隔，修建下水道的時候就已經考慮到防盜措施，提防有賊通過下水道潛入公館內部。

鐵柵欄事先已經被人鋸開了大部分，只有一丁點相連，麻雀倒轉身體，抬腳將柵欄踹斷，然後從缺口中爬了出去。

瞎子跟著從缺口中爬了出去，轉身看了看羅獵，這貨還在兩米之外，沒有像剛才跟得那麼緊，顯然是預防自己再度向他放毒，這就是吃一屁長一智。

麻雀抓住排水口的下緣小心滑落下去，小河已經結冰，冰面距離排水口的下緣還有兩米高度。

羅獵最後一個來到河面上，他們已經成功脫離了劉公館的範圍，仍然可以聽到劉公館方向傳來的哭喊聲，呼救聲。麻雀在前方引路，沿著小河冰面向西走了三百米左右，爬上河岸，岸邊不遠有一座茅草屋，麻雀示意兩人在外面等著，她推門進去，從裡面將房門插上，沒多久就換了一身棉衣出來，低聲向羅獵道：「裡面有替換衣服，你們先換上。」

羅獵和瞎子身上被污水濕透，兩人在寒風中早就凍得瑟瑟發抖，聽說裡面有替換衣服，忙不迭地衝了進去，瞎子挑了套肥大的棉衣換上，羅獵也第一時間脫掉身上的衣服換上乾燥的棉服，穿上之後居然非常合身，看來麻雀此前準備得非常充分。

重新來到外面，看到麻雀站在岸邊，眺望著劉公館的方向，那裡仍然是火光沖天。

麻雀輕聲道：「希望今晚不會有無辜的人送命。」其實心中明白，剛才的槍擊和爆炸已經有不少人送命。

瞎子在他們身後轉著圈兒，卻是想摘掉防毒面具卻不知從何下手，羅獵走過去幫他將豬頭面具摘下，瞎子用力吸了口氣道：「憋死我了！」話剛說完，腦門子上挨了羅獵重重一個暴栗，瞎子忍痛摸了摸腦袋，心中卻明白這廝是報復自己剛才對他兩度放毒來著。

麻雀道：「趁著他們還沒有展開搜索，咱們儘快離開這裡！」

火勢很快就被控制住了，初步判斷著火點和爆炸點並非發生在同一個地方，爆炸發生在公館的地下室，著火點卻是傭人房，當時公館的傭人全都在工作，傭人房反倒空無一人，這也給潛入者縱火創造了便利條件。

爆炸和燃燒真正的目的應當是吸引他們的注意力，清醒之後的劉同嗣，感覺耳邊傳來劇痛，伸手一摸，黏糊糊的全是鮮血，兩隻耳朵居然不翼而飛，內心中惶恐到了極點，他依稀想起自己被羅虹騙到書房的事情，模模糊糊記得羅氏兄妹好像在盤問自己，至於問的內容是什麼，他無論如何都想不起來了，忍著劇痛又摸了摸，確信耳朵已經被人割去，劉同嗣整個人宛如被人瞬間抽去了脊樑，軟綿綿向地上倒去。

管家東生將他扶住，關切道：「老爺，您要保重！我已派人去請醫生了。」

劉同嗣嘴唇顫抖著，過了好一會兒才帶著哭腔嚎叫道：「去……就算將瀛口翻個底兒朝天，也要把那兄妹兩人給我找出來……」

東生低聲道：「老爺，客人們都還在，我已經讓人將公館的大門封閉，暫時沒有讓任何人離開。」

劉同嗣點了點頭，他馬上又想到今晚應邀前來的賓客中有不少都是頭面人物，有些人即便是自己也招惹不起，他強忍疼痛，附在東生耳邊低聲說了幾句，有些人必須要放行的，他劉同嗣在瀛口還沒到一手遮天的地步，短暫的慌亂之後，劉同嗣迅速鎖定了可疑目標，一定是羅獵和羅虹兄妹，先在公館內部排查，然後派人嚴查瀛口的車站碼頭，絕不能放任這兄妹兩人從容離去。

這是一套普普通通的東北民居，土坯牆的院子，牆頭長滿荒草，殘雪隨著破舊的牆頭起伏，月光皎潔，灑滿了整個院子，院子裡有兩棵光禿禿的歪脖子棗樹，棗樹下有一口老井。

面南背北的地方起了三間土屋，東邊有半間廚房。昏黃的燈光從正中的堂屋中透射出來，常發披著打滿補丁的棉大衣，頭上戴著狗皮帽子，兩邊的護耳折上去，隨著他的走動不停搧動著，像極了兩隻豬耳朵。

常發拎著馬燈，快步走到大門前，傾耳聽了聽，外面的犬吠聲突然變得急切，常發正準備出門看看，就聽到了敲門聲，敲三下拍兩下，然後再敲一下，常發憨厚的臉上露出會心的笑容，他迅速拉開門栓，麻雀率先從外面走了進來，身後還跟著羅獵和安翟。

羅獵向常發微笑點頭算是打了個招呼，常發笑道：「炕已經燒好了，熱乎著呢，若是餓了，有烤好的地瓜。」

麻雀道：「辛苦了。」她向羅獵和安翟道：「你們先去休息吧，有什麼事情明天再說。」

羅獵和瞎子兩人來到西邊的房間，火炕燒得暖烘烘的。常發送來一盆熱水，羅獵和瞎子脫掉衣服，簡單擦了擦身上，羅獵擦身的時候，瞎子已經爬到炕上將偷來的東西倒在了炕桌上。

今晚的收穫還真是不小，單單是金條就有八根，每根重約一斤，瞎子長這麼大都沒見過那麼多的金子，手捧金條樂得小眼睛都瞇成了一條細縫，已經開始規劃未來的用途，樂滋滋道：「等這邊的事情辦完，咱們回黃浦，我去買一套宅子，再請個傭人好好伺候我外婆。」

羅獵壓根對這些金條沒有任何興趣，金條再珍貴也比不上葉青虹答應他們的十萬大洋。

羅獵撥弄了一下這堆物品，並沒有花費太大功夫就找到了那枚白銀護身符。

瞎子也湊了上來，低聲道：「這玩意兒就是七寶避風塔符？」

羅獵將白銀避風符撚在指尖，仔仔細細地端詳了一會兒，上面果然和此前黃金避風符上一樣用滿文鐫刻著道德經，只不過內容不同，底部的印章無論大小還是字體全都一模一樣，從外表形狀來判斷應該和此前的黃金避風塔符屬於同一系列的作品。

瞎子道：「看不出這玩意兒有什麼特別，羅獵，你覺得這避風塔符當真那麼重要？」

羅獵沒說話，只是將白銀避風符輕輕放在炕桌上。

瞎子道：「不是我多疑啊，假如這避風符真的那麼重要，她葉青虹又怎麼會放心讓咱們去盜？難道她不怕咱們見財起意據為己有？你說她該不是利用咱們轉移注意力吧？」這貨一本正經的模樣居然透露出難得一見的睿智。

羅獵似乎沒有聽到瞎子的這番話，繼續檢查著瞎子從保險櫃中得來的東西。

瞎子忍不住道：「怎麼不說話了？這麼簡單的事情，連我都能想到你該不會沒有想到吧？」

羅獵道：「就算被你說中又能怎樣？」

瞎子愣了一下，不錯，就算被他說中又能怎樣？行動已經完成，所有一切既成事實，自己根本就是事後諸葛亮。他不甘心道：「咱們不能就這樣白白被她欺騙，被她擺佈，被她玩弄於股掌之中！」瞎子越說越是激動，小眼睛瞪得圓鼓鼓的，大圓臉也漲得通紅。

羅獵看到瞎子情緒激動的樣子不禁笑了起來。

瞎子因他的態度居然有些生氣了，指責道：「笑個屁啊？被女人騙成這樣，居然還笑得跟個傻子一樣！」

羅獵絲毫沒有動氣，將桌上的東西收了起來，輕聲道：「如果葉青虹真是瑞親王的女兒，那麼她最想做的就是復仇！我們只是她復仇過程中的棋子，如果葉青虹不是瑞親王的女兒，那麼她的目的就是瑞親王留下的秘密寶藏，我們一樣是她通往密藏的墊腳石，從一開始她就在利用咱們，我從未相信過她！」

瞎子道：「那你還甘心被她利用？」

羅獵道：「我們有短處握在他們的手裡，不然何以會老老實實來到滿洲。」

瞎子此時方才想起外婆仍然在穆三壽的控制中，頓時如同泄了氣的皮球一樣蔫了，剛才的那點兒脾性瞬間消失殆盡。

羅獵道：「葉青虹想做什麼對咱們來說並不重要，最重要的就是保證咱們兄弟平平安安地回去。」

瞎子點了點頭：「羅獵，我看麻雀那妞倒還算仗義，如果沒有她，咱們今晚可就麻煩了。」

羅獵微笑道：「禮下於人必有所求，你以為她肯白送這麼大一個人情給咱們？」麻雀和葉青虹同樣背負家仇，同樣智慧超群，接近他們也同樣抱有目的。

瞎子很糾結地咬了咬嘴唇，兩位美女在心中的美好形象幾乎在瞬間垮塌，相較而言還是羅獵這個損友更可靠一些，憋出一句話道：「蝮蛇口中舌，黃蜂尾後針，兩者皆不毒，最毒婦人心！」

羅獵哈哈大笑，拍了拍瞎子的肩膀道：「沒那麼誇張，早點睡吧。」

瞎子點了點頭，把金條塞在枕頭下枕著，雖然有些硌得慌，可內心踏實，找了個最舒服的體位躺下，卻見羅獵又披上衣服準備出門，不禁詫異道：「大半夜的，你幹啥去？」

「方便！」

羅獵拉開房門走了出去，外面繁星滿天，卻發現麻雀就坐在屋頂上。麻雀也在同時看到了他，朝他笑了笑。

羅獵沿著搭在屋簷旁的木梯爬了上去，來到麻雀身邊坐下，抬起頭來正看到空中皎潔無瑕白如銀盤的月亮，輕聲道：「好興致，這麼晚了還顧得上賞月！」

麻雀道：「睡不著。」

「心裡有事？」

麻雀不好意思地笑了笑，十指交叉向前舒展了一下，小聲道：「得手了？」

羅獵點了點頭：「就算是吧，等到了奉天，把東西給她就算交差了！」

「然後呢？」麻雀月光般純淨的眼神靜靜落在羅獵的臉上。

「然後回黃浦，找個溫柔賢慧的老婆，生一雙可愛的小兒女，安安生生地過日子！」

麻雀一雙秀眉頓時凝結起來，溫柔平和的目光也變得煞氣十足。羅獵卻在此時笑了起來。

麻雀這才意識到這廝是在故意捉弄自己，哼了一聲道：「想好了再說，背信棄義的傢伙絕沒有好下場。」

羅獵緊了緊身上的老棉襖，舒了口氣，眼看著面前的那團白霧漸漸消失在夜色之中，低聲道：「蒼白山就快到一年中最冷的時候。」

麻雀道：「這世上沒有十全十美的事情，熬不住寒風刺骨又怎能欣賞到千里冰封萬里雪飄的北國風光。」

羅獵道：「你這麼一說，我倒是有些期待了。」

麻雀微笑道：「你不會後悔。」她停頓了一下又道：「羅虹真是你妹妹？」

羅獵毫不猶豫地點了點頭。

麻雀卻道：「不像，肯定不是一個娘生的！」

羅獵道：「你不信可以去問她。」心中卻明白葉青虹的事情瞞不過麻雀，畢竟自己在黃浦的時候就已經被他們盯上，此間發生的事情應該早已在他們的掌握之中，麻雀至少應該知道葉青虹的歌女身分，只不過她沒有說破罷了。

麻雀搖了搖頭道：「我對她的事情沒興趣，我們的事情也不想讓她參與。」

羅獵道：「這兩天的風聲會很緊，咱們如何離開瀛口？」

麻雀道：「明天會有一車圖書送往奉天圖書館，咱們搭乘貨車過去，你和瞎子藏身在盛書的箱子裡。」

「途中會不會遭遇盤查？」

「興許會，不過不會遭遇仔細搜查，畢竟這批貨是玄洋會社負責押運。」

羅獵沉默了下去，想起麻雀此前幫助自己解圍的事情來，從目前瞭解到的情況來看，麻雀和日方的關係很好，雖然羅獵並不喜歡日本人，可是在目前的狀況下，借用日方的力量逃離瀛口的確是最好的辦法。

第二章

最終動機

無論葉青虹的最終動機是什麼？他都希望葉青虹順利脫困，
雖然葉青虹的手段稍嫌極端了一些，可是殺父之仇不共戴天，
葉青虹沒有殺死劉同嗣，已經是手下留情，
這其中或許還顧及到自己和瞎子仍未脫身的緣故。

第二天上午，羅獵和瞎子一起跟隨常發一起來到南滿圖書館，他們偽裝成搬貨的工人，來此之前麻雀親手為他們兩人進行了偽裝，兩人也算是切身感受到了麻雀高超的易容術，現在就算他們自己對著鏡子也很難認出自己。中午吃飯的時候，趁著無人，兩人就鑽入了事先為他們安排的木箱。

來此之前，羅獵已經聽說了劉同嗣耳朵被人割掉的消息，這更驗證了他的預感，葉青虹果然還有事情隱瞞自己，她前來瀛口的真正目的或許並不是竊取七寶避風符，昨晚在自己離開書房之後，她應該又單獨詢問了劉同嗣一些事情，臨行之前，也沒有放棄對劉同嗣的報復，割下了劉同嗣的一對耳朵，以泄心頭之恨。

羅獵並不擔心葉青虹的去向，在預定的計畫中，她早已選好了退路，或許瞎子說對了，從一開始，葉青虹就把他們兩人作為棋子，在得手之後就可拋棄，正是因為自己的警惕，葉青虹才不得不選擇退讓，乃至讓麻雀加入了計畫之中，正是麻雀的加入給他們提供了安全逃離的機會，他和瞎子方才全身而退。

貨車在顛簸中行進，中途幾度遭遇卡口盤查，還好有驚無險的渡過，畢竟這批貨屬於玄洋會社押運，在瀛口，乃至在滿洲，日本人擁有著超人一等的特權，幾次檢查也不過是走走形式罷了。

距離奉天城還有二十公里的時候，貨車在路邊停靠。

羅獵還以為再次遭遇盤查，內心正在警惕之時，聽到有腳步聲向自己走近，有人從外面提了一下自己容身的箱子，用日語說道：「這個，還有那個，給我搬下去！」

羅獵從聲音聽出是麻雀，這才放下心來，此前分別之時，麻雀就和他約定，會在奉天城外接應，想不到這麼快就到了，其實麻雀一直都開車尾隨著這輛貨車，來到奉天城外，確信已經徹底離開了險境，這才讓人卸貨。

負責押運的人並不清楚車內裝的什麼，一起動手將裝有羅獵和瞎子的箱子搬了下去，羅獵倒還罷了，裝瞎子的那只木箱份量極重，兩名搬運工費了好大力氣方才將箱子搬了下來。

卸貨之後，貨車繼續向前方行進。

麻雀等到貨車遠去，方才取出鑰匙，將兩隻箱子先後打開，瞎子和羅獵先後從箱子裡面站起身來，瞎子顧不上說話，一瘸一拐地跑到道路旁的楊樹後面，這一路可把他給憋壞了，不一會兒就響起嘩嘩的流水聲。

麻雀皺了皺鼻子，顯然對瞎子這種缺乏素質的行為極其反感，拉開車門先行坐了進去。

羅獵將兩隻箱子扔到路邊的水溝裡，沒有急於上車，而是原地舒展了一下手臂，從兜裡掏出一盒香煙，抽出一支點燃，逃離了瀛口心情自然也變得輕鬆了不少，總算可以悠閒自在地抽一支煙了。

麻雀看到他怡然自得的樣子，突然摁響了喇叭，羅獵還沒什麼，躲在大樹後撒尿的瞎子嚇得打了個激靈，身體一擺，尿了自己一褲子，瞎子這個鬱悶啊！人嚇人嚇死人，真要是把下半身嚇出毛病來，他找誰賠去？又醞釀了一會兒尿意，方才把膀胱中殘留的那泡尿處理乾淨，提好褲子，蔫不唧地把濕漉漉的手在屁股後面擦了擦，這才慢吞吞來到羅獵的身邊。

羅獵借著車燈，看到瞎子褲子上濕漉漉的一大片，不禁樂了起來。

瞎子惡狠狠瞪了他一眼：「笑個屁啊！你有沒有同情心？」氣呼呼來到後面坐了，重重關上車門，抱怨道：「催什麼催啊？嚇死我了！」

麻雀又摁了下喇叭，明顯不是在催他。

羅獵這才將煙蒂摁滅，轉身向汽車走去。

瞎子在車內使壞道：「我就見不得他這副趾高氣揚故作瀟灑的熊樣，開車，讓他跟著跑一會兒。」

麻雀等到羅獵伸手去拉車門的時候，突然一腳油門踩了下去，羅獵拉了個空，腳步一個踉蹌，汽車擦身而過，已經甩開自己十多米然後停在那裡，羅獵搖了搖頭，然後向汽車走了過去，剛一靠近，車又開走。

瞎子樂得哈哈大笑，麻雀也是忍俊不禁。

羅獵後面大聲道：「再敢捉弄我，我可真急了！」

瞎子搖下車窗，大腦袋伸出窗外：「你倒是急給我看看！」

羅獵作勢從地上抓起一塊磚頭要丟他，瞎子嚇得把腦袋縮了進去：「開，讓他自由奔跑一會兒……」

羅獵被幾經捉弄之後，總算搭上了車，氣喘吁吁坐在副駕上，向麻雀揚起了拳頭，麻雀美眸圓睜，一副英勇不屈的樣子：「你敢！」

蓬！卻是羅獵反手一拳搗在瞎子眼睛上，當然不是很重，瞎子誇張地慘叫一聲，捂著眼睛躺倒在後座上：「羅獵，你好狠！」

羅獵舒舒服服靠在椅背上，輕聲道：「麻雀，你有沒有聞到一股尿騷味？」

麻雀經他提醒，果然聞到一股不太好聞的味道。

瞎子此刻褲子還濕漉漉的，聽到羅獵的話感覺比被人打一巴掌還要難受，猛然撲了上去，從後方熊抱住羅獵，一雙大胖手捂住羅獵的口鼻：「這才是！」

黎明剛剛到來，一輛黑色的小轎車停靠在金源路的一座小白樓前，麻雀透過車窗看了看這座小白樓，屈起手臂輕輕搗了搗身邊的羅獵，睡夢中的羅獵清醒過來，他有些不好意思地笑了笑，首先確定了一下地點，然後轉身看了看瞎子，瞎子就像一隻冬眠的熊一樣蜷曲在後座上，面孔朝著椅背，屁股向外，香甜的鼾聲驚天動地。

羅獵道：「一起進去？」

麻雀搖了搖頭道：「不了，你們兄妹的事情我不介入，更何況你也不想我進去對不對？」

羅獵不禁笑了起來。

「虛偽！」

瞎子此時突然醒了過來，驚呼道：「媽呀，嚇死我了，嚇死我！羅獵，羅獵！」叫過之後方才意識到仍然坐在車內。

麻雀笑道：「你們兄弟兩人的感情可真深呢。」

羅獵搖了搖頭道：「我排第三，第一是他媽，第二是他外婆，第三是我。」說完他又接著搖了搖頭道：「不對，我和他外婆之間還隔著無數個美女。」

瞎子揉了揉惺忪的睡眼：「我就重色輕友了咋地？」

再次走入這座小白樓，羅獵感到心情輕鬆了許多，同時在內心深處也萌生出些許的期待，雖然他不願承認，可是他卻清楚地意識到自己對這場即將和葉青虹的會面還是有些期待的。

無論葉青虹的最終動機是什麼？他都希望葉青虹順利脫困，雖然葉青虹的手段稍嫌極端了一些，可是殺父之仇不共戴天，葉青虹沒有殺死劉同嗣，已經是手下留情，這其中或許還顧及到自己和瞎子仍未脫身的緣故，如果殺死了劉同嗣必將引起整個南滿震動，劉公館乃至瀛口周邊的盤查只會更加森嚴，他們想要脫身恐怕更加困難。

瞎子雙手抄在衣袖裡，從劉公館中竊取的財物不知被他藏到了什麼地方，在他看來除了那枚七寶避風塔符之外，葉青虹對其他的東西也不會有任何的興趣。

葉青虹已經來到小白樓的門前迎接，看到羅獵和瞎子無恙歸來，唇角露出一絲淡淡的笑意，雖然兩人都穿得破破爛爛，嘴上還特地黏上了鬍鬚偽裝，不過葉青虹仍然從身形認出了他們。

羅獵大步走了過去，來到葉青虹身邊，將藏在掌心中的七寶避風符遞到她的面前，葉青虹從他掌心中撚起七寶避風符，掃了一眼就裝在了衣兜裡，輕聲道：「我果然沒有看錯人！」

瞎子一旁陰陽怪氣道：「知人知面不知心啊！」

葉青虹沒有搭理他，做了個邀請的手勢，轉身走入小白樓內。

三人坐下之後，傭人送上剛剛沏好的紅茶，羅獵也不說話，只是靜靜品味著那杯紅茶。

瞎子一雙小眼鏡打量著葉青虹，他也沒說話，不得不承認葉青虹實在是美麗動人，今兒這身海藍色的洋裝更顯風姿無限，瞎子來此之前已經將葉青虹想成了一個詭計多端的蛇蠍美人，甚至準備好了再見她的時候鄙視她，唾棄她，可真正見了面他內心的那點兒想法就開始鬆動起來，這麼美的女人，心腸應該壞不到哪裡去？殺父之仇不共戴天，葉青虹如果不是為了報仇應當也不會利用他們，瞎子發現自己對葉青虹是無論如何都鄙視不起來。

他們不說話，葉青虹也沒有說話，目光透過玻璃窗欣賞著外面陽光下的噴泉，噴湧的水流在陽光的折射下溢彩流光，瑰麗迷人。

瞎子第一個忍不住了，咳嗽了一聲道：「葉小姐怎麼不說話？」

葉青虹反問道：「說什麼？」

瞎子道：「比如說說你是怎麼逃出來的？又或者問問我們是如何逃出來的？」他和羅獵歷盡千辛萬苦，在麻雀的幫助下方才順利逃離瀛口，在瞎子看來葉青虹理當表示一下關心，畢竟瀛口的這場麻煩是因她而起。

葉青虹溫婉一笑，她的笑容如此明媚，足以讓冰雪消融，瞎子看得不由得呆了，張大了嘴巴，整個人如同泥菩薩一樣定格在那裡。

葉青虹望著羅獵：「你們是如何逃出來的？」

羅獵緩緩將茶盞放在茶几上，淡然道：「只要大家平安無事，過程根本無足輕重，葉小姐委託我們的事情，我們已經做完了，我和瞎子準備搭乘明天的火車返回黃浦。」

「做完了？」葉青虹緩緩搖了搖頭道：「你們應該記得，當初我們的約定是幫我找到剩下的兩枚鑰匙，現在只不過是找到了其中的一枚。」

瞎子道：「還有一枚鑰匙在什麼地方？」

葉青虹道：「在蕭天行的身上。」

瞎子倒吸了一口冷氣：「蕭天行？你是說蒼白山黑虎嶺的土匪頭子？」

葉青虹點了點頭。

瞎子把腦袋搖得撥浪鼓一樣：「不行，我們是幫忙可不是送死，蕭天行號稱蒼白山第一悍匪，他手下人馬據說有兩千人，兵多將廣，武器精良，你讓我們去狼牙寨盜取鑰匙，等於讓我們去送死。」

葉青虹道：「你們好像沒有別的選擇。」

瞎子怒道：「葉青虹你太過分了，在瀛口我們冒了那麼大的風險從劉同嗣手中拿到了鑰匙，現在已經成為被人通緝的要犯，這件事還沒平息，又要讓我們去黑虎嶺送死。」

葉青虹軟硬兼施道：「我可以先付給你們一萬塊大洋。」

瞎子抿了抿嘴唇，錢雖然誘人，可是命每人只有一條，沒了性命再多錢也沒有意義，想到這裡他用力搖了搖頭道：「不幹！多少錢都不幹！」

一直在旁邊沉默的羅獵突然道：「葉小姐，我想跟你單獨談談！」

葉青虹點了點頭，起身向書房走去。羅獵站起身來，瞎子一把將羅獵拉住，低聲提醒他道：「這他媽是個火坑啊！」

羅獵微笑道：「咱們不是已經跳進來了嗎？」

瞎子無言以對，的確，從他們答應葉青虹的交易開始就已經跳下了火坑，現在想要後悔已經晚了，歎了口氣道：「你頭腦清醒點，別中了她的美人計。」

羅獵笑了起來，這話瞎子應該提醒他自己才對。

走入書房內，羅獵反手將房門掩上，並沒有坐下，而是徑直走向書桌前，雙手撐著桌面，居高臨下地望著葉青虹。

葉青虹因他的注視而感到不安，輕聲道：「沒人要罰你站，坐下說話。」

羅獵道：「所謂七寶避風符根本就是一個騙局，那東西既然如此重要，瑞親王又怎會輕易託付給他的手下？」

葉青虹道：「你這個人太多疑，疑心太重的人常常都會自作聰明。」

羅獵道：「你此前不是說過，你知道剩下兩枚鑰匙的下落？」葉青虹在委託他們找回鑰匙的時候已經說過知道鑰匙的下落，如果不是自己從麻雀那裡得到了蕭天雄的下落，葉青虹又去哪裡去找第二把鑰匙？在經歷劉同嗣的事情之後，羅獵開始意識到所謂七寶避風符很可能就是葉青虹布下的迷陣，讓自己和瞎子的注意力集中在避風符上，從而影響到他們的判斷，而葉青虹肯定另有動機。

葉青虹道：「我沒有騙你，我一直都知道那兩枚鑰匙在誰的身上，我也從未想過要讓你們去送死！」

羅獵道：「好，蕭天雄手中的那枚避風符我幫你找回來。」

葉青虹沒想到他這次居然如此痛快就答應下來，臉上不由得浮現出一絲笑意，輕聲道：「我答應你，找回這枚避風符後，我再也不會麻煩你們。」

羅獵淡然道：「談不上什麼麻煩，既然當初我們答應過你，就不會中途反悔，不過這次必須按照我的規矩來。」劉公館的這次行動雖然有驚無險，可是在行動進行中卻面臨著失控的巨大風險，而這其中最主要的原因就是葉青虹。羅獵事後仔細考慮了這件事，並沒有將葉青虹的行為簡單歸納為被仇恨沖昏了頭腦，他認為葉青虹另有目的，雖然此前兩人在瀛口西炮台有過一番推心置腹的交談，可是葉青虹應當還有事情瞞著自己，此女的心機遠比她表現出的更為深沉。

葉青虹道：「說來聽聽！」

羅獵道：「我的規矩就是你不可過問這次的行動，更不可以參與其中！」

葉青虹愣了一下，羅獵的意思已經非常明確，他要將自己排除在這次的行動之外。葉青虹的目光迅速由剛才的平和變成了憤怒，她提醒羅獵道：「你不要忘了誰是你的雇主！」

「我只是答應幫你找回鑰匙，至於怎樣去找，和什麼人一起去找應當由我來決定，你所要做的就是盡可能為我提供所需要的一切條件。如果葉小姐覺得我的要求很過分，大可另請高明！」

葉青虹怒視羅獵，羅獵的目光卻依然古井不波，兩人就這樣默默對視了足足有一分鐘的時間，葉青虹的目光終於軟化了下來，她點了點頭，心有不甘道：「我可以不去，但是陸威霖必須要和你們一起！」或許是因為擔心羅獵會斷然拒絕，她又補充道：「他槍法過人，軍事素質過硬，應該會對你們接下來的行動有很大幫助。」

羅獵微笑道：「你的人我一個不用！」無論陸威霖怎樣出色，都不會讓他加入，羅獵可不想身邊多一個人監視。

葉青虹咬了咬櫻唇，表情顯得有些無奈，對羅獵的性情她已經非常瞭解，一旦他決定的事情別人根本無法改變，頹然道：「好吧！」

羅獵道：「記住，不要過問我們的行動，更不要嘗試跟蹤我，如果你違背了這其中的任何一個條件，咱們的合作就此結束。」

葉青虹被他的強勢和霸道激怒，可又不得不強忍住心中的憤怒，冷冷道：「你準備什麼時候出發？」

羅獵呵呵笑了起來：「葉小姐或許可以考慮返回黃浦，三個月內，我一定給你一個確切的答覆。」

葉青虹道：「你需要什麼？」

羅獵道：「這個世界沒有錢辦不到的事情，所以葉小姐只需為我們準備好足夠的現金，其他的事情您無需操心，更無須過問，還有不要讓人跟蹤我，否則此前的交易全部作廢！」

葉青虹的臉色因為憤怒而有些發紅，羅獵擺明失去了對自己的信任，他不但要將自己排除出行動之外，還要重新擬定整個計畫，利用這種近乎霸道的方式獲取對接下來行動的絕對控制權。

再次來到羅氏木廠，這裡早已是人去樓空。羅行木將木廠的地契交給了羅獵，羅獵已經成為這裡真正的主人，雖然是白天進入這裡，滿院橫七豎八的棺材仍然讓人從心底生出一股毛骨悚然的感覺。

瞎子對那晚被壓在棺材裡的經歷記憶猶新，如果不是羅獵堅持要來，他才不會再次踏足這個地方。

他們裡裡外外找了個遍，並沒有發現羅行木所說的密室，事實上這裡除了棺木和紙人紙馬，根本找不到任何的活物。

瞎子已經適應了這裡的詭異氣息，指了指坤位的狗舍道：「那天就是從這裡面竄出來一條狼青，差點沒我給嚇死！」

麻雀奚落他道：「膽小鬼！」

瞎子道：「人嚇人都能嚇死人，更何況是狗？」他舉步向狗舍走去，方才走了幾步，突然聽到一聲犬吠，嚇得瞎子瞬間停下了腳步，不過馬上又明白過來，聲音來自身後，是羅獵故意嚇他的，瞎子頭都不回舉起右臂，瀟灑地豎起了中指：「靠！」

狗舍內果然空無一物，那頭狼青想必已經被帶走了。

瞎子道：「都走了，狗都不在了！」

麻雀向羅獵道：「這裡只不過是他用來轉移視線的地方。」此前她已將這座木廠搜索一遍，最終還是一無所獲，她並不認為羅行木會留下什麼有用的線索。

羅獵雖然沒有說話，可是內心中卻總覺得一切絕非表面上看來那麼簡單。耳邊隱約聽到一聲犬吠，羅獵本以為瞎子以其人之道還治其人之身，也學狗叫嚇唬自己，可轉身望去，瞎子就站在自己身後兩米左右的地方，這聲音顯然不是他發出的，羅獵循聲走去。

瞎子和麻雀的耳力都不如他敏銳，不知羅獵要去做什麼，目光好奇地追尋著他的腳步，羅獵找到了一座棺材前面，掀開棺蓋，聲音正是從裡面發出來的，裡面有一隻小狗，從品相上看應該是此前那頭狼青的後代，毛色青黃，毛茸茸的極其可愛，兩隻烏溜溜的大眼睛可憐巴巴地望著上方，除此以外再無其他的東西。

瞎子湊了上來，看到那條小狗，頓時眉開眼笑，探身將小狗抱了出來，小狗哇嗚哇嗚叫了兩聲，麻雀伸手摸了摸牠的背脊，充滿憐愛道：「這小東西不知怎麼活下來的。」

瞎子道：「狗改不了吃屎，吃了拉，拉了吃，自給自足，絕對餓不死牠。」

麻雀皺了皺眉頭，顯然被瞎子的這番話噁心到了。

瞎子的身上從來都不缺吃的，居然從懷裡取出了一塊熟牛肉餵牠，那小狗顯然餓得不輕，狼吞虎嚥地將牛肉吃了，然後伸出嫩紅色的舌頭舔了舔瞎子的手背，明顯在討好他。

羅獵笑道：「這小狗跟你有緣，瞎子，你認牠當乾兒子吧。」

瞎子呸了一聲道：「親兒子才對，你是他乾爹！」

麻雀聽到他兩人你一言我一語鬥得有趣，禁不住笑出聲來，伸手去逗弄那條小狗。

瞎子又道：「你這麼開心，給牠當乾娘吧！」

麻雀的臉紅了起來，啐了一聲道：「狗嘴裡吐不出象牙！」

小狗此時居然將腦袋轉向了麻雀，兩隻烏溜溜的大眼盯住她，似乎聽懂了她的話，有些委屈地嗚嗚了一聲，彷彿在申訴無辜躺槍的不滿。

瞎子大呼小叫道：「邪門了哎，牠居然聽得懂你的話啊，麻雀你跟牠果然有緣啊，兒子，快叫乾娘！」

麻雀瞪了瞎子一眼，羅獵笑著接過小狗看了看，發現這是一條公狗，應當是此前木廠狼青的後代，因為幾天沒有進食，小狗稍嫌消瘦了一些，不過精神還好，只要好好照顧，肯定很快就能夠恢復健康。

瞎子道：「我準備給牠起個名字，跟我姓，叫安大頭怎麼樣？」小狗的頭自然偏大一些，其實不止是小狗，任何動物小的時候頭部占身體的比例都偏大。

羅獵笑著點了點頭，這名字起得倒是貼切。他將安大頭交給了瞎子，走入了房間內。

房間裡面因為沒有爐火，溫度很低，地上散落著不少的灰燼，應當是那天深夜羅獵前來造訪的時候，羅行木點燃信紙留下的。

東屋香堂仍在，爺爺羅公權的遺像和照片都保持原樣，看來在自己離去之後不久，羅行木就已經離開，由此看來這幅遺像對他並不重要。羅獵給爺爺上了柱香，上香出來，看到麻雀居然生好了火盆，室內也變得溫暖了一些。

瞎子抱著安大頭在火盆旁邊坐下，懶洋洋打了個哈欠道：「羅獵，你是說這座棺材鋪已經屬於你了？」

羅獵點了點頭：「沒錯！地勢還不錯吧！」

瞎子歎了口氣道：「地方還成，就是打心底感到驚得慌，到處都是棺材和紙人紙馬，看起來不吉利。」

麻雀道：「棺材鋪裡都是這個樣子，其實這世界上活人比死人更加可怕！」

羅獵道：「咱們還有幾天離開奉天，不如就在這裡暫時住下來。」

瞎子腦袋搖得跟撥浪鼓似的：「要住你一個人住，我可不住，咱們又不缺錢，放著大酒店不住，住棺材鋪，你腦子有毛病啊？」因為蒼白山的行動，他們從葉青虹那裡預支了一大筆錢，瞎子現在都以富翁自居了。

羅獵的腦子可沒有毛病，雖然目前一無所獲，可是他總覺得羅行木還會在這裡留下一些線索。

麻雀則堅信羅行木最初聯絡羅獵的真正用意是要將自己引出來，接下來肯定會有後續行動，甚至認為羅行木就躲在暗處某個地方窺探著他們的一舉一動，她已經開始收拾房間，行動勝過任何言辭，麻雀用自身行動表明她的決定。

羅獵向瞎子道：「你先歇著，我去劈點乾柴，待會兒把炕燒起來。」

麻雀道：「瞎子，你幫忙收拾，我去買點菜，中午給大家做頓好吃的。」

瞎子聽到這句話方才打起了精神，點了點頭道：「我想吃豬肉燉粉條！酸菜汆白肉！亂燉！血腸……還有……」

「你不怕被撐死？」

麻雀買菜回來時，看到羅獵還在劈柴，一具棺槨已被他變成了乾柴，靠在廚房的南牆整齊地碼好，羅獵將斧子放在地上，用搭在肩頭的毛巾擦了一把臉上的汗，向麻雀笑道：「火生起來了，大鍋裡燒著開水，需要什麼你言語一聲。」

麻雀點了點頭，小聲道：「累了就歇著。」

羅獵道：「我把這點兒劈完，馬上就好。」其實劈棺生火一舉兩得，一來就近取材，二來可以檢查棺槨內有無夾層，羅行木有沒有留下什麼秘密在裡面。

瞎子聽到動靜從裡面走了出來，剛才他也沒幹活，在火盆邊迷迷糊糊睡了過去，看到同伴都在忙活，自己頓時有些不好意思了，向羅獵道：「你去歇著吧，剩下的交給我了。」

羅獵也不跟他客氣，將斧頭遞給他，接過麻雀手中的菜籃子幫她送入廚房。

麻雀緊跟著進來，幫他打了盆熱水道：「你別忙了，去洗把臉休息一下。」

羅獵應了一聲，接過水盆，蹲在一旁把臉洗了，又過來幫著麻雀往爐灶添柴，有了他幫忙，麻雀剛好騰出手來準備食材。一會兒功夫，已經將食材下鍋。

羅獵一邊拉風箱一邊道：「看不出，你居然還會做飯？」

麻雀用鍋鏟抄了兩下，然後蓋上鍋蓋，笑道：「你以為我像葉青虹一樣是位養尊處優的大小姐？」

提到葉青虹，羅獵拉動風箱的節奏突然慢了下來。

麻雀好奇道：「你跟她到底是什麼關係？」

羅獵笑了起來：「跟你一樣，雇傭關係！」

麻雀將信將疑地搖了搖頭：「我看不像。」

羅獵道：「你以為我們什麼關係？」

麻雀道：「情人！」

羅獵哈哈大笑起來。

麻雀也笑了：「你笑就是心虛，老實交代，到底是不是？」

羅獵道：「她不屬於我喜歡的那卦。」

麻雀道：「那你喜歡那一卦的？」

羅獵轉臉盯住了麻雀，麻雀開始還沒覺得怎樣，可很快就被他看得不自然起來，呸了一聲道：「你看我幹什麼？」

羅獵道：「你別誤會，我跟你這卦也不來電。」

麻雀嗤之以鼻：「當別人多稀罕你似的，自命不凡，故作高深！」

「好香！」卻是瞎子被廚房裡的香味吸引了過來，這廝只顧著往灶台邊湊，沒留意腳下的水盆，一腳將水盆踢翻，裡面的水灑了一地。

羅獵歎了口氣道：「你這眼神也是沒誰了，這麼大一臉盆都看不見？」

瞎子還嘴道：「哪個不長眼睛的把水盆擺到這兒，把我鞋都弄濕了。」

麻雀走了過去，將水盆扶起，卻發現這一會兒的功夫地上的水已經流失得乾乾淨淨，這地面上明明鋪著青磚，這麼一大盆水潑下去，按理說沒那麼快容易吸收，麻雀馬上意識到眼前的現象有些反常，又舀了盆水，原地潑了下去，水迅速向房間的東北角流淌，在灶台的邊緣風箱的位置迅速滲入地面。

羅獵和瞎子也好奇地圍了上來，三人幾乎異口同聲道：「這下面有問題。」

儘管有了這個意外發現，三人還是忍住了好奇心，先填飽了肚子，麻雀的廚藝居然非常不錯，吃得瞎子是滿嘴流油，羅獵對她的廚藝也是讚不絕口，小狗安大頭在餓了幾天之後，總算美美地吃上了一頓飽飯，別看狗小可心眼兒機靈著呢，馬上就明白跟對了主人，衝著瞎子又是搖頭又是晃尾巴，還不停用肉乎乎的身子去磨蹭瞎子的褲腿兒，一通討好弄得瞎子愛心氾濫，抱著安大頭狠親了一通，渾然忘記了狗改不了吃屎的事情。

羅獵吃飽之後馬上開工，移開風箱，就露出了下面的木板，掀開一米見方的木板，露出一個半圓形洞口，這洞口本來是圓的，有一半被爐灶蓋住，露在外面的只有一半。上方被風箱和木板遮擋，如果不是瞎子無意中踢翻了那盆水，還真不會想到下方居然藏著一個地洞。瞎子趴在洞口處向下看了看，憑藉著一雙可以暗中視物的夜眼，瞎子毫不費力地看清下方的狀況，低聲道：「啥都沒有，就是

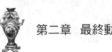

一口地洞，直上直下，很深看不到底。」

麻雀道：「這地洞究竟通往什麼地方？」

羅獵知道她想要下去一探究竟，微笑道：「不下去看看又怎能知道？」

瞎子道：「越來越邪性，棺材鋪裡面有個地洞，萬一裡面是個亂葬坑，恐怕麻煩，我看這地洞裡面十有八九藏著不祥之物，咱們還是別進去了。」

麻雀嗤之以鼻道：「膽小鬼，你不敢進去，我下去看看。」她低頭向地洞內望去，黑漆漆一團，根本看不清下面的狀況。從一旁的爐灶內抽出一根燃燒的木棒，照亮洞口，火光照亮的範圍畢竟有限，麻雀努力看了一會兒，仍然看不出端倪，於是將手中燃燒的木棒扔了下去。火光隨著木棒的下墜而向下蔓延，過了一會兒，聽到下方發出嗤的一聲，然後火光驟然熄滅。

羅獵聽得真切，這分明是火焰被水浸滅的聲音。

麻雀道：「至少二十米深，下方有水，難道這是一口被埋在灶台下的井？」

羅獵點了點頭，他早就懷疑這並非是一個單純的地洞，現在看來果然如此。

瞎子嘿嘿笑道：「你們見過什麼人將灶台建在井口的？照我看這應當是個水火陰陽穴。」

羅獵對瞎子非常瞭解，知道他在五行八卦風水觀相方面很有一套，可麻雀並不清楚瞎子的能耐，好奇道：「什麼叫水火陰陽穴？」

瞎子看出麻雀對風水是一無所知，於是耐著性子娓娓道來，人在死後講究個入土為安，最常見的就有三年尋龍，十年點穴一說。棺槨豎放多為點穴。第一種可能是法藏，也稱為鳳凰山點頭，或者蜻蜓點水之穴，一般都是皇家諸侯才採用這樣的葬法，此乃大吉。第二種可能卻是因為停屍期間發生屍變，棺醇銅角無法壓制，需堆砌石牢將其困住，豎葬防止屍體聚集靈氣。第三種可能是頭朝下倒葬的，因為埋葬之處是龍脈頭朝下吸收靈氣死後肉體生鱗，羽化為龍，造福後代。

他說得唾沫橫飛，麻雀聽得津津有味，看到瞎子突然停下止住不說，忍不住追問什麼是水火陰陽穴。

瞎子道：「水火陰陽穴其實就是第二種葬法的變種，往往這種葬法是為了防止屍變之後成為咱們常說的殭屍。」

聽到這裡麻雀從心底打了個冷顫，搖了搖頭道：「哪有什麼殭屍？你根本就是胡說八道。」

瞎子道：「你若是再打斷我，我就不說了。」

一句話果然奏效，麻雀頓時停下不語。

瞎子又道：「水火陰陽穴還有一個名字為墓牢，將已經屍變還沒有完全蛻變成殭屍的屍體裝入棺槨，豎著吊入洞穴之中，下方及泉，上方燃火，日夜處於水深火熱之中，永世不得超生。」說到這裡他故意停頓了一下，閉上雙眼歎了口氣道：「這麼邪門的地方，我看咱們還是別去觸楣頭了。」

麻雀咬了咬嘴唇，轉身出門，沒過多久，就帶著繩索回來，瞎子的一番話並沒有改變她的決定，她仍然要下去一探究竟。

瞎子苦笑道：「你當真不怕？要去你去，我可不去！」

麻雀道：「又沒要求你去，你們兩個在外面守著，我一個人下去看看。」

羅獵道：「瞎子，你在外面守著吧，我跟麻雀一起下去。」

瞎子道：「真當我那麼沒義氣，要去一起去。」

羅獵笑道：「不是不讓你去，你看這洞口，你鑽得進去嗎？」

瞎子看了看洞口，以自己目前的體型，鑽進去的確困難。

麻雀道：「你在外面等著吧，以防有外人闖入。」

羅獵出門找了一根大腿粗細的圓木，抱到廚房內，瞎子看到他們兩人決定要下去一探究竟，也過來幫忙打結，低聲向羅獵道：「還是我去吧，洞口雖然不大，可我擠擠也應該可以進去，到了下面，我的眼力要比你們好用得多。」

羅獵道：「你守在外面吧，我們帶著火把下去。」

兩人商量的時候，麻雀已經拉著繩索從洞口鑽了進去。

羅獵拍了拍瞎子的肩膀，留下瞎子的原因一是因為外面的確需要留一個人照應，提防有外人闖入，還有一個原因，是羅獵對瞎子的信任遠超過麻雀。

羅獵不知道當年羅行木和麻博軒之間到底發生了什麼事情，他不相信羅行木，同樣也不能完全相信麻雀，眼前的發現讓羅獵對羅行木其人產生了強烈的好奇心，他要一探究竟，查清當年到底發生了什麼。

麻雀下行的速度很快，不一會兒就滑下了十五米左右，借著火光觀察四周，這應當是一口井，上面的口小，往下越來越大，水井內壁生有不少的青苔，水面就在她下方不到兩米的地方，裡面也沒有什麼棺材，更沒有瞎子所說的殭屍。麻雀切了一聲，一手抓住繩索，一雙秀腿將下方繩索盤住，目光隨著手電筒的光束在四壁搜尋，忽然定格在身體右前方的位置，就在井壁上有一個狹長的洞口，初步判斷洞口應該能夠容納一個人自由出入。

頭頂傳來羅獵的聲音：「下面情況怎樣？」

麻雀道：「有個洞口！我這就進去看看。」

羅獵擔心她遇到危險，阻止道：「你暫時不要輕舉妄動，就在洞口等我，我馬上下去！」

第三章

父親的遺物

麻雀見棺槨中放著一些衣物和野外勘探裝備，
撿起一把德國製造的兵工鏟，
兵工鏟的手柄上還刻著父親的名字，
麻雀的呼吸變得急促起來，美眸湧現出晶瑩的淚光：
「這些全都是我爸的遺物！」

麻雀身軀蕩動，借著繩索的擺動，成功進入豎洞內，裡面更是漆黑一團伸手不見五指，麻雀雖然膽大也不敢盲目進入，將繩子拋回。羅獵確信麻雀已經順利進入第二個洞口，這才進入地洞，沿著繩索滑下，因為有了明確目標，羅獵下滑的速度顯然要比麻雀快了許多，繩索雖然夠粗，可是為了謹慎起見，兩人還是逐一下滑，避免繩索因為負擔太重而崩斷。

麻雀晃動了一下火把，給羅獵指引方向，羅獵也像她一樣蕩漾身體進入井壁狹長的洞口，站穩腳跟之後，用錘將鐵杆楔入井壁的磚縫之中，然後再將繩索綁在上面。

瞎子對著井內叫了一聲道：「怎樣？下面風景如何？」

羅獵笑道：「好得很！」

瞎子又道：「下面那麼黑，麻雀你小心有人對你圖謀不軌啊！」

麻雀啐道：「以為別人都像你一樣？」

身後羅獵道：「這裡沒別人，只有你和我。」臉上拿捏出色瞇瞇的表情。

「你敢！」麻雀舉起火把，火焰映紅了羅獵的面龐，羅獵下意識地將雙眼閉上：「喂，別鬧！看背後！」

麻雀哼了一聲，這才將火把轉向身後，卻見一個身穿清朝官服的男子就站在自己背後不遠處，面色慘白發綠，雙臂揚起，彷彿隨時都要向自己撲過來，嚇得麻雀尖叫了一聲，以為當真遇到了瞎子所說的殭屍，手中的火把噹啷一聲就落在了地上，麻雀不顧一切地向羅獵的方向撲了上去，一把就將他的身軀緊緊抱住，嬌呼道：「殭屍……」

黑暗中羅獵暖玉溫香抱了個滿懷，他輕輕拍了拍麻雀的肩膀道：「哪有殭屍啊？你仔細看清楚了。」羅獵舉起火把，向那身穿官服的男子照去，其實他剛才就已經看出那是個人偶。

麻雀在他的安慰下方才鼓起勇氣轉身望去，那人仍然一動不動，保持著剛才的姿勢，仔細一看，卻是一個用木頭雕成的人偶，臉上刷著白漆，身上穿著官服，臉色之所以發綠是因為地底環境潮濕生了青苔的緣故。

麻雀此時方才意識到自己仍然抱著羅獵，俏臉不由得一熱，還好周圍黑暗，羅獵看不清自己此刻的神情，不然羞都要羞死了，她悄悄放開羅獵，一聲不吭地從地上撿起火把。率先向前走去，經過那人偶，心中又羞又怒，自然遷怒到人偶身上，抬起腳來一腳將人偶踹倒在地，啐道：「讓你裝神弄鬼！」

人偶已經腐朽，麻雀這一腳踢過去頓時散架，叮叮噹噹落在了地上，那顆人頭沿著地面滾落下去，羅獵用火光追逐著那顆人頭，那顆木腦袋滾了近二十米方才撞在土牆之上停下來。

羅獵心中不禁好奇，羅行木在下面掏了一個這麼長的地洞，難道這裡當真是當年他用來收藏明器的地方？

麻雀已先行向前方走去，羅獵默默跟在她身後，兩人來到那顆木腦袋旁，發現洞口拐向右側，不過洞口比起剛才要低矮許多，必須要躬下身子才能通過。

麻雀準備繼續前進卻被羅獵抓住手臂，本以為羅獵想要阻止自己繼續前進，卻見羅獵已經搶先貓腰進入了地洞，麻雀心中一暖，羅獵應當是擔心遇到危險，所以選擇走在她的前面。

兩人一前一後在地洞中默默前進，約莫走了二百米左右前方道路已到盡頭，這裡比起此前要寬闊了許多，是一個直徑兩米的圓形，上方挖成了拱形，最高處距離地面接近三米，羅獵直起了身子，舒展了一下手臂，活動了一下腰身，感覺自己這樣的身材並不適合幹盜墓掘墳的勾當。

麻雀用火把照亮周圍，看到周圍擺著不少的盆盆罐罐，還有幾個木箱，都未上鎖，打開一看裡面有不少的青銅器，其中一箱全都是遼錢，清一色的神冊年間的錢幣，麻雀在考古方面家學淵源，一眼就看出這些錢幣應當全都來自於水坑，品相完好，未著綠鏽，大半都像新的一樣，字口清晰，唯有聲音不如乾坑清脆，這是因為退火的緣故。

羅獵記得麻雀的身上有一枚刻有琉雀字樣的神冊元寶，看來這些遼錢跟她身上所戴的銅錢出自於同一古墓。這裡應當是羅行木收藏明器的地方，簡單看了看裡面的收藏，似乎並沒有太值錢的東西，羅行木花費這麼大的精力挖這麼長的地洞，難道就是為了收藏這些東西？

麻雀小聲自語道：「這些應當是他盜墓所得，居然收藏得那麼隱秘。」已經從古錢形狀推斷出這些錢幣來自於水坑，如果是羅行木盜墓所得，那墓穴也應當已經透水。

羅獵道：「看看有沒有什麼特別值錢的寶貝？」

麻雀又翻看了一會兒，有些失望地搖了搖頭道：「沒什麼值錢的東西，咱們回去吧。」

羅獵抽出一把小刀輕輕一插就插入了土牆，沿著牆壁四周，每隔一尺就試探一下，反覆抽插了三次刀鋒就遇到了阻礙，他用刀鋒刮開土層，土層很淺，只有不到兩公分的厚度，不一會兒功夫就露出了下方的真容，原來土層背後藏著一道木門，柏木質地，房門上有一道銅鎖，從鎖的外形來看應該是新的。

麻雀充滿好奇道：「你怎麼知道這裡面藏著房門？」

羅獵道：「這條地道挖了沒幾年，羅行木不會無聊到將一些不值錢的東西藏得那麼深。」其實這其中的破綻不難發現，只要稍稍開動腦筋就能夠發現其中的不合常理之處。

麻雀歎了口氣道：「你現在的樣子真像福爾摩斯。」心中暗暗佩服羅獵強大的觀察力。

羅獵笑了笑，他用手指撥動了一下銅鎖，低聲道：「看來需要一把斧子。」

麻雀輕輕拍了拍他的肩膀示意他讓開，來到門前，取出一根鐵絲，捅入鎖眼之中，沒費什麼功夫就打開了銅鎖。羅獵這才想起福伯跟她的關係，兩人如此密切，想必麻雀從福伯那裡學會了不少盜術，撬門別鎖對她而言只不過是小兒科。

麻雀拉開房門，做了個邀請的手勢，羅獵微笑點頭舉起火把向裡面探了探，火焰並沒有熄滅或減弱，證明裡面空氣含氧量很足，這才放心大膽地走了進去。

麻雀跟在羅獵的身後進入其中，眼前的一切讓她不由得驚呆在那裡，那道柏木門竟然隔開了兩個截然不同的天地，眼前竟然是一個長寬都有兩米的方形甬道，整個甬道全都是堅硬的花崗岩砌成，一直延伸向前，旁邊牆壁之上，用法文刻滿聖經。

麻雀的臉上寫滿了不可思議的表情，她根本無法想像羅行木究竟是怎樣做到的，這樣規模的地下工程憑藉一人之力根本無法完成。

羅獵道：「如果我沒猜錯，這裡應該是南關天主教堂的地下。」羅氏木廠和南關天主教堂距離很近，他們剛才已經走過了二百多米，也就是說通過地洞已經來到了天主教堂的下方。

麻雀道：「難怪我們沒有抓住羅行木，他就是通過這條地道潛入天主教堂的地下，然後經由密道離開。」

羅獵點點頭，心中卻在想著剛才的那道柏木門，羅行木究竟用什麼辦法將柏木門藏入牆內，外表卻搞得跟周圍牆壁一模一樣？此人的心機還真是深不可測。

麻雀也和他同樣奇怪，猜不透羅行木用了怎樣的手段。

羅獵舉起火把觀察了一下柏木門，很快就有所發現，柏木門下面的門板周邊的木條全都是新近楔入的，由此推測，羅行木應該先將門鎖上，再用泥巴將房門偽裝，然後從下方門板的洞口爬入其中，在教堂這一側用木條將下方的門板封住。因為人的注意力往往集中在視平線周圍，容易忽略牆面下方的破綻，看透之後也沒有什麼稀奇，不過由此能夠看出羅行木行事之縝密。

兩人沿著甬道繼續向前方走去，羅獵對這座教堂的歷史還是有些瞭解的，教堂始建於清光緒四年，一九〇〇年被義和團焚毀，當時義和團在清兵炮火的協助下攻克南關教堂，將法國人紀隆主教、五名法國神父、兩名中國神父、兩名修女、四百多名信徒全部燒死在教堂之中，史稱奉天教難。現在的教堂乃是南滿教區法國蘇悲理主教於一九一二年重建。

前方的浮雕還原了當年紀隆主教率領信徒保護教堂的情景，麻雀望著浮雕上方的情景內心頓時變得沉重起來，走過前方的門廊，眼前出現了大片廢棄的石雕，不少石雕上面還有焦黑的痕跡。重建教堂時將教堂遺址上的廢墟就地掩埋。

穿過這片廢墟群，兩人的前方現出一片密密麻麻的十字架，麻雀緊張地咬住下唇。

羅獵低聲道：「如果我沒猜錯，這裡應當是奉天教難中殉難信徒的墓地。」

麻雀小聲道：「為什麼要建在地下？看起來好詭異。」

羅獵道：「那些人屍骨無存，這些十字架等同於咱們中國常見的牌位，你仔細看，下方還刻著他們的名字。」

麻雀點了點頭，卻加快了腳步，雖然她並不相信這世上有鬼神之說，可是這裡畢竟死了太多人，眼前的一切讓她從心底感到不安，她想要儘快離開這裡。卻發現在前方不遠處擺放著一具黑色棺槨，數百個十字架中這具棺槨顯得格格不入。棺槨豎著立在那裡，上大下小，擺放的位置也非常古怪。

羅獵此時也走了過來，循著麻雀的目光望去，卻見那棺槨上竟然用白漆刷了三個大字──麻博軒。

麻雀的俏臉因為憤怒而漲紅，父親已經身故，他葬在日本，怎麼可能在這裡存在一具他的棺槨？眼前的一切分明是羅行木所為，他究竟想做什麼？麻雀來到棺槨前，羅獵提醒她道：「別動這棺材。」羅行木在棺槨上寫下麻博軒的名字應當是故意而為，他應該算出麻博軒的後人會來到這裡。

羅獵先是用手摸了摸棺木，然後低下身將耳朵貼在棺槨之上仔細聽了聽裡面的動靜，確定毫無聲息，這才動手小心移開了棺蓋。

麻雀舉起火把照亮棺槨內部，但見棺槨之中放著一些衣物和野外勘探裝備，麻雀從中撿起一把德國製造的兵工鏟，兵工鏟的手柄上還刻著父親的名字，麻雀的呼吸變得急促起來，美眸湧現出晶瑩的淚光：「這些全都是我爸的遺物！」

羅獵將裡面的東西拿了出來，麻雀打開帆布包，一樣樣的清理物品，有指南針、望遠鏡、軍刀還有一些早已過期的藥品，最吸引她注意力的還是一張地圖，地圖上用毛筆在關鍵的地點做出了標注。

羅獵道：「這是一個圈套。」應當是羅行木在這裡故意布下迷陣，意圖是將麻雀引入局中。

麻雀搖了搖頭道：「我看得出，這是我爸的筆跡，別人模仿不來。」她向羅獵道：「我要去蒼白山，越快越好！」

羅獵點了點頭，前方的道路已經被巨大的石塊封死，看來羅行木在離開之前堵死了向外的出口，從巨石的份量來看，單憑人力應該很難做到，十有八九是利用爆炸導致出口坍塌，他們的搜索也只能暫時到此為止。

前往蒼白山僅僅依靠他們目前的人手還有些不足，畢竟他們此次前往那裡並不是單純的探險，很可能要和盤踞在黑虎嶺的悍匪蕭天行交手。羅獵想到了英國人阿諾條頓，此人過去曾經在英國皇家空軍服役，擅長操控各種交通工具和機械維修，恰恰是他們團隊中最缺少的那種，麻雀又叫上了常發，這也是福伯的提議，常發武功高強，吃苦耐勞，而且他社會閱歷非常豐富，早年幾乎跑遍了整個滿洲，也曾經到過蒼白山，對當地的風土人情非常瞭解，最為難得的是，常發對麻雀忠心耿耿，有他在麻雀的身邊，麻雀的安全就有了保障。

經過七天的準備，他們的小團隊全都聚齊在奉天的羅氏木廠，為了預祝行動順利，麻雀親手做了一桌好菜。籌謀準備的這段日子，她主動承擔了做飯的工作，連嘴巴極其挑剔的瞎子都不得不承認她的廚藝一流。

阿諾條頓是個酒鬼加賭鬼，他這次是被一千塊大洋吸引到了奉天，三百塊是預付，剩下還有七百，不過這廝在來奉天之前已經將三百塊大洋輸了個精光，所以只能老老實實過來掙剩下的七百塊。

常發在麻雀面前非常的恭敬，始終以僕人自居。來到之後一直都在準備明天出發用的東西，如果不是麻雀堅持讓他一起吃飯，他無論如何都不會同桌的。

瞎子因新人加入而有些興奮，典型的人來瘋，把自己當成了團隊中的元老，幾杯酒下肚之後話明顯多了不少，他大模大樣道：「咱們這個探險團隊從今兒就算是正式成立了，不過凡事都得有規矩，咱們也不能例外，你們說對不對？」

常發一言不發地喝酒，他屬於沉默寡言的類型，被瞎子歸納到三棍子打不出一個屁的角色，麻雀的跟班，在團隊中地位最低。瞎子不認為他是低調，只當常發是露怯，於是對常發更加看不起。

阿諾條頓打了個酒嗝道：「我看，先起個名字，就像皇家空軍一樣，得有個名字。」

瞎子連連點頭：「阿諾說得對，得起個名字，這就是師出有名！咱們去蒼白山黑虎嶺，乾脆就叫打虎敢死隊，威風霸氣！同意的舉手！」他自己率先舉起手來，其餘四人卻沒有一個回應，麻雀飄來一個鄙夷不屑的眼神，瞎子有些尷尬了，咳嗽了一聲道：「羅獵，你覺得怎樣！」

羅獵輕聲道：「不如叫獵風吧！」之所以叫獵風，是因為他們此去黑虎嶺還有一個目的是要盜取七寶避風符，雖然他將葉青虹排除在任務之外，可是他並沒有忘記他們之間的約定，一諾千金，更何況葉青虹給出的價碼是十萬大洋。

瞎子正想貶低羅獵幾句，心說也不怎麼樣，還不如自己的打虎敢死隊威風。麻雀已經第一個舉手通過，麻雀舉手常發自然跟著舉手。阿諾條頓道：「獵風，我喜歡，我喜歡這個名字。」

瞎子瞪了他一眼道：「你一老外懂個屁，知道風字怎麼寫嗎？」

阿諾條頓道：「打獵的獵，威風的風，我是英國皇家空軍，我是風之子，我喜歡！」咕嘟又是一大口燒刀子咽下。

瞎子呸了一聲：「你是風之子，風是你爹，咱們是獵風，不是把你爹給狩獵了？」

一群人哄然大笑，阿諾條頓卻不以為然，嘿嘿笑道：「若是讓我找到我爹，我宰了他！」

眾人因他的話目瞪口呆，不知這洋鬼子和他親爹有什麼深仇大恨，看阿諾滿臉通紅的樣子應該是喝多了，十有八九是酒後胡話。

三票通過，瞎子也點了點頭道：「那就叫獵風敢死隊！人無頭不走，鳥無頭不飛，咱們接下來應該選隊長，我選羅獵，這沒什麼疑問吧？」

麻雀三人同時舉手通過，瞎子也沒料到如此順利。

羅獵笑道：「既然大家如此信任，那我也只好硬著頭皮接下來這個差事了，這次行動我力求為大家服務好。」

瞎子又道：「接下來選副隊長，這差事吃力不討好，還是我來吧！」

阿諾哈哈笑了起來，常發搖了搖頭：「憑什麼？」

瞎子道：「尋龍點穴，立向分金，在座的沒有一個人能夠超過我吧？」

常發似乎跟瞎子杠上了：「論才智論武功論德行，你覺得你那樣能上得了檯面？羅獵當隊長我服，你當副隊長我可不答應，更何況咱們一共才五個人，不需要兩個首領，真要兩個也應該是我家小姐，輪不到你。」

「你……」

麻雀道：「常發，算了，既然安翟那麼有責任心，就讓他做副隊長唄。」她還是以大局為重，既然選擇和羅獵合作就不妨對他多一點尊重和信任，安翟是羅獵最好的朋友，對安翟的讓步其實就是給羅獵面子。

阿諾道：「我無所謂，只是隊伍最要緊是團結……不過你要是當了，很難服眾，又怎能團結。」

瞎子也不是傻子，看出這幫人對自己沒一個服氣的，叫屈道：「我他媽才不想當，算了，你們現在就是求我我也不幹了！」他也看出來自己不得民心，本想蹭個副隊長威風威風，可現在就算勉強當上了也沒人服氣，還是別丟人了。

羅獵道：「所謂隊長也只不過是個名稱罷了，咱們既然是一個團隊，既然是為了共同的目的，那麼大家就要團結起來，合作無間，大家人人平等，沒有誰高誰低，我說對了大家聽，若是說錯了，大家一樣可以反對。」

麻雀點了點頭，阿諾端起酒杯道：「來，咱們一同乾了這一杯，祝願獵風敢死隊馬到功成，一帆風順！」

從奉天到蒼白山並未開通鐵路，所以他們選擇駕車前往，途經撫順、通化、白山，行程大約五百餘公里。

汽車經過通化的時候就已經下雪，道路濕滑難行，中途又遭遇了車輛拋錨，幸好有阿諾這位高明的機師在場，可是惡劣的天氣和路況讓他們不得不放慢了行進的速度，原本準備一天走完的路程足足花去了他們兩天的時間。在白山修整一天之後，他們將汽車留在了白山，於當地購買了五匹健馬，選擇騎馬入山。

大雪已下了兩天兩夜，放眼望去到處都是一片白茫茫的景象，羅獵騎在一匹黑色高頭大馬之上，氣宇軒昂，一馬當先，緊跟在他身後的是瞎子，瞎子用羊皮襖將自己裹得像一個圓球，前胸掛著一個特製的棉兜，小狗安大頭把腦袋從裡面露了出來，黑亮的眼睛充滿新奇地望著這白皚皚的世界，不時興奮地發出幾聲犬吠。背負瞎子的棗紅馬呼哧呼哧喘著粗氣，顯然被瞎子沉重的份量折磨得不輕。

阿諾和瞎子並轡而行，他騎的也是一匹棗紅馬，一手拎著馬韁，一手拿著軍用水壺，走幾步就灌上一口伏特加，利用酒精來溫暖身體，這廝不睡覺的時候基本上都處於醉酒狀態。按照他的說法，酒是上帝賜給人類的最好禮物，既能夠取暖還能夠助眠。

麻雀和常發兩人在最後，兩人的坐騎一白一灰，所有馬匹全都是常發精心挑選，速度雖非一流，可是重在吃苦耐勞，尤其是善於負重，**事實上在山區速度往往派不上用場，耐力才是最為關鍵的**。

前往蒼白山的路上，不時看到有拉著木材的騾車過往，那些騾車大都隸屬於中日合辦的鴨綠江採木公司八道江分局。名為中日合辦，實際上的控制權卻在日本人的手中。大批木材被源源不斷地從蒼白山林海中砍伐，然後通過騾馬撈運的扒犁運輸到白山三岔子，再編筏由渾江順流而下，經過通化送往丹東。目前從蒙江排子到三岔子的輕便鐵路已經部分修建完成，木材的運輸變得更加方便。

在羅獵的眼中這就是日本對中華財富的掠奪，滿清雖然覆滅，民國卻未能如最初預想的那樣帶給中華振興和崛起，他們所看到的只是軍閥為了爭權奪利而相互殘殺，看到的只是滿目瘡痍的河山，看到的只是流離失所的百姓。

麻雀從後面趕到了羅獵的身邊，她又裝扮成了一個絡腮鬍漢子，面龐紅撲撲的，一雙眼睛也是異常明亮。可能是習慣了麻雀的偽裝，羅獵居然能從滿臉的絡腮鬍中看出女性的柔媚，微笑道：「像條漢子！」

麻雀笑了笑，笑得很好看，一雙眼睛宛如天空中的星辰般眨啊眨啊，鬍子下的嘴唇矜持地抿著，笑不露齒，可這樣的笑容出現在這樣一張大鬍子面孔上就有些違和了。

羅獵道：「你最好別笑，不然就露餡了。」

麻雀道：「不是每個人都像你眼睛那麼賊。」

羅獵笑道：「我不是眼睛賊，是鼻子靈！」

麻雀頓時想起他們初次見面，羅獵識破自己女兒身的事情來，面孔頓時一熱。她佯裝沒有聽懂，岔開話題道：「咱們今天下午應該可以到馬家屯。」從教堂下面找到的地圖上，馬家屯是其中的一個標注地點，她父親日記上也專門提過馬家屯，當初他們進入蒼白山探險的時候曾經在馬家屯落腳。

羅獵抬頭看了看天空，輕聲道：「這場雪不知要下到什麼時候。」

身後響起常發的話：「誰都說不準，這樣的雪若是再下上兩天，恐怕就要大雪封山，咱們只怕找不到上山的道路了。」

羅獵道：「等到了馬家屯咱們找一個當地的嚮導，爭取儘快進山。」

午後雪非但沒有變小反而變成了鵝毛大雪，風力明顯增強，西北風夾雜著大片的雪花拍打在他們的面孔上，馬匹行進的速度明顯放緩，他們一個個將自己裹得嚴嚴實實，饒是如此，暴露在外的眉毛和鬍子也都被雪花染白，一個個看起來都變成了鶴髮童顏的老頭兒。

安大頭將腦袋縮進了給牠特製的睡袋裡面，瞎子開始還嘟囔抱怨著惡劣的天氣，可很快就意識到這樣只能讓他體內的熱量更快流失，於是果斷閉上了嘴巴。

一行人在風雪中躑躅行進了整整一天，終於在臨近天黑的時候抵達了他們的預定落腳點馬家屯。

馬家屯位於蒼白山牛頭嶺西麓山腳下，蒼白山的山峰大都以形狀命名，當地山民根據山勢的形狀賦予一個個鮮活生動的名字，不過現在的天氣狀況惡劣，即便是瞎子這樣的夜眼也無法透過漫天雪花看清牛頭嶺的全貌。

馬家屯並不大，裡面住著幾十戶人家，這些村民大都以伐木採參為生，屯子正南有一片開闊的山地，每年春季到來冰雪消融，可以種一季苞米。過去馬家屯雖然算不上富裕，可村民們也基本算得上自給自足，在這樣的亂世能夠吃飽飯已經非常難得。

馬家屯村口有一家天福客棧，前來客棧打尖住宿的都是一些進山的參客，每年八九月份是客棧生意最好的時候，成百上千的參客帶著一夜暴富的心理而來，進入古樹遮天的蒼白山林海尋找人參，等到九月霜降以後人參紅色的果實打落，山參就不再好尋找，參客也開始陸續離開，就算選擇繼續逗留也不會超過十月底，一旦開始下雪，整個蒼白山就變成了危機四伏的險地，很少有人會拿自己的性命去冒險。

眼前已經是十二月末，也到了一年之中蒼白山最冷的季節，天福客棧已經處於歇業狀態，除了老闆趙天福兩口子仍在看店，夥計們也都暫時打發回家了。

羅獵一行人的到來顯然讓趙天福有些意外，不過有客人照顧生意終究是好的，挑著燈籠冒著大雪將眾人請入了客棧，山野鄉村自然比不上城市的條件，只有一間客房燒了大炕，羅獵他們五個人必須要睡通鋪了。

趙天福兩口子當然認不出女扮男裝的麻雀，認為五個大老爺們即便是擠一擠也無妨。麻雀問過之後確定沒有多餘的房間也就死了心，暗忖大不了自己坐上一夜，也不能跟這四個大老爺們擠在一張床上睡覺。其實客棧的客房倒是不少，只是因為生意清淡，所以大都沒有將火炕燒起來。

羅獵悄悄將麻雀叫到一邊，小聲道：「將就一晚吧，大家在一個房間內也好有個照應。」

麻雀道：「我可沒說什麼。」

瞎子已經張羅著讓趙天福兩口子去做菜了。

趙天福兩口子也是在阿諾摘下頭頂的狗皮帽子方才認出這廝是個外國人，難免多看了幾眼，趙天福來到羅獵身邊好奇問道：「還有個毛子？」滿洲最常見的就是俄國人，老百姓習慣地把他們稱為毛子。

羅獵笑道：「不是毛子，是英國人，神父。」

趙天福哦了一聲：「咱們這旮遝可很少見到英國人，得虧下雪人少，不然全村兒都要將他當黑瞎子看。」

瞎子還以為有人叫他：「誰叫我啊？」

羅獵忍著笑向他搖了搖頭，示意這事兒跟他沒關係，從兜裡掏出香煙，抽了一支遞給了趙天福，趙天福平時都是抽煙袋，見到這煙捲兒，有點受寵若驚地伸出雙手從羅獵手中接過，羅獵取出打火機幫他點上，自己也點了一根。

趙天福小心翼翼地抽了一口，吐出一團煙霧，又迅速將這團煙霧全都吸到鼻孔裡，閉上眼睛一臉的陶醉，過了好一會兒方才睜開雙眼，充滿陶醉道：「這玩意兒就是柔和。」

羅獵笑了起來，取出一盒煙送給了趙天福，趙天福因他的慷慨而變得有些惶恐了，再三推讓之後方才收下。

趙天福身為客棧老闆眼界要比普通的村民高上不少，迎來送往，見慣了形形色色的人物，打量了一下羅獵道：「羅先生，如果我沒看錯，你們是從關外大地方過來的吧？」

羅獵點了點頭道：「沒錯，黃浦。」

趙天福道：「天寒地凍的，你們來山裡肯定有要緊事吧？」

羅獵笑道：「趙掌櫃真是目光如炬料事如神啊，倒是有些要緊事，不瞞趙掌櫃，我們來山裡是為了找人的。」

趙天福道：「找人？」

羅獵點了點頭道：「我的一位叔叔八月進山挖參，直至今日仍然沒有消息，所以我們兄弟幾個特地前來尋人。」來此之前他已經想好了藉口。

趙天福歎了口氣道：「真要是找人，你們還是回去吧，每年來蒼白山挖參的參客有幾千人，每年死在山裡的參客沒有一千也有幾百，失足摔死的，猛獸咬死的，還有同行見財起意暗殺的，更多的是被土匪搶劫殺害的。死了也就死了，少有人前來尋找，即便是尋找現在也不是時候，大雪封山，即便是有屍體也被雪給蓋住了，除非等到來年春暖花開，冰雪消融，方才有機會找到，不過到時候保不齊已經是白骨一堆。」

羅獵知道趙天福所說的全都是實情，不過他們真正的目的可不是為了尋找什麼挖參的親人。羅獵道：「就算機會渺茫我們也想嘗試一下，趙掌櫃能否幫我們引薦一位入山的嚮導，我們可以重金聘請。」

趙天福想都不想就搖了搖頭道：「這樣的天氣沒有人會為你們帶路的，羅先生，我看您也是個明白人，**蒼白山最可怕的不是風雪也不是黑瞎子和東北虎，真正要命的是占山為王的土匪**，他們翻山越嶺打家劫舍，一旦遇上了他們，必然凶多吉少，何苦為了找一個生機渺茫的失蹤者而讓五條性命去冒險。」

夜深人靜，大屋內響起此起彼伏的鼾聲，雖然鼾聲打得囂張，可是每個人都睡得非常矜持，麻雀睡在通鋪的最東頭，她的身邊用行李臨時築起了一道牆，牆那邊是忠心守護她的常發，然後是羅獵，瞎子和阿諾兩人背靠背睡在最西頭。安全自然是不用擔心，可是麻雀仍然不能踏踏實實的入睡，不是擔心這些同伴，而是擔心即將開始的這段冒險。

一個身影從通鋪上坐起，小心走了下來，原來是羅獵，他掀門簾去了外面的堂屋，劃亮一支火柴點燃桌上的油燈，堂屋內瞬間被桔色的光芒充滿。羅獵抽出一支煙點燃，目光望著油燈跳動的火焰，陷入久久沉思之中。

身後輕盈的腳步聲打斷了他的沉思，轉過頭看到了麻雀。

羅獵笑了笑，示意麻雀去對面坐下。

麻雀來到他對面坐下，隔著燈光望著他：「抽太多煙對身體沒好處。」

羅獵點點頭，將半截香煙掐滅，低聲道：「睡不踏實？擔心有人不老實？」

麻雀羞澀地笑了起來：「才不擔心，誰敢啊！」

羅獵道：「我可不是什麼正人君子。」

麻雀道：「你也不是卑鄙小人。」她將一張手繪的地圖遞給了羅獵，羅獵接過來看了看，是這一帶的手繪地圖，圖畫得非常粗劣，不過對蒼白山的一些屯子和峰谷都有標注，應當是熟悉當地地形的人所繪。

麻雀道：「這張圖是我在白山的時候找人買來的，上面標注了前往黑虎山的詳細路線，就算沒有嚮導咱們也一樣能夠找到黑虎山。」

羅獵笑了起來，將地圖遞給她，麻雀終究還是將事情想得太簡單，現在大雪封山，如果沒有一個熟悉蒼白山地形的人當嚮導，他們入山必然面臨太多的困難，僅靠著地圖和指南針恐怕還不能確保順利找到目標。

麻雀道：「等天亮了我們去屯子裡看看，相信只要肯出錢就一定有人為我們帶路。」重賞之下必有勇夫，自古以來都是這個道理。

羅獵道：「去睡吧，養足精神才好趕路。」

麻雀道：「你怎麼不睡？」

羅獵道：「不知怎麼了，這些天總是睡不著。」

麻雀望著羅獵，此時方才留意到他的臉色有些蒼白，目光中帶著不易察覺的疲憊，關切道：「你該不是生病了吧？」

羅獵搖了搖頭，其實他有個不為人知的秘密，他的睡眠不好，這種現象在美國留學的時候就已經開始，最近變得越發嚴重了，幾乎每個夜晚他都會被噩夢驚醒，然後就是徹夜難眠，樂觀表面的背後也藏有不為人知的痛楚。

麻雀道：「我也睡不著，不如陪你聊聊天。」

羅獵笑道：「孤男寡女秉燭夜話，你不擔心別人胡說八道。」

麻雀哼了一聲，然後道：「你跟葉青虹究竟是什麼關係？」

羅獵有些無奈地搖了搖頭：「說了八百遍，雇傭關係。」提起葉青虹，腦海中不由得浮現出在奉天分別之時她幽怨的目光，葉青虹顯然是不甘心被摒除於計畫之外的，羅獵能夠感受到她的不甘。

麻雀道：「我還以為她會一起來蒼白山呢。」

羅獵習慣性地抽出一支煙，剛剛噙在嘴上就被麻雀一把搶了過去：「別抽了，討厭煙味兒。」

羅獵不禁又想起了葉青虹，如果葉青虹在，應當會為自己點上一支煙，然後陪著自己一起抽吧。

耳邊響起犬吠之聲，卻是安大頭從瞎子的懷中跳了出來，小肉球一般跑到了麻雀的腳下，麻雀伸手將牠抱起，撫摸了一下牠的腦袋，此時聽到外面公雞報曉的啼聲，麻雀看了看窗外，小聲道：「天就快亮了。」

羅獵道：「早著呢，我出去看看！」

天仍未放亮，接連肆虐幾天的風雪已經停了，客棧掌櫃趙天福早早就起來了，在院子裡劈柴，準備早飯。

羅獵來到趙天福的身邊招呼道：「早啊，趙掌櫃！」

趙天福點了點頭，放下手中的斧頭，掀起搭在肩頭的白羊肚毛巾擦了把汗：

「羅先生，昨兒你說要嚮導的事情有眉目了。」

羅獵大喜過望道：「太好了，只要是合適人選，價錢好商量。」

趙天福道：「說來也不是外人，我本以為沒人願意前往，昨晚躺在炕上跟我老婆說這件事來著，她倒是提醒了我，她有個叔伯哥哥徐老根，是土生土長的山裡人，從小就跟著別人伐木採參，幾乎跑遍了整個蒼白山，就算閉著眼睛也能摸到想去的任何地方，您要是覺得成，待會兒就把他給叫來。」

羅獵點頭道：「成，那就麻煩趙掌櫃了。」

吃早飯的時候，徐老根就已經來到了天福客棧，看面相倒也憨厚老實，經過一番討價還價，以三十塊銀洋的價錢達成了協定，預付十塊，等帶著羅獵他們回來之後再付剩下的部分，這價錢已經不低，畢竟在當下的年代，十塊現大洋已經可以買到一頭耕牛，三十塊銀洋已經足夠一個人舒舒服服過上一年了。

為了謹慎起見，他們並沒有從一開始就告訴徐老根目的地是黑虎嶺，而是說去參客最常去的二道嶺，那裡距離黑虎嶺只有三個山頭。等到了那個地方再提出要求不遲，大不了臨時再給徐老根增加酬勞。

當日上午九點，趁著雪後初晴，眾人整裝上路，和羅獵一行騎馬上山不同，徐老根的交通工具卻是滿洲常見的扒犁，扒犁通體木製，寬近一米，長一米三左右，上下各有一個長方梯子形木框，木框的四角由四個立柱把上下連接起來。下邊梯子型木框的前邊比上面的長，並且頭稍微翹起來，其形如刀，這是為了防止扒犁往前面翻跟頭。

徐老根的扒犁用兩條健壯的大黃狗拖動，狗就是山村常見的土狗，雖然不是什麼名貴犬種，可勝在健壯，吃苦耐勞。

安大頭見到同伴，伸著嫩紅色的舌頭，甩開四條小短腿向大狗跑去，還未走近，兩條大黃狗就咆哮起來，嚇得安大頭調轉身子哧溜一聲鑽到了瞎子的腳下，瞎子充滿憐愛地將小狗抱在臂彎裡，惡狠狠瞪著兩條大狗道：「娘的，欺負我寶貝，信不信我吃了你們？」

打狗還需看主人，徐老根正在一旁往扒犁上紮著東西，聽到瞎子的話，毫不示弱地向瞎子望去，目光冷酷毫不退讓。

瞎子在強光下看不清對方的表情細節，可是這一切卻並未逃過羅獵的眼睛，羅獵心中不由得一怔，從目光來看徐老根倒是個狠角色。

徐老根紮好了行李，坐上扒犁，大聲道：「各位大爺可跟好了，趁著天氣晴好咱們進山咯！」輪圓了手中的皮鞭，在空中打了個響鞭，如同炮竹炸響，清脆悅耳，鞭聲久久在雪夜中迴盪。兩條大黃狗撒開四蹄向太陽的方向奔去。

瞎子不屑地切了一聲道：「老子還不信了，就他那八條小短腿能夠跑得過我家大棗的四條大長腿！」瞎子喜歡起外號，已經把自己的坐騎命名為大棗，阿諾的那匹棗紅馬被他稱為小棗，甚至連阿諾也被他起了個金毛的外號。常發也沒能倖免，瞎子背後叫他悶葫蘆，起因就是常發沉默寡言，至於麻雀能夠倖免的原因是她的本名就像外號，瞎子實在不忍心給麻雀起外號，金絲雀、百靈鳥都比麻雀顯得高貴，其實瞎子倒是想叫她老家賊來著，可最終還是打消了這個念頭，他知道麻雀不好惹，第一次見面就在她手下吃了苦頭。

瞎子縱馬揚鞭緊隨在狗拉扒犁的後面，開始的時候還能跟上，可跑了一段距離之後，大棗顯然有些累了，步幅明顯慢了下來，任憑瞎子怎樣吆喝，安大頭不停犬吠助威，仍然不停減慢了速度。

麻雀和常發率先超過了瞎子，然後阿諾騎著小棗也超了過去。

習慣於在前方帶路的羅獵今兒卻慢了下來，選擇和瞎子並轡前行，瞎子因為受不了強光取出墨鏡戴上，一邊喘著白汽一邊道：「羅獵，我真是不明白啊，這大長腿怎麼跑不過小短腿。」

羅獵笑了起來：「**尺有所長，寸有所短，環境不同，牠們的能耐自然不同，**

雪地上這些馬匹反倒發揮不出牠們的所長，等到上了山，只怕都要慢下來了。」

他的話很快就應驗，進入山地之後，山勢漸漸變得陡峭，眾人不得不選擇下來步行。

羅獵牽馬大步趕上了徐老根，微笑道：「徐大哥，距離二道嶺還有多遠？」

徐老根瞇起眼睛，抬頭看了看樹葉間隙的日頭，低聲道：「早呢，剛剛開始，如果一切順利，後天晌午能夠趕到二道嶺。」

麻雀在身後道：「那不是說咱們要連續兩晚在山裡過夜？」

徐老根點了點頭道：「翻過前面的兩座山就到了黃口子，那裡有座荒廢的林場，裡面有幾間木屋，可以將就一夜。」

麻雀已經將地圖上標記的地方記得非常清楚，上面並未提到黃口子的地名，看來僅僅依靠地圖是不行的。在父親留下的筆記和地圖中也沒有提及黃口子這個地方，他們當年探險選擇的應當是另外一條道路。常發默默來到麻雀身邊，伸出手去，將韁繩接過，儘量減輕麻雀的負擔。

一行人在徐老根的帶領下翻越冰雪覆蓋的山嶺，第一天的行程還算順利，在下午五點的時候已經抵達了預定的地點。

黃口子過去是一座林場，曾經在光緒年間興盛一時，不過任何事物都存在著興極必衰的道理，隨著放排的青龍溪的斷流乾涸，林場變得運輸不便，如今的黃口子已經徹底荒廢，偌大的林場空無一人，只剩下十多間木屋佇立曠野之中，忍受著風雪煎熬，記憶著歲月變遷。

徐老根對這裡的情況非常熟悉，指了指那些木屋道：「我六月份還在這裡住過，你們挑選乾淨的房間住下，每間木屋裡面都有火盆子，晚上可以取暖，不過大家都要小心，萬一不小心將房子燒了麻煩就大了。」

羅獵點了點頭道：「徐大哥辛苦了！」

徐老根擠出一絲難得的笑容，拎起扒犁上的行李走入東南角的一座木屋，那木屋的位置在十多個木屋中最高，幾乎可以將林場住宿區的情況一覽無遺。

羅獵讓安翟和阿諾兩人逐一將每間木屋檢查了一遍，自己則和常發一起去林場四周巡視，周圍除了他們的腳印之外並無其他的人類和獸類的痕跡，等他們回到落腳地，發現徐老根已經在正中空曠的位置生起篝火，林場的木材取之不竭用之不盡。羅獵心中卻感到有些不妥，在這裡生起篝火太容易暴露目標，不過他轉念一想，林場之中自然要尋找空曠地帶，而且這周圍寂靜無人，應該沒那麼多意外。山裡的情況徐老根要比他們清楚得多，他既然這樣做就應該沒有問題。

徐老根分別利用兩根圓木相互支撐，做成了兩個支架，正中橫上一根圓木，將鐵鍋用鐵絲吊在圓木上，一個簡易的吊燒鍋就已經完成。他們從天福客棧中帶了不少的乾糧出來，菜餚已經凍硬，可以儲存多天不會變質，現在需要做的無非是簡單加熱一下。

眾人餓了一天，聞到飯菜的香氣全都圍了上來。瞎子口水都快流出來了，咕嘟咽了口口水道：「還真是香氣四溢啊，把我肚子裡的饞蟲都勾起來了。」

徐老根的反應卻極其冷漠：「還是狗肉香，你想不想吃狗肉啊？」

瞎子看了看蜷曲在火堆旁取暖的兩條大黃狗，馬上明白徐老根仍然在記恨著自己出發時說的那句話，嘿嘿笑道：「我不吃狗肉，開玩笑的。」

「我吃！」徐老根冷笑了一聲，從加熱好的飯菜盛了一碗，端著飯去了自己的木屋內。

瞎子怔怔望著徐老根的背影，禁不住啐了一聲道：「就是一個帶路的，得意什麼？」

羅獵道：「大家趕緊吃飯，早點兒休息。」雖然請了徐老根做嚮導，常發對飲食始終非常留意，每次吃飯總是先丟一些讓安大頭先吃，瞎子對常發的行為非常反對，他對安大頭的愛出自真心，寧願自己先行嘗試，不過他們在飲食上的把關很嚴，他們所帶來的食物都和徐老根分開，對方根本沒有接觸到的機會。

阿諾無酒不歡，拿出酒壺喝了一口遞給羅獵，羅獵搖了搖頭，瞎子接了過去，連灌了幾口，這兩天他和阿諾倒是投緣。

羅獵留意到剛才蜷曲在篝火旁烤火的兩條大黃狗也跟著徐老根一起走了，麻雀來到他的身邊，小聲道：「徐老根的脾氣好大啊！」

羅獵道：「誰都有些脾氣，大家趕緊吃飯，阿諾、瞎子，你們少喝點，晚上還得值夜呢。」進入山區之後，就進入各方土匪的活動範圍，務必要小心為上。

瞎子叫苦不迭道：「荒山野嶺的哪會有人？值個屁夜啊！」

常發道：「羅先生，今晚我來吧！」

羅獵道：「還是咱們輪值吧，你上半夜，下半夜我替你。」

「成！」

第四章

暗中佈局

行程開始時，徐老根的目光就有些古怪，
可是自己大意，沒料到徐老根會中途逃走。
羅獵感到一陣頭痛，捂住前額，提醒自己要冷靜下來，
自己被推舉為這支小隊的首領，
就要承擔起帶領隊全體成員完成任務。

晚上十二點的時候，羅獵出門來到外面，看到常發仍然坐在篝火前。靜夜之中踩在雪地上腳步聲異常清晰，常發機警地轉過頭，看到是羅獵這才放下心來，右手緩緩從懷中抽出。他的懷中藏著一把手槍。

羅獵微笑道：「常大哥，你回去休息吧，我在這兒守著。」

常發點了點頭，撩開衣襟，從腰間抽出一把毛瑟一八九六遞給了羅獵，羅獵並沒有伸手去接，低聲道：「我不用槍。」

常發只能將手槍收了回去。

羅獵叮囑他道：「收好了，千萬別讓徐老根看見。」他們這次出來帶了不少的武器，但是這些武器是不可輕易暴露人前的。

常發道：「放心吧，你一個人小心點，有什麼事情只管叫我。」

羅獵笑道：「趕緊去吧！」

常發離去之後，羅獵一個人守望著這對篝火，深山雪谷，寂靜無人，折斷樹枝的聲音也如此的驚心動魄，望著跳動的篝火，羅獵的眼中浮現出一個美麗的幻影，他有些痛苦地閉上了雙目，就在此時聽到遠處傳來踩在雪地上的腳步聲，羅獵霍然回頭，卻看到一個穿著臃腫棉服的身影朝自己走了過來，從走路的姿勢已經看出是麻雀。

麻雀來到近前，方才看到她手中還拿著一條毯子，遞給了羅獵道：「晚上冷，你披上！」

羅獵道：「怎麼還沒睡？」

麻雀沒有回答他的問題，而是將毯子披在了他的肩頭，然後在他的身邊坐下了。感到肩頭一沉，卻是羅獵又將毛毯披在了她的身上。麻雀眨了眨雙眸，羅獵輕輕拍了拍她的肩膀，示意她不要推讓，輕聲道：「我不冷。」

麻雀有些擔心地望著羅獵道：「你臉色不好，要多多注意身體，不如我守著，你去睡吧？」

羅獵搖了搖頭道：「睡不著。」

麻雀小心翼翼地問道：「你是不是有失眠症啊？」

羅獵不置可否地笑了笑，過了一會兒點了點頭：「從美國回來後，我睡眠一直不好，最近可能是不習慣滿洲的寒冷天氣，所以變得有些嚴重了。」

麻雀道：「那也要休息，不能總是撐著，要不你喝點酒，應該有助睡眠。」

羅獵折斷了一根樹枝扔在了篝火裡：「雖然睡不著，對身體也沒什麼影響，我試過喝酒，可是越喝越是清醒，喝多還頭痛，更是睡不著。」他停頓了一下道：「其實也算不上什麼壞事，我雖然睡得少，可清醒的時候多，活一天等於別人活兩天了。」

麻雀道：「實在不行就吃點安眠藥。」

羅獵道：「還沒嚴重到那種地步。」

麻雀道：「我聽說失眠都是因為遭遇到挫折或刺激引起的，你是不是有什麼心事？如果可能，我願意聽你傾訴。」她總覺得羅獵是個有故事的人，對他的事情表現出相當的興趣。

羅獵哈哈笑了起來，他站起身：「你等我一會兒，我去周圍看看。」

麻雀點了點頭，望著羅獵遠去的背影，美眸中蒙上了一層霧氣，羅獵此時的離開明顯是在逃避，不知他心中究竟深埋著怎樣的痛苦，雖然他表現在外的都是樂觀，可是麻雀總覺得他深邃的雙目中藏著不為人知的痛楚。

羅獵舉著火把走近徐老根所在木屋的時候，卻發現門口的扒犁不見了，心中不由得一驚，圍著木屋走了一圈，並未發現黃狗和扒犁的蹤跡，在木屋後面卻發現了一條扒犁拖行的痕跡，羅獵暗叫不妙，他來到木屋門前，輕輕一推房門應手而開，房間內漆黑一團，借著火把的光亮照亮房內，卻見房間內空空蕩蕩，徐老根早已人去樓空。

羅獵此驚非同小可，內心開始自責，這兩天因為失眠症的折磨，他明顯有些不在狀態，其實在行程開始時，他就意識到徐老根的目光有些古怪，可是自己終究還是大意，對徐老根過於疏忽，以為既然談好了條件，其他的事情就不用擔心，有錢能使鬼推磨，卻沒有料到徐老根會中途逃走。羅獵忽然感到一陣頭痛，他捂住前額，提醒自己一定要冷靜下來，自己被推舉為這支小隊的首領，就要承擔起帶領隊全體成員完成任務，確保每一個人平安返回的責任，他不可以亂。

羅獵的目光投向篝火，雖然相隔遙遠，麻雀始終在關注著他，目光也在向他看來。

羅獵的腦海中閃回到徐老根生起篝火的畫面，當時他曾經產生過不妥的念頭，可最後又被他否定，現在看來一切很可能都是徐老根在佈局，羅獵可以肯定徐老根絕不是因為害怕未來的凶險半途而廢，即便是要走，他也不會選擇半夜悄悄離開。

羅獵迅速向麻雀奔去，向她招手，示意麻雀離開那堆篝火，黑夜之中，那堆篝火已經成為最為顯著的目標，假如有人過來伏擊他們，首先攻擊的就會是篝火旁負責守望之人。

麻雀還沒有搞清楚到底發生了什麼事情，可是看到羅獵的動作，也感到一種莫名的危機，起身向他走去。

她前腳離開，一支羽箭就突破夜色射在她剛才所在的位置，鏃尖深深沒入凍土之中，黑色尾羽在箭杆的帶動下顫抖不停。

麻雀竭力前衝，進入前方樹木的陰影中，奪的一聲又是一支羽箭射中樹木，冰屑和乾裂的樹皮被這一箭激揚而起，四處紛飛，麻雀藏身在樹幹之後，雪光將俏臉映照得煞白，目光驚魂未定。

羅獵以驚人的速度向麻雀衝去，同時高呼道：「有埋伏！」之所以大聲呼喝，一是為了吸引弓箭手的注意力，二是為了提醒木屋中仍在酣睡的三名同伴。

咻！咻！咻！一連三箭追逐著羅獵的身影，可是羅獵奔跑的速度太快，而且他奔跑中不停變換方向，利用周圍的樹木和建築作為身掩護，三支羽箭全都沒有命中目標，一支跟著一支釘在羅獵身後的雪地之上。

麻雀在羅獵吸引對方注意力的期間，已經成功隱蔽在木屋後方，抽出魯格P〇八手槍朝著射手可能藏身的位置連續發射，清脆的槍聲打破了寂靜的黑夜，為羅獵掩護的同時，也將木屋內還在酣睡的三人驚醒。

常發剛剛才入睡，羅獵發出第一聲警示的時候，他就已經聽到，一骨碌從床上爬了起來，掏出枕下的兩把毛瑟，想要出門接應，剛剛拉開房門，就有一支羽箭呼嘯著射了過來，常發慌忙退回房內。羽箭奪的一聲釘在門板之上，這一箭勢大力沉，鏃尖射穿門板，貼著常發的左耳根露出了來，只要稍稍向右偏上一寸，常發就有性命之憂。

瞎子和阿諾兩人睡在同一間木屋內，槍聲把他們的酒意也徹底驅散，兩人忙著去摸槍。阿諾道：「外面還亮著篝火，敵暗我明，咱們若是出去就會成為活靶子。」他畢竟是英國皇家空軍出身，軍事素養和實戰經驗要遠遠超過瞎子。

瞎子道：「怎麼辦？」

阿諾向後面的窗戶努了努嘴，走過去掀開窗戶，準備借著夜色的隱蔽悄悄從窗戶中翻了出去，可是窗戶剛剛掀開就有一隻羽箭射來，阿諾下意識地矮下身去，羽箭緊貼著他的頭皮飛了出去，嚇得阿諾一屁股坐在了地上。

與此同時樹林中射出幾支火箭，這次的目標並非是針對人，而是針對木屋，這麼大的目標，就算是普通的弓箭手也不會錯失。木屋遇火即燃，雖然短時間內不至於整間燒完，可是這些火光起到了照明作用，四處燃燒的著火點更讓木屋暴露於光亮之下，也讓羅獵他們的隱蔽變得更加困難。隨行的坐騎因為火光而驚恐嘶鳴起來，很快這些馬匹就成為了弓箭手的目標，羽箭齊飛，五匹坐騎被射中要害慘死當場。

羅獵和麻雀會合在了一處，麻雀低聲道：「怎麼辦？」

此時隱藏在暗處的敵人也暫時停下了攻擊，他們顯然在守株待兔，在他們看來只要木屋的火勢燃燒起來，裡面的人自然要向外衝出，到時候他們就可以肆無忌憚地射殺這些失去隱蔽的目標。

羅獵低聲道：「你掩護我，必須要幹掉暗處的敵人。」他的目光望著南方，施放暗箭的敵人應該藏在那個位置，另外還有弓箭手藏身在西北和東北的山坡上，呈三角陣型將整個黃口子林場控制住，對方居高臨下且藏身在密林深處，更何況敵暗我明，目前來看最少有三名弓箭手在附近高地埋伏，想要同時將他們除去簡直難於登天。

麻雀擔心道：「敵暗我明，現在衝出去等於送死。」

羅獵看著不遠處的木屋，火勢比起剛才已大了許多，用不了多久濃煙和烈焰就會逼迫裡面的人不顧一切地逃出來。他抿了抿唇，下定了決心：「你開槍掩護我，我從暗處靠近西北側的山林，只要除掉一側潛伏的敵人，就可以打開一條逃生之路。就算幹不掉他們，也能夠轉移他們的注意力，為大家創造逃生機會。」

麻雀點了點頭，低聲道：「你小心一些。」

羅獵已經貓著腰向西北坡地潛行而去，麻雀朝著西北方向又開了一槍，然後迅速轉移到右側的一棵大樹後，馬上就有一支羽箭還擊而來，射中了麻雀用來藏身的樹幹。麻雀藏身在樹後連續開槍，因為只能判斷對方的大概方位，麻雀的射擊並沒有任何的殺傷力，連續射擊五槍之後她再度改變了隱蔽地點，看到羅獵的身影已經消失在樹林之中，一顆心稍稍放了下來，只要羅獵進入樹林，他就變得安全了許多，密密麻麻的樹木會為他提供天然的隱蔽。

瞎子也跟阿諾一樣趴在了地面上，雙手捂著嘴巴，火箭引燃了木屋，煙已經從門縫中瀰散了進來，他低聲道：「金毛，快想辦法，這樣下去咱們要被熏死了。」心中暗暗叫苦，早知如此就應當把麻雀的豬頭面具戴上。小狗安大頭瑟縮在他的身邊，惶恐嗚嗚著。

阿諾道：「煙霧對咱們也能夠起到掩護作用……咳咳……再忍忍，等會兒咱們衝出去，還好他們沒槍……咳咳……」

常發所在的木屋房門再度打開，從裡面飛出了一個灰影，馬上就有羽箭射中目標，目標落地其實是一床捆紮包裹成人形的棉被，說時遲那時快，常發已經趁著這千載難逢的良機從房間內衝了出來，原地一個翻滾已經逃到了一堆約有兩米高的圓木堆後面，對方意識到是障眼法的時候已經晚了，常發成功脫困，利用圓木的掩護，雙槍瞄準南方的樹林輪番射擊，毛瑟槍迅猛的火力暫時壓制住了對方的進攻。

麻雀在另外一邊配合羅獵繼續吸引西北角的敵人。

瞎子和阿諾聽到外面槍聲不斷，兩人也無法繼續忍受木屋裡面的煙薰火燎，瞎子道：「你先走我斷後，咱們衝出去！」

阿諾點了點頭，瞎子站起身來，先是退了幾步，準備鼓足勇氣衝出去，可方才邁了一步，腳下的地板喀嚓就被他踩了個破洞，瞎子的一條大腿整個陷了進去，叫苦不迭的同時又驚喜萬分，這真是個意外地發現，木屋其實是建在架空層上面的，這是為了隔絕地面潮氣，這木屋荒廢已經有很長時間了，地面的木板早已腐朽，哪禁得住瞎子這麼折騰。阿諾也是又驚又喜，先將瞎子拖了上來，然後兩人合力將地板三下五除給撬開了一個大洞，小狗安大頭率先從洞口鑽了出去，跳到了下面，然後汪汪直叫，瞎子和阿諾也從洞口先後爬了下去。

兩人從木屋中逃出之後，那木屋就熊熊燃燒起來，看到不遠處麻雀潛伏在那裡，瞎子低聲叫道：「麻雀！」

麻雀轉過身，她雖然看不清來人的面貌，可是從聲音還是能分辨出身後的應該是瞎子，連放了幾槍吸引對方的注意力，瞎子和阿諾兩人趁機來到她身邊會合，對方的攻擊明顯減弱，暗藏在林中的射手並沒有料到瞎子和阿諾已經從木屋下方離開，仍然將注意力集中在那燃燒的木屋之上。

瞎子最關心的還是羅獵，看到羅獵不在附近，壓低聲音道：「羅獵呢？」

麻雀指向西北角，小聲道：「他去清除障礙了，咱們目前只有那條退路。」

瞎子歎了口氣：「就知道逞英雄！」

麻雀替羅獵不平道：「他還不是為了大家冒險，你怎麼不敢去？」

瞎子嘿嘿笑道：「人很多時候不僅僅要靠勇氣，還要靠智慧。」說話的時候配合地指了指自己的腦袋。他從阿諾那裡要來了望遠鏡，悄悄觀望了一下林中的動靜，看了一會兒低聲道：「你們兩個同時從兩側開火，吸引他們反擊。」

兩人都知道瞎子擁有夜間視物的能力，卻不知道他在夜間的視力遠遠超過白晝，兩人準備開槍的時候，另外一側躲在圓木後方的常發卻率先開槍，常發開槍的目的一是為了震懾對手，二是向同伴通報自己的位置，他剛一開槍，林中就接連射出兩支羽箭。

瞎子等待的就是這一時刻，他瞬間就已經鎖定了南側敵人的藏身之處，以手指向林中的方位，示意麻雀和阿諾兩人同時朝著這個方向開槍，麻雀和阿諾將信將疑，抱著試試看的態度兩人同時扣動扳機，密集的子彈射向瞎子所指的位置。

瞎子的指向雖然不是絕對精確，可是麻雀和阿諾的火力已經覆蓋了目標方圓三米左右的範圍，只聽到林中傳來一聲慘叫，然後聽到樹木折斷的聲音，應當是有人從樹上墜落，中途還砸斷了樹枝。

羅獵深入密林之中，藏身在一棵合抱粗的大樹之後，從地上撿起一段枯枝，向右前方扔了過去，枯枝砸在樹幹之上發出空的一聲，緊接著從斜上方一支羽箭追風逐電般射了過去，正中剛才的撞擊處，羅獵悄悄探身觀望，箭杆猶自在樹幹之上顫抖不停，從箭杆的指向，可以初步判斷出對方的藏身所在，從弓弦發射的聲音，他可以粗略判斷出對方和自己的距離。

他躡手躡腳向右側繞行，利用樹木的隱蔽，確保不被對手發現行蹤，悄悄繞行到了那射手身後，借著雪光的映照望去，可以看到在自己左前方四十五度角的地方，距離約有十米左右的大樹之上，有個黑色人影正站在枝椏之上，那人一身黑色棉衣，手中長弓拉得滾圓，鏃尖在夜色中閃爍著寒光，正在尋找著目標。

羅獵搖了搖頭，從腰間抽出一柄飛刀，突然叫了一聲：「嗨！」

樹上的射手聽到聲音慌忙轉過身來，他反應也算迅速，在轉身之時已經向發聲處射出一箭。

羅獵發聲的同時飛刀已經出手，凜冽的刀光化成一道驚鴻，穿透夜色，刀聲響徹夜空之時，刀光已經沒入射手的右腿內，他慘叫一聲從樹上跌落。羅獵身體一偏，左手穩穩抓住向他射來的羽箭，宛如獵豹一般向前方撲去，不等那箭手從雪地上爬起，將羽箭向上一拋，於空中掉轉方向，再度抓住箭杆，狠狠插入對方的右手之中，鏃尖穿透對方的手掌，將之牢牢釘在雪地之上。

那箭手發出一聲撕心裂肺的慘叫，他的左手想去摸腰間的開山刀，卻被羅獵一腳踏住動彈不得。

外面傳來數聲槍響，麻雀和瞎子循聲前來，他們趕到時，這邊勝負已分，常發和阿諾分別在林邊警戒，雖然他們可能幹掉了潛伏在正南方的射手，羅獵也制住了西北方的射手，但是東北方高地仍然有敵人潛伏，不過現在所有成員已經進入林中，而且清除了兩個方向的敵人，破去了對方的合圍，暫時脫離險境。

瞎子撿起開山刀走過去，照著那箭手的臉搧了過去，雖不是直接砍去，可刀身打臉啪啪作響，出手極重，瞎子怒道：「老實交代，什麼人派你來的？」

那人先是被羅獵飛刀射中，然後失足從樹上跌落，原本只剩了半條命，右手又被羅獵扎穿，可謂是慘到了極點，見到自己落入對方的包圍圈中，嚇得魂飛魄散，慘叫道：「好漢饒命，是我有眼不識泰山……是徐老根安排我們在這裡埋伏，他說有肥羊經過……」

瞎子聽到果然是徐老根勾結土匪意圖謀財害命，心中不由火起，抬腳照著那土匪襠下就是狠狠一腳，踢得那土匪哭爹叫娘。

羅獵制止了瞎子，沉聲道：「你們一共有幾個人？徐老根在不在其中？」

那箭手此時已完全崩潰，涕淚道：「三個，包括徐老根一共只有三個……」

羅獵聽說對方只有三人稍稍放下心來，眼前他們活捉了一個，瞎子他們也擊中了隱藏在正南方的對手，從剛才聽到的動靜來看，那人就算沒死也受了重傷，也就是說目前只剩下一名對手。他又問道：「你們是哪個山頭的？」

那箭手道：「天脈峰連雲寨……」

眾人聞言一怔，本以為這廝是黑虎山狼牙寨的土匪，卻想不到屬於另外一家，其實蒼白山脈綿延千里，幅員遼闊，土匪眾多，大大小小的勢力據說有二十多支，其中勢力最大的要數黑虎山狼牙寨，可占山時間最長，最為神秘的要數連雲寨，據說連雲寨的這支人馬自打元朝的時候就在蒼白山立足了，不過山寨歷史雖長，卻非常低調，除了他們活動的天脈峰之外，這些年來他們並未主動擴張勢力，甚至也很少聽說他們打家劫舍的劣跡，反倒是常有救濟山民的行為。算得上蒼白山群匪中名聲最好的一支。

羅獵首先想到的就是他們可能有後援，厲聲道：「你不是說只有三個嗎？」

那箭手老實道：「徐老根聯絡我們私下發筆小財，這件事並未上報……」

瞎子道：「怎麼辦？」

羅獵看了看時間，已是凌晨兩點，距離天亮還有四個多小時，現在冒險趕路很可能會遭遇潛伏對手的攻擊，更何況他們的行李還留在林場，抬起頭指了指前方的高地道：「先去高處藏身，有什麼事等到天亮再說。」

四名同伴都點了點頭，雖然瞎子擁有黑夜視物的能力，可是畢竟這周遭草深林密，可以隱藏的地方實在太多，更何況三名敵人有兩名喪失了戰鬥力，唯一倖存的那個應該不敢輕舉妄動，十有八九隱藏在林中某處，如今最好的應對之策就是靜待天明。

瞎子又在那箭手身上踢了一腳道：「這人怎麼辦？」

羅獵還沒有來得及說話，常發已經走過去一刀刺入那名箭手的心口。

麻雀因眼前的一幕驚呼了一聲，瞎子和阿諾也驚詫地張大了嘴巴，誰也想不到滿臉憨厚悶葫蘆一樣的常發出手居然如此狠辣果決。

常發抽出染血的開山刀，在箭手的棉襖上擦乾血跡，低聲道：「不可留下後患。」

羅獵皺了皺眉頭，畢竟已成事實也不好再說什麼，其實就算他們暫且留下那人的性命，估計他在這天寒地凍的山野中也熬不過今晚，除了惡劣的天氣，還有周邊潛伏的野獸。不過親眼看著常發幹掉已經放棄反抗的俘虜，心中仍然覺得有些不舒服。

羅獵提醒眾人儘快離開，麻雀剛才的那聲驚呼很可能引來敵人。

五人轉移到高處林中隱蔽，後半夜氣溫驟降，他們不得不抱團取暖，瞎子和阿諾兩人最為寬心，這樣的環境下居然也能睡著，沒多久就坐著打起了呼嚕。羅獵和常發一左一右護著麻雀，麻雀開始的時候還能撐著，可最終因為過於疲倦而靠在羅獵的肩頭睡了過去。

常發悄悄起身去周圍巡視，確信並無異常狀況，這才回來，回來的時候手中拎著一件大衣，上面還沾有不少的血跡，顯然是從他殺死的那名箭手身上剝下的，小心為麻雀蓋在身上，他對麻雀的關懷的確是無微不至。

羅獵讓麻雀靠在瞎子寬厚的背上，然後站起身來，示意常發去休息，自己頂上一會兒。

常發卻搖了搖頭，此時天空中已經泛起一絲青白之色，黎明即將到來，透過林木的間隙，可以看到廢棄林場的谷地仍然冒著縷縷青煙，幾間木屋幾乎已經被燒了個精光。

常發低聲道：「我若不殺死他，很可能會招來更多的敵人。」他也不是愚魯之人，從幾名同伴的反應也知道自己殺死那名箭手並不被他們認同。

羅獵淡淡笑了笑，其實常發沒必要向自己解釋，他能夠理解常發保護麻雀的心情，其實即便是殺死了那名弓箭手，仍然無法保證這裡的事情不被傳出去，畢竟攻擊他們的一共有三人，其中有一人應該已經逃脫。

此時麻雀也已經醒了過來，發現羅獵和常發都不在她的身邊，自己靠在瞎子和阿諾的身上，趕緊站了起來，染血的大衣落在了雪地上，她這才看到了就站在不遠處的羅獵兩人，頓時放下心來。

耳邊此起彼伏的鼾聲仍在持續，瞎子和阿諾兩人背靠背相互支撐，居然睡得如此酣暢。

羅獵道：「天亮了，叫醒他們，咱們回去尋找行李，然後儘快趕路。」

麻雀拍了拍瞎子的肩頭，毫無反應，於是伸手去揪瞎子的耳朵，瞎子的耳朵已經凍了，這一碰痛到了骨髓，這貨慘叫一聲跳了起來，跟他背靠背的阿諾身後突然失去依靠，頓時摔了個四仰八叉，自然也醒了。

瞎子捂著耳朵痛得跺腳，搞明白怎麼回事之後抱怨道：「麻雀，你就不能溫柔點！」

麻雀哼了一聲道：「對你啊，犯不上！」

可能是天氣太冷，瞎子也失去了鬥嘴的興致，捂著耳朵嘟囔了幾句，就不再抱怨。

羅獵示意大家分散開一段距離，互有照應，留意周圍的舉動，然後向林場走了過去，途徑昨晚殺死那名箭手的地方，發現屍體已經不見，雪地上留有一道拖拽的痕跡，順著痕跡望去可以看到遠處有一個小小的雪丘，原來是常發趁著巡視的功夫將屍體移走埋了，也是為了避免嚇到麻雀。

幾人先是在林場宿地周圍搜索了一圈，在正南方的密林之中發現了一具屍體，屍體身上中了數個槍洞，應該是昨晚麻雀和阿諾兩人在瞎子的指揮下聯手擊斃的那個。和此前被常發所殺的那個一樣，屍體身上並未配槍，所帶的是長弓和開山刀之類的冷兵器。不過此人並非是徐老根，也就是說昨晚圍攻他們的三人有兩人已經授首，唯獨罪魁禍首徐老根逃了。

確信周圍再無其他人潛伏，幾人都放下心來，這才回到宿地尋找行李，他們從白山買的五匹馬於昨晚被射殺，行李也有部分於木屋中燒毀，主要是瞎子和阿諾負責看護的部分，常發負責的行李倒沒有什麼損失，他昨晚從木屋中脫身的時候，先用棉被將行李從木屋中扔出吸引敵方的注意力，然後趁機逃了出來。不過好在瞎子和阿諾負責的那部分多半都是食物和衣服，並沒有太重要的物品。

整理行裝之後，幾人繼續上路，現在最大的困難就是失去了嚮導，而且徐老根帶他們來到的黃口子林場在地圖中並未標注。他們目前所能倚重的只有麻雀手中的地圖和指南針。

確定了大概的方位，再度踏上征程，用來負載行李的馬匹被全部射殺，現在只能自行背負行李前進，行進在到處都是積雪的崇山峻嶺之中可謂是步履維艱。不幸的是，當日午後再度下起了鵝毛大雪，幾人在風雪中迷失了方向。

羅獵舉目四望，現在的能見度還不到五十米，與其沒頭蒼蠅一樣的亂衝亂撞，還不如就地紮營休息，等到風雪停歇之後辨明方向再繼續前進，徵求幾位同伴的意見之後，眾人就地紮營，為了輕裝減負，他們只帶了兩頂帳篷，羅獵在避風的地方將兩頂帳篷紮好，麻雀過來給他幫忙，常發在帳篷外負責生火，巡視周圍環境，排除可能存在危險的任務就交給了瞎子和阿諾。

帳篷還未紮好，常發已經將火生了起來，篝火熊熊，頓時讓他們感到溫暖了許多，常發還從黃口子林場選了一根白蠟棍，平時可用來當扁擔肩挑行李，遇到敵人或野獸的時候還可用來防身，這會兒被他當起了通火棍，可謂是一物多用。

剛剛把吊燒鍋放上燒水，瞎子和阿諾兩人就巡視回來，走了一圈兩人都累得氣喘吁吁，奔在前方的是安大頭，牠的身上落滿了雪花，看起來如同一個滾動的雪球兒。

瞎子和阿諾也好不到哪裡去，兩人身上落滿積雪，遠遠望去如同兩個大號的雪人，阿諾上氣不接下氣道：「白茫茫一片，鳥不拉屎，除了咱們再沒有……其他人了……」加入獵風敢死隊之後，這廝的中國話越發道地了，不過發音明顯帶著一股東北大碴子味。

瞎子這會兒功夫已經累得說不出話了，只是跟著點頭。

羅獵道：「千萬不可掉以輕心，咱們應該已經深入蒼白山腹地，這裡土匪出沒，野獸散佈，稍有不慎，只怕就要將命丟在這裡。」

瞎子一屁股坐在篝火旁，呼哧呼哧喘著粗氣，好一會兒方才緩過氣來，衝著麻雀道：「噯，我說咱們好日子不過，天寒地凍地跑到這裡來鑽山溝子，到底圖什麼？」羅獵並未將麻雀尋找禹神碑的事情告訴他，即便是告訴瞎子，瞎子只會更加想不通，為了一塊石碑，費勁千辛萬苦尋找自然是划不來。

麻雀沒好氣道：「說了你也不懂！」

瞎子道：「什麼意思？」

「她說你蠢！」阿諾維恐天下不亂地開始補刀。

瞎子歎了口氣道：「有時候蠢不是壞事，太聰明的女人往往嫁不出去！」

小狗安大頭汪汪叫了兩聲，似乎在為自己的主人喝彩。

瞎子自以為占了上風，頗為得意地摸了摸安大頭的耳朵，安大頭卻跳了下去，哧溜一聲向樹叢中撒歡兒跑去。

瞎子擔心牠迷失方向，慌忙起身跟了上去，叫道：「大頭，別跑啊！」

安大頭以為瞎子在跟自己玩鬧，跑跑停停，在雪地上跟瞎子嬉戲起來。

麻雀抓了個雪球照著瞎子的後腦勺丟了過去，瞎子被砸了一下，還好頭上戴著厚厚的兔毛帽子並沒有覺得疼痛，轉身看了看麻雀，麻雀也在怒氣沖沖地望著他，因為這廝剛才的那句話耿耿於懷。

羅獵一旁笑道：「麻雀，別跟他一般見識，他有口無心。」

麻雀轉過臉來，卻笑了起來：「你當我心眼真那麼小？」

安大頭已經在樹林中消失不見，瞎子知道這小狗喜歡跟自己藏貓貓，他躡手躡腳走入樹林，嘿嘿笑道：「大頭啊大頭，信不信我抓住你狠揍一頓？」走了沒兩步就看到小狗背朝自己木立在前方不遠處，兩隻耳朵支楞老高。瞎子暗笑，看你往哪兒逃？正準備上前抓住安大頭的時候，卻聽到宛如拉風箱般的低沉呼吸聲。大白天的瞎子眼神不好，循聲定睛望去，卻見在距離自己二十米外的林中有塊鮮亮的黃色，他用力眨了眨眼睛，發現那塊色彩移動了起來，黃黑相間，竟然是一頭牛犢般大小的猛虎。

瞎子只差把尿給嚇出來，慘叫一聲道：「老虎！」危急之中他並未忘記安大頭，一把將安大頭給抱住，轉身就逃，安大頭剛才顯然是被嚇傻了，主人將牠抱住，牠方才回過神來，驚恐的嗚嗚叫了起來。

瞎子撒丫子沒命逃竄，那隻吊睛白額猛虎如同出膛的炮彈，從潛伏的樹叢中衝出，撒開四蹄，積雪被牠飛速的腳步激揚而起，在身後拖曳出長長一到白煙。

瞎子其實身上也帶著槍，可是情急之中根本沒時間去拔槍，他的奔跑速度顯然和猛虎無法相提並論，屋漏偏逢連夜雨，慌忙之中腳下又被橫在雪下的樹根絆到，瞎子失去平衡，噗通一聲摔倒在地上，結結實實摔了個狗吃屎，戧了滿頭滿臉的雪。

也是他命大，那猛虎已經逼近他的身後，在瞎子跌倒的同時騰躍而起準備將獵物撲倒在地，瞎子被樹根絆倒的意外讓猛虎形成了錯判，這一撲錯失了目標，從瞎子的頭頂飛躍而過，落在瞎子身前兩米左右的地方。

瞎子本以為這下必死無疑，可是抬起頭來看到老虎屁股朝著自己，方才意識到自己剛剛撿了一條命，不過危險尚未過去，他爬起來準備再逃。

猛虎撲空之後，馬上扭過頭來，發出一聲震徹山林的低沉咆哮，山風鼓動，樹木搖曳，大片雪花簌簌而落，就在牠蓄勢準備第二次攻擊的時候，羅獵已經第一時間衝到現場，右手一揚，三柄飛刀同時激發，老虎在羅獵衝入樹林的剎那已經意識到了危險，放棄了繼續捕食瞎子的打算，迅速向左側林中衝去，牠行動的速度太快，三柄飛刀只有一柄射入牠的臀部，因為羅獵急於營救瞎子，還沒有進入最佳射程之時就已經施射。虎皮堅韌，即便是射中牠的那柄飛刀也入肉甚淺，無法對牠造成根本性的傷害。

猛虎向左進入林中絕非是被羅獵嚇怕逃離，而是避其鋒芒，然後迂迴出擊。林中雪霧瀰漫，能見度很差，羅獵大吼道：「瞎子，快逃，退回營地！」他們的營地相對於這片密林較為空曠，也只有退回那裡方才能夠保證比較開闊的視野，及時發現猛虎的蹤跡。

瞎子抱著小狗連滾帶爬逃出了樹林，羅獵在他身後斷後，此時麻雀、常發和阿諾三人也手持武器前來接應，五人會合到了一處，向營地撤去。那猛虎或許是被羅獵剛才的一刀嚇怕，始終沒有發起進攻，幾人順利退出了樹林，來到了營地，幾人還未來得及鬆口氣。一道黃黑相間的身影鬼魅般從帳篷內躥了出來，這次的目標卻是麻雀，這頭老虎極其狡詐，竟然搶先一步來到營地帳篷後潛伏，在這裡守株待兔。

誰都沒有料到猛虎竟然藏身在帳篷裡面，如此近距離的狀況下根本不及做出反應，常發第一個反應了過來，右手一把將麻雀推開，左手揚起毛瑟槍，還未來得及射擊就已經被猛虎撲到在地。

蓬！卻是阿諾一槍擊中了那頭猛虎背部，情急之中槍法失了準頭，只射中猛虎的皮肉，並未傷及內在，猛虎揚起尾巴，宛如一條鐵鞭狠狠抽打在阿諾腰部，將阿諾打得橫飛出去，落在篝火之中，燒得阿諾哭爹叫娘，雪地上翻滾起來。

羅獵左手從地上撿起常發失落的手槍，右手飛刀脫手而出，這一刀正中老虎的左目，刀鋒刺破猛虎的左眼，深深貫入其中，猛虎發出一聲慘叫，放棄繼續攻擊，一溜煙向密林中逃去，羅獵舉起手槍，瞄準了老虎，食指落在扳機之上，英俊的面龐卻因為痛苦而變得扭曲，嘴唇顫抖起來，幾經努力，終於他還是沒能扣動扳機，頹然將槍口垂下。

短時間內已經經歷了數場驚心動魄的生死搏殺，瞎子脫下大衣幫助阿諾將身上的火苗撲滅，還好阿諾翻滾及時，身上雖然燒出幾個破洞，還好皮膚只是輕度燒傷。

羅獵雙手各擎一把飛刀，警惕地望著周圍，因為無法斷定那頭猛虎是否遠去，所以不敢掉以輕心。麻雀被常發從死亡線上拉回，可是常發卻被猛虎撲倒，躺倒在一片血泊之中，麻雀衝到常發身邊，卻見他的頸部被猛虎咬出一個拳頭大小的血洞，鮮血湧泉般向外冒著，麻雀哭著用手帕去堵那血洞，可是根本無濟於事，就算她用雙手都捂不住不斷冒出的鮮血。

羅獵找來醫藥箱，想要幫忙，麻雀含淚叫道：「滾開！你為什麼不開槍？你為什麼不開槍？」字字泣血，聲淚俱下，羅獵剛才舉槍猶豫，最終沒有射擊猛虎的情景她全都看到，眼看常發落到如此淒慘的下場，心中悲憤交加，將一切歸咎到羅獵的身上。

羅獵表情黯然，常發的雙眼充滿希冀地望著他，似乎有什麼話要說，可是終於什麼都沒說出來，指了指羅獵又指了指麻雀，然後雙手無力垂落了下去，躺倒在雪地上一動不動再無生息。

瞎子和阿諾兩人來到常發身邊，阿諾摸了摸常發的頸側動脈，又觀察了一下他業已散大的瞳孔，黯然搖了搖頭道：「他死了！」

麻雀再也抑制不住內心的悲痛，大聲哭泣起來。

瞎子過去拍了拍麻雀的肩頭，麻雀憤然轉過身去，雙目恨恨盯住羅獵，她慢慢站起身來，一步步走向羅獵，然後舉起手槍抵住了羅獵的胸膛。

瞎子和阿諾兩人慌忙衝了過去：「麻雀，你昏頭了，羅獵是自己人！我們誰也不想常發死！」

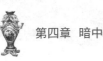

「剛才你為什麼不開槍？」麻雀怒吼道。

羅獵沒有說話，一顆心被不為人知的痛苦煎熬著。

瞎子替他辯解道：「就算他開槍也救不回常發，常發是為了救你才死的！」一語驚醒夢中人，麻雀聽到瞎子這句話突然調轉槍口瞄準了瞎子，她用力搖著頭，淚水卻簌簌而落：「你撒謊！你混蛋！」眼前一黑，竟然暈了過去。

羅獵及時伸出手去將她抱住，避免她被摔傷，有些責怪地瞪了瞎子一眼。

瞎子有些委屈道：「你瞪我幹什麼？說實話有錯啊。」

羅獵歎了口氣，**很多時候實話才是最傷人的**，以麻雀的頭腦她又怎能不清楚常發的死因，常發為了救她而死，她根本接受不了這個事實，短時間內無法承受這樣的壓力和自責，所以才會遷怒於羅獵，才會指責他沒有及時開槍射殺猛虎，這是一種心理上的逃避，也是情感上最為常見的壓力轉移，而瞎子的大實話卻無情擊碎了她的自我逃避，讓麻雀不得不接受眼前血淋淋的事實，才讓她因為痛苦而暈厥過去。

羅獵將麻雀放入帳篷中，小心為她蓋上棉被，瞎子和阿諾都在外面等著。羅獵安頓好麻雀後，讓阿諾在帳篷外守著，他和瞎子一起來到常發的遺體旁。

望著常發血肉模糊的屍體，羅獵忽然想起他在臨終前的眼神，顯然是要說什麼，如果沒有猜錯，應當是想自己幫忙好好照顧麻雀。羅獵暗自歎了口氣，想不到這次的探險行動出師不利，先是遭遇土匪埋伏，然後又遇到猛虎襲擊，行動才剛剛開始就損失了一名隊員。

羅獵蹲下身去，默默為常發合上了雙眼，自己雖然在瀛口救了常發一命，卻終究沒有挽救他英年早逝的命運，或許一切早已冥冥註定。他低聲道：「瞎子，去拿兩把兵工鏟，咱們把常發葬了！」

他絕不可以將同伴就這樣棄屍荒野，任憑常發的遺體被野獸踐踏。常發雖然只是一個小人物，可是他卻用自己的生命捍衛了麻雀。

第五章

鬥虎

山林中傳來一聲低沉的虎嘯，
虎嘯聲在四周山谷中久久迴盪，
他們再度緊張了起來，夜幕已經降臨，
凶猛野獸並沒有放棄獵殺他們，依然在周遭遊蕩。

在凍土挖坑並不容易，雖然兩人合力，也用去了整整兩個小時，瞎子累得滿身大汗，把外面的羊皮襖都脫了，安大頭也意識到隊伍遇到了麻煩，平時不停撒歡兒犬吠，這會兒也老實了，蹲坐在不遠處老老實實看他們挖坑。

羅獵和瞎子一起抬起常發的遺體將他放入挖好的坑中。

常發入土之後，羅獵用兩根樹枝綁成十字架的形狀栽入墳前，然後摘下帽子站在這新起的墳塚前低聲誦念道：「塵歸塵，土歸土，讓往生者安寧，讓在世者重獲解脫，願你的靈魂在天堂安息吧，阿門！」瞎子摘下帽子陪著羅獵站在墳前靜默。

在帳篷前守候的阿諾表情肅穆，朝著墳塚的方向垂下頭來，此時麻雀醒來，她悄悄走出帳篷，雙目已經紅腫，來到墳前含淚跪了下去，心中又是難過又是自責，安翟說得沒錯，常發是為了救自己而死，和羅獵沒有丁點兒關係。

羅獵向瞎子使了個眼色，示意讓麻雀一個人靜一會兒，獨自追思為了保護她而犧牲的常發。

天色已經漸漸暗了下來，阿諾點燃篝火，經過這番折騰，他們已經是又累又餓，用雪融水燒了些開水，羅獵用軍綠色搪瓷茶缸接了一杯開水，抿了口開水，濕潤了一下已經乾裂的嘴唇。

阿諾一旁道：「那隻老虎還會回來的。」

羅獵沒說話，雙手握住茶缸，其實他心中和阿諾擁有一樣的想法。

瞎子歎了口氣道：「嚮導跑了，常發死了，最熟悉這一帶地形的兩個人都沒了，現在漫天飛雪，根本辨別不出方向，咱們悶著頭向前走也不是辦法。」

羅獵依然無動於衷。

瞎子又道：「馬也沒了，乾糧也丟了，這樣走下去恐怕我們所有人都要把命丟在這裡。」

阿諾道：「可惜咱們沒有飛機，如果有一架飛機，我們就能輕鬆飛到黑虎嶺。」

瞎子本指望這貨附和幾句，卻想不到他盡扯這種不著邊際的廢話。飛機？在瞎子的印象中還沒有見過那玩意兒。

羅獵卻已經起身向麻雀走去，來到麻雀身邊躬下身將手中的茶缸遞了過去，輕聲道：「喝杯水暖暖身子。」

麻雀淚光漣漣地抬起頭來，望著羅獵，目光中已經沒有了剛才的憤怒和哀怨，她的情緒已經徹底冷靜下來，點了點頭，充滿憂傷道：「對不起，是我害死了常發，與你無關。」

羅獵低聲道：「是他自己的選擇，跟你無關，如果我當時再果斷一點，就不會把老虎放走。」麻雀不怪他了，他卻主動將責任攬向自己，其實真正的用意是想麻雀好過一些。

此時遠方的山林中傳來一聲低沉的虎嘯，虎嘯聲隨著凜冽的寒風在四周山谷中久久迴盪，他們的心情再度緊張了起來，夜幕已經降臨，這頭凶猛的野獸並沒有放棄獵殺他們的努力，依然在周遭遊盪。

羅獵道：「瞎子，準備吃飯。」

瞎子道：「沒多少乾糧了。」

「那也得吃飽。」說到這裡羅獵停頓了一下，雙目中流露出堅定無比的信念：「只有吃飽咱們才有力氣將這隻老虎幹掉！」

幾人同時望向羅獵：「你要打虎？」

羅獵毫不猶豫地點了點頭道：「不是牠死就是我們死！」

篝火熊熊，他們吃飽之後，圍坐在篝火旁邊，橙紅色的火焰溫暖他們身體的同時也在慢慢撫慰他們受傷的內心。猛虎的咆哮聲不時響起，忽近忽遠，這隻猛虎極其狡詐，懂得如何去給獵物製造壓力。

瞎子道：「牠會來嗎？」

羅獵點了點頭道：「一定會！你們行動吧。」按照他們剛才擬訂的計畫，由羅獵坐在篝火旁作為誘餌，其他人全都爬到周圍的樹上隱藏，只要那隻猛虎膽敢出現，他們就會毫不猶豫地將之射殺。

瞎子拍了拍羅獵的肩膀道：「你要小心。」他和阿諾分別爬上了事先選好的冷杉樹，瞎子對爬樹並不在行，事先用開山刀在樹上砍了不少的窩坑，方便落腳，手足並用這才爬到了上面，瞎子所在的位置要高出阿諾不少，站得高看得遠，要利用他的夜眼第一時間發現老虎的蹤跡。

麻雀並沒有急著厲害，而是在羅獵身邊坐下，望著羅獵用飛刀默默將白蠟杆焦黑的那端削尖，這根白蠟杆是常發生前所用，如今上面也沾染了不少的血跡。

羅獵道：「老虎隨時都可能回來，你去樹上藏起來吧。」

麻雀取出常發生前所用的毛瑟槍，倒轉槍口遞給了羅獵，羅獵只是看了一眼，目光重新回到了篝火上，低聲道：「我不用。」

「你為什麼不用槍？飛刀再快也無法快過子彈！」麻雀充滿不解地問。

羅獵撿起地上的白蠟杆，用飛刀繼續修整著它的尖端。

「為什麼？」

羅獵的動作突然停滯了下來，過了好一會兒方才道：「我發過誓，這輩子再也不用槍！」

麻雀咬了咬嘴唇，這解釋似乎合情合理，卻等於沒說一樣，羅獵仍然不願吐露為何棄槍不用的理由。心中沒來由生出憤怒：「那你就拿自己的生命冒險？」

羅獵淡淡笑了笑：「我有刀！」

「懶得管你！」麻雀憤然起身，走了兩步卻又停下了腳步，轉身看了看篝火旁的羅獵，小聲道：「一定要小心！」

等到同伴全都在隱藏的地點埋伏好，羅獵方才站起身來，整理了一下飛刀，不知何時雪已停了，抬起頭就能看到繁星滿天的夜空，美麗的銀河就掛在蒼穹之上，羅獵卻被這靜謐絕美的景象刺激到了，內心深處忽然感到針扎般的疼痛。他用力吸了口清冷的空氣，然後舉起白蠟杆狠狠將尖端插入雪面下方的凍土地內。

瞎子在樹上忽然吹響了呼哨，羅獵抬頭向上望去，瞎子道：「來了！就在北邊的林子裡，來回走動，緩慢接近咱們的營地！」

羅獵點了點頭，這隻老虎非常謹慎，尤其是在牠受傷之後，牠的攻擊更加變得小心翼翼，不過以老虎的性情，牠絕不會輕易放棄對獵物的攻擊，他們幾個想要擺脫猛虎的追蹤，唯有將之殺死才是最為根本的解決辦法。

瞎子忽然驚呼道：「不對！好像不是此前那隻！」

羅獵聞言也不由得緊張了起來，一隻猛虎已經給他們造成了那麼大的損失，若是兩隻老虎結伴而來，他們是否能夠將之全部擊殺還是未知之數。

瞎子一手抱著樹，一手舉著望遠鏡觀察老虎的行動，他看到有兩隻綠油油的光點在遠方叢林中飄動，能夠判斷出這是一隻猛虎的眼睛，白日裡攻擊他們的那隻猛虎被羅獵射瞎了一隻眼睛，這隻猛虎的雙眼應該沒事。

視野中，那兩顆漂浮得綠油油的光芒忽然飛速向他們的營地開始靠近。

瞎子揚起手中的毛瑟槍瞄準了那兩顆綠油油的眼睛之間，果斷扣動扳機，呯的一聲槍響，槍口因後坐力而上揚，瞎子雖在夜晚眼神不錯，可惜他的槍法實在太差，瞄得雖然準確，可是在發射的時候子彈明顯偏出方向，這一槍並沒有擊中老虎，打在了距離老虎兩米外的樹幹上，樹幹無辜被打出一個破洞，雪粒和樹皮起飛，老虎被槍聲驚動，槍響之後從山坡之上飛速向營地衝來。

同樣隱藏在樹上的阿諾和麻雀兩人雖然竭力尋找老虎的動向，可是他們在夜晚目力遠遠遜色於瞎子，等他們看到那隻猛虎的身影時，距離他們藏身的冷杉樹只不過還剩下二十米的距離。

兩人同時朝著猛虎開槍，無奈猛虎下山的速度實在太快，彈夾中的子彈打完，也沒有傷及猛虎的皮毛。

羅獵站起身來，他的目光鎖定前方的樹林，危險和壓力在心底蔓延開來，倏然一頭吊睛白額猛虎從林中飛撲而出，直奔篝火旁邊的羅獵，羅獵雙手從腰間抽出飛刀，雙手用力一揮，兩柄飛刀旋轉行進，直奔猛虎的雙目，那猛虎看到直奔自己面門而來的飛刀，將頭顱低下，以堅硬的頭顱撞擊在飛刀之上，飛刀刺中猛虎的頭顱，刀鋒刺破了牠的頭皮卻無法貫穿牠堅硬的顱骨。

羅獵借著篝火的光芒也看清了這隻老虎的模樣，牠根本就不是此前攻擊他們的那一隻，羅獵單手將插入凍土中的白蠟杆拔起，向後迅速倒退。

猛虎撲了個空，羅獵剛才立足的地面被砸出了一個雪坑，雪霧瀰漫，地面都因為這猛虎的強勁一撲而震動起來。

樹上的三名同伴先後換上彈夾，瞄準篝火旁的老虎射擊，猛虎身上中了兩槍，痛得牠悲吼一聲，尾巴擊打在那堆篝火之上，將篝火打得四散飛出。

一根大腿般粗細的圓木燃燒著砸向羅獵。

羅獵揚起手中的白蠟杆擊打在圓木之上，那根燃燒的圓木被他一棍砸得飛了回去，直奔猛虎身上而去，那頭猛虎閃電般避開。與此同時，樹林中傳來一聲震徹夜空的虎吼，竟然是另外一隻猛虎前來接應。

瞎子看到林中一顆綠色的光芒飛速向這邊靠近，定睛一看，這次前來的正是此前被羅獵射瞎一隻眼的老虎，他大叫道：「壞了，又來一隻！」

麻雀高聲道：「不管牠，先集中火力消滅篝火旁的那一隻再說！」幾人舉槍射擊，可是營地的篝火已經被虎尾擊散，光芒黯淡幾近熄滅，那隻猛虎認定了羅獵窮追不捨。

羅獵甩出一記飛刀，然後迅速向後方撤退，猛虎先被羅獵射傷頭部，又中了兩槍，凶性徹底被激發起來，牠全速追逐羅獵。

羅獵奔向前方的冷杉樹，抓住事先留在那裡的繩索迅速攀援向上，他剛剛爬升兩米左右，那隻猛虎就已經追到了下方，後腿蹬地猛地向上躥升起來，前爪抓向羅獵的大腿，鋒利的前爪將羅獵的褲子頓時撕開，幸好沒有傷及裡面的皮肉。

羅獵左手抓住繩索，右手舉起白蠟杆，以尖端向老虎的面門戳去，正刺在老虎的鼻子上，老虎雖然凶悍，鼻子卻是極其嬌嫩的部位，被白蠟杆刺了個正著，哀嚎一聲，血光四濺，重重落在雪地之上，打了個翻滾，再度站起來，面門之上已經是鮮血淋漓。

羅獵趁著這一時機成功向上爬了一米左右，抓住樹枝翻身爬到了樹枝之上。舉起白蠟杆，標槍一樣向那頭猛虎投去。

猛虎張開巨口，竟然試圖一口將白蠟杆叼住。卻不知羅獵丟出的白蠟杆只是為了轉移牠的注意力，真正的殺招卻是接踵而至的飛刀，在那頭猛虎張開巨口準備咬住白蠟杆的剎那，飛刀後發先至，一道寒光追風逐電般射入了猛虎的咽喉。

猛虎再想閉上嘴巴已經晚了，飛刀通過牠的血盆大口直接刺入了牠的咽喉，羅獵這一刀用盡全力，刀鋒從猛虎的內部突破，穿透牠的頸部皮肉，刀鋒從牠的頸後暴露出來。

猛虎的頭顱向前伸出，似乎想要將喉頭的這根東西挖出，可是鮮血卻從喉頭汩汩不斷地流了出來，牠強撐著搖搖晃晃向前走了兩步，終於無力為繼，噗通一聲歪倒在地上。

瞎子最先看到羅獵得手，他驚喜過望，而此時那頭獨眼老虎也已經來到近前，麻雀和阿諾兩人輪番施射，瞎子大叫道：「幹掉了一個，兄弟們咱們頂住……」可能是太過興奮，腳下的力量不覺增加了一些，他所立足的那根樹枝竟然被他踩斷，瞎子感覺腳下一空，身體失去平衡從空中落了下去，四仰八叉地重重摔倒在雪地之上。

瞎子所在的位置距離地面接近九米，等若是從三層樓上跌落，幸虧地上有厚厚的積雪作為緩衝，否則不死也得重傷，饒是如此，瞎子還是被摔了個七葷八素，周身骨骸欲裂，手中雖然還握著毛瑟槍，可此時他連手臂都抬不起來了。

那頭獨眼老虎原本已經從瞎子藏身的大樹旁奔過，可是聽到身後重物墜地的聲音又瞬間回過頭來，綠油油的獨眼死死盯住獵物。

倒楣的是，瞎子跌落的位置正處於阿諾和麻雀兩人視線的盲區，因為樹木的遮擋他們根本無法瞄準這頭猛虎，阿諾連續開槍試圖用槍聲轉移猛虎的注意力。

麻雀咬了咬櫻唇，從樹幹上滑落下來，迅速向瞎子跌落的地方奔去，她不可以再看到同伴無辜送命，就算冒著生命的危險也要放手一搏。

瞎子知道發生了什麼，小眼睛緊緊閉上，一動不動，聽著老虎的呼吸聲越來越近，已經嚇得魂飛魄散，心中把羅獵罵了個千百遍，如果不是跟著他過來，也不會把小命丟在這深山老林，而今之計唯有裝死，聽說老虎不喜歡吃死物，希望裝死能夠僥倖逃過一劫。

獨眼老虎距離瞎子只剩下兩米不到的距離，此時前來接應的麻雀已經出現在後方，她舉起手槍朝著老虎的屁股就是一槍，開槍的剎那，那頭猛虎倏然轉過頭來，躲過麻雀的子彈，一反剛才的緩慢動作，以迅雷不及掩耳之勢向麻雀全速逼近，轉瞬之間已經奔行到距離麻雀不足五米的地方。

麻雀接連開槍，彈夾中的子彈很快就已經打空，可是射出的子彈竟然沒有一顆擊中猛虎，眼看著猛虎騰空向自己撲來，麻雀腦海中變得一片空白，雪光映射著她蒼白的俏臉，讓人不忍卒看。

千鈞一髮之時，咻的一聲尖銳的嘯響貼著麻雀的右耳飛了過去，麻雀被這嘯響聲刺激到耳鳴，卻是一支羽箭射中了猛虎的心口，猛虎龐大的身軀自半空中轟然落地，伸出的前爪距離麻雀不過尺許的距離。

麻雀驚魂未定地望著腳下的猛虎，此時她聽到腳步聲，卻是一名身高在一米九十以上的魁梧漢子從林中走了出來，他一手握著長弓，一手抓著一尺長度的宰牛刀，豹頭環眼，滿面虬鬚不怒自威。

麻雀這才回過神來，此時羅獵也循聲趕來，麻雀看到羅獵的身影慌忙向他奔了過去。想不到剛才倒在地上的猛虎忽然又站了起來。後腿用力一蹬，身軀竟然人一般直立而起，一雙前爪向麻雀的肩頭搭去。

那壯漢斜刺裡衝了上來，左手將老虎的右爪抓住，揚起宰牛刀，噗的一刀戳入猛虎的心口，連續三刀，將猛虎放倒在地。

瞎子這會兒方才有了些許的知覺，小眼睛直愣愣看著眼前的一切，心中對那壯漢佩服到了極點，這廝簡直是天神下凡，竟然以一人之力和猛虎抗衡，而且完虐之。

羅獵原本已經準備出刀射殺這隻猛虎，看到那鐵塔般的漢子已經搶先和猛虎貼身肉搏，一個照面就已經將猛虎刺殺在地。

麻雀還未從剛才的驚嚇中回過神來，呆若木雞地站在雪地之中，嘴唇不停顫抖，羅獵來到她身邊，輕輕拍了拍她的肩頭，低聲道：「沒事了，老虎死了！」

麻雀點了點頭，怯怯轉過身去，看到那頭猛虎已經倒在血泊之中，四腳朝天，那壯漢已經用宰牛刀剝開虎皮，他手法熟練，不一會兒功夫就將整張虎皮扒了下來。

羅獵來到瞎子面前，伸手將瞎子從地上拽了起來，阿諾此時也從樹上滑下來，看到眼前一幕也是歎為觀止。

羅獵向那壯漢道：「這位大哥，多謝你仗義出手！」

那壯漢將剝好的虎皮捲了起來，抬頭看了看羅獵：「好刀法，那頭母老虎是被你殺死的！」

羅獵道：「還是你的箭法厲害！」其實他根本沒有來得及分出公母。

壯漢呵呵笑了一聲道：「箭法再快也比不上手槍，只可惜你朋友的槍法準頭太差。」一句話說得麻雀俏臉一熱，剛才自己把彈夾內的子彈全都射完，也沒有一發子彈命中老虎。

壯漢指了指那頭被剝光的老虎道：「皮我帶走，肉歸你們了，這兩隻畜生殺了我的三條獵犬，我跟蹤了牠們整整半個月，如果不是牠們伏擊你們，我還沒機會找到牠們。」他大步走向另外一頭被羅獵殺死的老虎，開始動手剝皮。

羅獵跟了過去，看著壯漢的一舉一動，心中忽然有了個想法。因為徐老根的背叛，中途遭遇風雪迷路，又遇到猛獸襲擊，證明他們在蒼白山如果沒有嚮導引路，別說找到禹神碑和七寶避風符，就算找到黑虎嶺也很困難，眼前的這位壯漢應當是依靠打獵為生的獵人，此人箭法超群，膂力過人，而且他對蒼白山的地理情況非常熟悉，若是能夠得到此人相助必然如虎添翼，他們眼前所面臨的困難也會迎刃而解。

獵人從老虎咽喉中取出了飛刀，擦乾之後遞給了羅獵：「這是你的？」

羅獵微笑接了過去：「敢問大哥高姓大名？」

獵人卻歎了口氣道：「好好的兩張虎皮都被你們糟蹋了，上面多了幾個槍眼，賣不上價錢了！」言語中頗多遺憾。

羅獵道：「你很缺錢嗎？」

獵人暫時停下剝皮，直起了身子。羅獵一米八的身高已經算得上高大，可是和獵人相比仍然要處在下風，獵人居高臨下地望著羅獵：**「這世上不是每個人生來就衣食無憂！」**

羅獵心中一動：「有單生意你願不願意接？」

「多少錢？」

羅獵道：「我們幾個在風雪中迷了路，缺少一位引路的嚮導，如果你答應為我們帶路，我可以付給你三十塊大洋。」此前給徐老根就是這個價錢，三十塊大洋在蒼白山一帶已經算得上超高酬勞了。

獵人充滿警惕地望著羅獵道：「你們幾個外地人沒有嚮導居然就敢冒著風雪闖入蒼白山？外面的好日子過膩歪了？天寒地凍地來這裡找死？」

羅獵道：「原本倒是有個嚮導，可惜他中途逃走了。」

獵人道：「黃口子的那兩具屍體跟你們有關了？」

羅獵心中一怔，看來此人一定去過黃口子，而且發現了那兩具被他們射殺的土匪屍體。他也不禁懷疑起來，此人也用的是弓箭，難道他跟徐老根那些人是一夥的？目光開始充滿警惕。

獵人道：「死的是連雲寨的兩個嘍囉，他們要劫殺你們？」

羅獵點了點頭，如實回答道：「嚮導叫徐老根，他勾結兩名同夥想要劫殺我們，結果被我們提前發現了。」

獵人不屑道：「徐老根，那畜生從來都不是什麼良善人物，這些年來無辜死在他手下的過客不知有多少，你們居然找他當嚮導，能夠活到現在簡直是奇跡。」他打量了一下羅獵道：「看你們也不像是壞人，這單生意我倒是可以接，不過我要先知道你們要去哪裡？」

羅獵實話實說道：「黑虎嶺，狼牙寨！」

獵人聞言臉色一變，冷冷道：「你知不知道狼牙寨是什麼地方？」

羅獵道：「明知山有虎偏向虎山行！大哥若是害怕，咱們就此別過！」

獵人道：「一百塊大洋外加兩把盒子炮！」他的目光盯住瞎子的毛瑟槍。

羅獵毫不猶豫道：「成交！」他主動向獵人伸出手去：「我叫羅獵！」

獵人伸出蒲扇般寬大有力的手掌和羅獵握了握：「張長弓，叫我長弓！」

張長弓的出現讓所有成員的內心燃起了希望，篝火重新點燃，張長弓熟練地將虎肉切割，串在長長的樹枝上炙烤，香氣四溢，在寒冷和恐懼中抗爭了一天的幾個人終於獲得了安逸，麻雀吃了點虎肉，就去帳篷內休息了。

張長弓和阿諾兩人正在一邊吃虎肉，一邊對喝著一瓶伏特加，這兩人幾乎沒有交流，酒成了彼此的溝通工具，一瓶伏特加一會兒就已經見底，小狗趴在他們的身邊，也跟著分享老虎肉，再凶猛的動物現在也只能淪為他們的盤中餐，張長弓從腰間取下了他的酒囊，裡面裝著滿滿的燒刀子，豪氣干雲道：「再來！」

阿諾乜著一雙眼睛：「來就來，當我怕你啊！」

瞎子和羅獵在帳篷前的那堆篝火旁坐著，遠遠望著張長弓，瞎子低聲道：「你信得過他？」徐老根的事情給他留下了很大的陰影，瞎子也變得疑神疑鬼。

羅獵道：「他若是想害我們，就不會選在剛才那個時候出現。」

瞎子道：「他要錢還要槍。」

羅獵笑道：「**用人不疑疑人不用！**」說到這裡他又感到有些頭痛，他已經連續幾天沒有入眠了，這樣的情況如果繼續下去，他的身體肯定會受到影響，也許自己的確應該好好休息一下了。

瞎子道：「還打算去黑虎嶺？」

羅獵點了點頭：「你有什麼打算？不要有顧忌，心裡有什麼就說什麼。」

瞎子實話實說道：「本來打算勸你回頭的，可又知道你的性子，一旦決定的事情就算十頭牛都拉不回來，只能跟著你走了，誰讓我是你大哥！我不照顧你還有誰肯照顧你？」

羅獵笑著在瞎子肩頭捶了一拳，心中暖融融的。

其實瞎子有句話並沒說出，他當時踩斷樹枝失足落下的時候，是麻雀不顧安危第一個衝出來營救，如果不是麻雀開槍吸引了老虎的注意力，只怕他現在已經變成了一具屍體，瞎子也非無情無義之人，這個大恩他雖然不說，可是心中記掛著。看到羅獵佈滿血絲的雙眼，有些擔心道：「你去睡吧，我在這兒守著。」

羅獵點了點頭，起身走向帳篷，瞎子提醒他道：「別走錯了帳篷啊！」

羅獵抬腳作勢要踢他。

瞎子嘿嘿笑了起來。

羅獵不知自己睡了多久，夢中看到了遠方一片無邊無際的火海，一個模糊的身影正在慢慢走向那片火海，羅獵想要提醒她，可是那身影仍然毅然決然地向火海走去，羅獵拚命追趕著，可是無論他怎樣努力都追趕不上她的腳步。

她走入火海之前，緩緩轉過身，一雙明澈的美眸含著淚帶著笑，她無聲說著什麼。羅獵從她的口型讀懂了什麼，然後她毅然決然地轉過頭去，毫不猶豫地走入了火海，羅獵發出撕心裂肺的嘶吼。

羅獵從夢中驚醒，猛然坐了起來，周身已經遍佈冷汗，他大口大口喘息著，帳篷被掀開了一條縫，麻雀一臉關切地探頭進來，篝火的光芒照亮了羅獵滿是冷汗的面龐，羅獵慌忙用手遮住面孔，大聲道：「出去！」

麻雀被他的這聲大吼嚇住，慌忙又退了出去。

過了一會兒羅獵方才從帳篷裡出來，看到獨自一人孤零零坐在篝火旁的麻雀，心中歉意頓生，抬起手腕看了看時間，已經是清晨五點了，說起來這是他幾天以來睡得最深最長的一次，如果沒有這個噩夢的出現，或許他能夠一覺睡到天亮，熟睡之後感覺整個人的身體狀態恢復了許多，頭也不再疼痛了。

麻雀向篝火中扔了幾根樹枝，終於還是忍不住轉過身，看了看身後的羅獵：「你醒了？」

羅獵點了點頭，有些不好意思地笑了笑，來到麻雀身邊，緊挨著她坐下：「不好意思，剛才我做了個噩夢。」

「我沒往心裡去，誰都有做噩夢的權利。」

羅獵因她的這句話又笑了起來，舒展了一下雙臂，聽到帳篷內此起彼伏的香甜鼾聲，從聲音中就能夠判斷是瞎子和阿諾兩個，瞎子不是答應了自己今晚要由他值守，怎麼又變成了麻雀？

麻雀道：「大家都累了，我醒了沒多久，讓他們兩個去睡了。」

羅獵道：「張長弓呢？」

麻雀用樹枝指了指右前方的大樹，羅獵順著她所指的方向望去，卻見張長弓就躺在雪地上睡了，身下墊著一張新鮮剝下的虎皮，一旁的篝火仍在劈哩啪啦地燃燒著。

麻雀道：「謝謝你。」

「謝我什麼？」

麻雀道：「經歷了這麼多的挫折，仍然願意陪我去黑虎嶺冒險。」

羅獵哈哈笑了起來：「受人所托忠人之事，我雖然不是什麼好人，可答應別人的事情就一定要做到。」

麻雀莞爾一笑，羅獵這才意識到她臉上的大鬍子已經摘掉了，指了指自己的下巴道：「你的……」

麻雀道：「昨晚打虎的時候丟掉了，我倒是找了一圈，沒找到。」

羅獵微笑道：「其實你還是不留鬍子好看。」

「廢話！」麻雀嗔了一聲，俏臉卻微微有些發紅，起身道：「我再去撿些枯枝回來。」

羅獵道：「我陪你一起去。」在接二連三遭遇凶險後，羅獵變得謹慎許多。

麻雀搖了搖頭道：「你歇著吧，我不會走出你的視線範圍。」

麻雀去撿枯枝的時候，張長弓也已經醒來，他將兩張虎皮重新捲起，然後捧起地上的積雪在臉上用力揉搓，這就是他洗臉的方法。

羅獵饒有興趣地望著他的動作，張長弓道：「這樣搓臉，一可以防凍，二可以精神抖擻，你不妨嘗試一下。」

羅獵果然學著他的樣子捧起一把雪戳了戳臉，開始的時候的確有些吃不住寒冷，不過一會兒血液循環就加速，整個臉就熱了起來。

張長弓用雪搓完臉，然後在空曠的雪地上開始練拳，他身高臂長，動作雖然稱不上靈巧，可是打起拳來虎虎生風力道十足。

羅獵心中暗讚，這張長弓戰鬥力十足，難怪能夠單人搏虎，獨自生存在這寒風刺骨冰天雪地的山野之中。

阿諾被外面的動靜吵醒，揉著滿腦袋的黃毛走了出來，看到張長弓練拳，他咧著大嘴湊了上去，雙手擺出拳擊的架勢，主動提出要和張長弓切磋切磋。

張長弓也學著阿諾的樣子，羅獵走過去充當裁判，剛喊一聲開始，阿諾就一拳揮了過去，張長弓身體後仰躲過來拳，就勢一腳踹在阿諾的胸口，阿諾被他這一腳踹得坐倒在雪地上，滑出老遠，雖然張長弓這一腳留力，阿諾也被踹得呼吸一窒息，一邊擺手一邊嚷嚷道：「犯規……他犯規！」

羅獵笑道：「生死相搏，誰跟你講規則。」

張長弓走過去笑著伸出手去，想要將阿諾從地上拉起來，阿諾將手交給他，趁著張長弓拉起自己的剎那，豹子一樣衝了過去，抱住張長弓的大腿，想要出其不意將他掀翻在地，本以為這次突襲必然得逞，卻想不到張長弓的大腿如同在雪地上生了根，無論他如何用力都無法移動分毫。

張長弓伸出雙臂抱住阿諾的腰背，一個後仰，將阿諾魁梧的身軀倒摔在雪地上，雖然有雪地緩衝，仍然把阿諾摔得七葷八素，這下阿諾徹底服氣了，一邊笑一邊擺手道：「我認輸，我投降！」

張長弓向羅獵抬起下頷道：「你要不要試試？」

羅獵擺手道：「算了，我力氣可比不上你。」

瞎子此時也醒了，從帳篷內鑽了出來，陰陽怪氣道：「只有一身蠻力有個屁用，關鍵時刻還得靠腦子。關羽張飛誰不比諸葛亮力氣大？可最後還不得聽諸葛亮的？」

張長弓道：「你是諸葛亮啊？」

瞎子道：「那得看跟誰比！」

張長弓道：「來，咱們比比拳腳。」

瞎子嘿嘿笑道：「這我可不擅長，要比啊，你找羅獵，他是我們頭兒，不但拳腳厲害，且十八般兵刃樣樣精通。」這貨唯恐天下不亂，巴不得一旁看熱鬧。

羅獵笑道：「我還是有自知之明的。」

瞎子道：「你飛刀厲害，長弓大哥箭法厲害，不知你們兩個究竟誰更加精準一些？」

張長弓明知瞎子在挑唆，可好勝心仍然被激起，樂呵呵望著羅獵道：「我早有此意，羅獵，你該不會拒絕吧？」

羅獵還想推辭，阿諾也跟著附和道：「頭兒，你可是咱們隊長，這臉面可不能丟。」

羅獵被這倆貨給硬生生架了上去，心中暗忖，若是此刻退卻必然會讓張長弓小瞧，不如暴露一些實力給他也好，於是點了點頭道：「怎麼比？」

張長弓道：「弓箭射程遠，飛刀射程近，如果射擊遠方的靶子，等於是我占了便宜，可若是距離太近，你又占了先機。不如這樣，咱們相距二十步，你向我身體周圍丟出飛刀，我以你的飛刀為目標射擊。然後我向你的身體周圍射箭，你以我射出的箭為目標，每人五次機會，命中目標多者為勝！」

瞎子雖然是這件事的始作俑者，可是聽到他們居然要這樣比試，也不禁心驚肉跳。雖然張長弓所說的目標並非他們本身，可是比武之中難免會有偏差，若是兩人之中有一人射偏，其後果不堪設想，瞎子歎了口氣道：「比武而已，沒必要拿性命相搏吧？」

羅獵微笑道：「既然長弓兄那麼有興致，我若是臨陣退卻反倒掃了興致，既然要玩，不妨玩大一些，將距離拉開到三十步，目標瞄準彼此就是。」

張長弓聞言微微一怔，若是將距離拉開到三十步，等若是羅獵主動將優勢拱手相讓，就算他的飛刀再厲害，三十步的距離也不可能造成太大的威脅。張長弓點了點頭，從箭筒中抽出兩隻羽箭。

瞎子和阿諾看到兩人當真要以性命相搏，一個後悔不已。這兩人之中萬一哪個有所閃失，他們豈不是要內疚終生。

兩人各自後退十五步，羅獵先下手為強，手中飛刀倏然向張長弓射去，刀光一閃，快如疾電，飛刀射殺的最佳距離應該在十五步左右，在這樣的距離，無論速度還是力量都能夠達到巔峰狀態，距離越遠，力量會迅速衰減，即便是羅獵可以將飛刀擲出百步的距離，可是後半程已經談不到任何的威脅力了。

張長弓虎目一凜，弓滿七分，鏃尖瞄準了射來的飛刀，羽箭咻的一聲射了出去，他這張弓原本極其堅韌，拉力奇大，羽箭已經射出，快如流星，速度要數倍於飛刀，雖然他隨後射箭，這一箭卻是後發先至，於兩人中點處鏃尖正中飛刀，發出噹啷一聲尖銳的鳴響，飛刀羽箭同時歪歪斜斜落在了地上。張長弓出箭速度之快讓人目不暇接，在射出第一支箭的時候，第二支羽箭已經搭在弓弦之上，伴隨著一聲尖嘯，羽箭呼嘯射向羅獵。

瞎子差點把魂給嚇出來，這張長弓不是好人，根本是要利用比武射殺羅獵，他的手已經握住了手槍，若是羅獵有了三長兩短，他非一槍崩了張長弓不可。

麻雀抱著一捆剛剛撿來的枯枝走了回來，正看到張長弓射箭的一幕，嚇得麻雀將懷中的枯枝全都掉落在雪地之上。

羅獵不慌不忙，身軀轉動，手中飛刀閃電般擲出，飛刀在空中劃出一道雪亮的銀弧，映射著清晨的陽光，從箭杆的中心切過，羽箭一分兩段，這支羽箭原來被張長弓事先折斷了鏃尖，這也是為了避免誤傷羅獵。雖然如此，張長弓這一箭卻是滿弓射出，其速度和力量比起剛才一箭要強勁許多，望著雪地上先後落下的兩截斷箭，張長弓的臉上充滿了不可思議的表情，羅獵的刀法竟然可以破去他的近距離一箭，此人的反應和膽識實在是超人一等。

瞎子和阿諾兩人張大了嘴巴，目睹如此驚心動魄的一幕，兩人的心都提到了嗓子眼。

站在雪坡上的麻雀卻捂住了嘴巴，強行忍住驚呼，眼圈卻已經紅了，也只有她自己才清楚剛才是如何擔心。

羅獵和張長弓誰都沒有繼續出招，張長弓射飛了羅獵的第一把飛刀，而羅獵也斬斷了張長弓志在必得的第二箭，從場面上看平分秋色，兩人沒有輸贏，可是張長弓卻知道羅獵以飛刀破箭難度要大得多。羅獵也明白張長弓手下留情，如果兩人當真是以性命相搏，鹿死誰手還未必可知。

羅獵將地上沒有鏃尖的箭杆撿起，微笑道：「我輸了，如果不是長弓兄手下留情，我的身上恐怕已經多了一個窟窿。」他是謙虛的說法，其實即便是張長弓沒有折去鏃尖，他一樣有把握斬斷張長弓射來的羽箭，之所以提出將距離拉遠到三十步，其實是羅獵爭取到充分的反應時間。

張長弓哈哈笑道：「羅老弟又何必謙虛，還是你的刀法厲害，你用飛刀斬斷了我的箭，自然是我輸了。」他為人豪爽胸襟坦蕩，並不計較勝敗得失。

這樣的結果可謂是皆大歡喜，瞎子屁顛顛地跑過來道：「平手，平手！」

麻雀揉了揉眼睛，俯身默默拾起雪地上的枯枝，然後才向營地走去：「都不是小孩子了，還那麼幼稚，你們四個大男人難道不知道幫忙？」

幾人同時詫異地望著麻雀，她何時開始承認自己是女人了？

張長弓的加入不但多了經驗豐富熟悉地形的嚮導，而且他們整個小隊的戰鬥力也在無形中增加，雖然羅獵這四個人各有所長，但是論到在野外生存的能力，他們加起來也比不上張長弓。張長弓總是可以找到最適合的宿營地，總是可以輕易俘獲美味的獵物，規避危險動物的領地。和他同行，絕不用擔心食物的問題。

每個人都真切體會到張長弓的能耐，瞎子雖然挑起了張長弓和羅獵的那場比武，可是他在心底還是將張長弓當救命恩人看待的，在他從樹上失足跌落的時候，如果不是張長弓及時出現，他恐怕早就變成老虎糞便了。

羅獵和張長弓也頗為投緣，正所謂惺惺相惜，羅獵以飛刀破去張長弓的羽箭之後，張長弓對他格外欣賞，羅獵也本著用人不疑疑人不用的原則，將常發生前所用的兩把毛瑟槍送給了張長弓，這也是他們此前協議的一部分。

是夜，他們在二道嶺宿營，眾人都去休息後，張長弓從羅獵手中接過兩把毛瑟手槍，愛不釋手地把玩。羅獵道：「其實以你的箭法，這槍沒多少用處。」

張長弓道：「各有長短！」他這才將手槍插在腰間，羅獵遞給他一支煙，張長弓搖了搖頭，他不會抽煙。羅獵自己點了一支煙，抽了起來。

張長弓有些好奇，伸手找他要了一支，學著他點上，卻因受不了煙味刺激，劇烈咳嗽起來，慌忙將煙在雪地上掐滅，苦笑道：「學不來，不如酒好喝。」

羅獵笑了起來。

張長弓道：「羅老弟，你們知不知道黑虎嶺是什麼地方？」

羅獵點了點頭：「知道。」

張長弓道：「黑虎嶺狼牙寨是蒼白山土匪人數最多，實力最強的一支，這些年來，他們燒殺搶掠無惡不做。」

羅獵道：「我不但要去黑虎嶺，還要去狼牙寨！」

張長弓濃眉緊鎖道：「那等於去送死！」

羅獵道：「世事無絕對，蕭天行雖然凶名在外，可只要是人就會有弱點。」

張長弓歎了口氣道：「黑虎嶺一帶過去曾經有三個屯子，可後來因為狼牙寨的這幫土匪，老百姓死的死亡的亡，現在屯子裡已經沒多少人了，剩下的也只是一些老弱殘疾。於是他們將搶劫的範圍不斷擴大，這些年來死在他們手下的人至少有幾千，這幫土匪無一不是血債累累。」

羅獵道：「張大哥一身本事，為什麼要留在山裡？」

「習慣了，再者說，俺娘去世還有兩個月才滿三年，我要在蒼白山為她老人家守孝三年，以後再考慮做什麼。」

羅獵道：「大娘的墳在哪裡？有機會我要去拜祭一下。」

張長弓充滿傷感地搖了搖頭道：「沒有啊，我去山裡打獵，俺娘就在屯子邊被狼給叼走了，連屍骨都沒剩下。」說到這裡，他虎目蘊淚，擔心被羅獵笑話轉過臉去。

羅獵拍了拍他的肩頭表示安慰，難怪張長弓說在蒼白山守孝。

張長弓道：「聽說是一頭毛色殷紅如血的惡狼！」

羅獵不由得有些好奇，他從未聽說過有狼的毛是紅色。

張長弓道：「有很多人親眼看到，那頭紅色的惡狼叼走了我娘，這兩年，我走遍了蒼白山都沒有找到那頭狼的蹤跡。」

羅獵低聲道：「這世上好像沒有紅色的品種！」

帳篷中傳來麻雀的聲音：「有的！**我爸就在筆記中記載了血狼的存在。**」

第六章

黑虎嶺拜壽行

羅獵心中一喜，原來這幫土匪是來為蕭天行賀壽，
他們雖然來到了黑虎嶺前，
卻始終沒有想到潛入黑虎嶺的妥善方法，
而朱滿堂透露這一資訊無異於在羅獵眼前敞開一道門。

麻雀原來一直都沒睡，還在帳篷裡把他們兩人的對話聽了個清清楚楚，正應了隔牆有耳那句話，她掀開帳篷走了出來，表情明顯有些激動。

羅獵指著麻雀道：「喔，你居然在偷聽我們說話！」

麻雀啐了一聲道：「我可沒有偷聽，你們兩人談話的聲音那麼大，吵得人家睡不著，就算堵著耳朵，仍然聽得清清楚楚。」她來到張長弓身邊坐下：「張大哥，你可不可以告訴我，你聽說血狼出沒的地方是在哪裡？」

羅獵咳嗽了一聲，認為麻雀選的時機並不恰當，畢竟是血狼叼走了張長弓的母親，提起這件事等若是揭開了張長弓心底的傷疤，麻雀在待人接物方面終究還是單純了一些。

還好張長弓並沒有介意，歎了口氣道：「應該是在滿倉屯附近，不過那一帶的山我都搜遍了，別說是血狼，甚至連狼的蹤跡都未曾見到。」

麻雀道：「你所說的血狼是不是體型很大，有獅子一般大小，兩隻眼睛色彩各異，一隻是黃色一隻是藍色？舌頭也是藍色？」

張長弓大吃一驚：「你怎麼知道？」麻雀描述的血狼形狀和當日目睹血狼的村人所說幾乎一模一樣。

麻雀道：「我並未見過血狼，可是我父親曾經來蒼白山探險，他在一個名為六甲岩的地方見到過。」

張長弓道：「六甲岩？豈不是在黑虎嶺上？」

麻雀拿出父親的筆記，翻到關於記載血狼的那一頁，遞給張長弓看。張長弓苦笑著搖了搖頭道：「我不識字！」其實山裡人不識字的很多，張長弓也不是目不識丁，簡單的幾個字，還有自己的名字是認得的，但是加起來也不過區區幾十個字，麻雀拿筆記給他看的確是難為了他。

麻雀道：「張大哥，不瞞您說，我們這次前來蒼白山是為了尋找一樣東西，過去我爸就是在尋找這件東西的途中遇到了血狼。」她還是想說動張長弓加入他們的隊伍，如果張長弓能夠加入他們的團隊，對於接下來的行動必然會有很大的幫助。

張長弓點了點頭，卻沒有說話，只是拿出自己的酒囊，擰開口灌了一大口酒，過了一會兒方才低聲道：「我這幾年沒有去過黑虎嶺，因為黑虎嶺被土匪佔據，野獸都已經逃離了那裡，按照常理來說，血狼不會潛伏在那裡，可是……」他的目光盯住麻雀手中的筆記本，麻雀應該不會騙自己，麻雀的父親應當是親眼所見，否則又豈能將血狼的形狀記載得如此詳細？

羅獵接過筆記仔細看了看，麻博軒在這本筆記上記錄得非常詳細，還附上了一張手繪的插圖，插圖畫的是一隻狼頭，巨吻獠牙，兇相畢露。

二道嶺距離黑虎嶺只有三個山頭，按照正常的速度，一日之間就可以抵達，不過在沒有探明黑虎嶺狀況之前他們不能貿然進入。張長弓對黑虎嶺的印象還是七年以前，那是他最後一次前往那裡打獵，隨著狼牙寨土匪聲勢不斷壯大，整個黑虎嶺遍佈土匪的勢力，他就再也沒去過山上。

二道嶺和黑虎嶺之間有一座楊家屯，屯子零零散散地住著幾戶人家，大都是無力遠行的老弱病殘，楊家屯雖然臨近黑虎嶺，但是近幾年來並未受到土匪的滋擾，不是因為山上土匪發了善心，而是因為楊家屯已經沒有東西可搶，僅剩的十七個百姓全都在生死邊緣掙扎過活，不過還好這山裡不缺柴禾，冬季取暖能夠解決，至於吃飯，只能靠山吃山，依靠著秋日在山裡撿來的山貨，和在周邊山林中獵取不多的獵物勉強為生，雖然日子過得艱難，可至少還能慘澹過活。

張長弓每隔一段時間都會來到楊家屯，給羈留在這裡老弱病殘的村民送一些食物。今次也不例外，聽到張長弓帶了朋友前來，村子裡還能走動的十三個老人帶著一個十多歲的孩子全都出來迎接，這十三個老人之中竟有半數以上殘疾，更讓人觸目驚心的是，他們的殘疾均非先天所致，或是缺少手足，或是瞎眼黥鼻，一看就知道是被人為傷害，悄悄問過張長弓方才知道，這些殘疾老人全都是拜狼牙寨那群土匪所賜，土匪的殘忍可見一斑。

那孩子叫鐵娃，今年十三歲，是留在楊家屯唯一的孩子，父母早亡，只有一個奶奶如今癱瘓在床，也正是因為這個原因沒有出山逃生，留在楊家屯照顧奶奶。小小年紀，劈柴擔水，打獵做飯，儼然已經成為了一家之主，事實上他也成了這個屯子的主心骨，屯子裡留下的這幫老人，最小的年齡也過了花甲，不是重病纏身就是身有殘疾，勉強能夠稱為勞力的也只有鐵娃這個半大孩子，可以說屯子裡這幫老人之所以能夠苟延殘喘活到現在，多虧了鐵娃這孩子的照顧。

張長弓也是一次偶然路過發現了這屯子裡的慘狀，於是時常過來接濟他們。還抽空教給了鐵娃一些功夫防身，這孩子不但吃苦耐勞而且靈性，更讓張長弓欣賞的是這麼小的孩子有擔當有責任而且還有一顆公平之心。

張長弓將帶來的老虎肉分給村民，鐵娃已經忙著燒火做飯，麻雀看他這麼小的年紀就如此懂事，也頗為喜歡，去廚房給他幫忙。

兩人共同操辦了一桌豐盛的晚飯，鐵娃先端著飯碗去餵奶奶吃飯，回來之後，看到羅獵他們仍在等著自己，有些不好意思道：「師父，您和客人們先吃就是，等得飯都涼了。」雖然張長弓並未正式將他收為弟子，可鐵娃一直都堅持這樣稱呼他。

羅獵笑道：「哪有主人不來客人先吃的道理，鐵娃，飯菜還熱乎著呢，趕緊過來吃飯。」

鐵娃這才走了過來，挨在張長弓身邊坐了。阿諾將倒好的一碗酒遞給他，張長弓替他擋了回去：「小孩子，別讓他喝酒。」

瞎子嘿嘿笑道：「金毛，你腦袋裡是漿糊嗎？鐵娃才多大你就讓他喝酒？」

鐵娃憨厚笑道：「俺倒是偷著喝過，不過只喝了一碗酒就醉倒了，把奶奶嚇得不行，還以為我死了呢，抱著俺整整哭了一宿。」

眾人都笑了起來。

鐵娃道：「打那以後，俺就再也不喝酒了。」

麻雀道：「鐵娃真是孝順！」

鐵娃被她這一誇，有些不好意思了，目光侷促地瞧著自己的腳尖兒。

羅獵道：「最近黑虎嶺的土匪有沒有到這邊來過？」

鐵娃搖了搖頭道：「值錢的東西都被他們搶完了，屯子裡算上我一共才十七個人，他們沒興趣的。」說到這裡他停頓了一下，忽然想起了什麼：「對了，三天前倒是有一群人從這裡經過，一個個穿得非常體面，還打聽黑虎嶺的事情。」

言者無心，聽者有意。羅獵追問道：「什麼人？一共有多少人？」

鐵娃道：「一共有十二個，全都帶著武器，其中有三個應當是軍人，不過他們只是問路，並未停留。」

張長弓皺了皺眉頭道：「難道是軍方入山剿匪？」

羅獵道：「不可能，如果是剿匪，怎麼可能來那麼少的人？」

黑虎嶺上的土匪號稱兩千，就算其中有誇張虛構的成份，至少也要有千人以上，十二個人去剿滅這樣一直龐大的土匪隊伍，無異於登門送死。這支隊伍或許是為了偵查敵情，或許是過客，或許只是蒼白山諸多土匪隊伍中的一支。

不知為何，羅獵心底突然浮現出葉青虹的影子，想到奉天分別之時，葉青虹充滿不甘的表情，他甚至擔心葉青虹在自己不知情的狀況下組織了另外一支隊伍前來黑虎嶺。

人的信任是相互的，在他對葉青虹的信心動搖之後，葉青虹對他或許也同樣產生了懷疑。以葉青虹的財勢想要在短期內重新組織起一支隊伍並非難事，更何況她的手下本就有陸威霖這樣的高手。但是仔細一想可能性也不是太大，以葉青虹的頭腦應該不會如此衝動，她心中雖然不甘，可是對自己還是抱有很大的信心，否則也不會在自己的身上投入這麼大的血本。

外面隱約傳來駿馬的嘶鳴聲，眾人全都是一怔，想不到除了他們以外還會有人在這樣的風雪天來到楊家屯，鐵娃起身道：「我出去看看！」

張長弓擔心會有意外，沉聲道：「我跟你一起去！」

外面起了風，天空下起了鹽粒子，雪雖然不大，可是被風一刮，打在臉上火辣辣的疼，又如被砂紙搓過一樣。兩人剛剛來到村莊主路，就看到一支十五人的隊伍來到近前，為首一人身材矮胖，偌大一顆腦袋寸草不生，油光可鑒，數九寒天就這樣光禿禿裸露在寒冷的空氣中，居然還滿頭大汗，腆著肚子，黑色熊皮大氅沒有繫扣，大敞著懷，腰間寸許寬的腰帶之上別著兩把毛瑟槍。

鐵娃並不認識這群人，可是張長弓見多識廣，一眼就認出這支人馬來自禿鷹谷飛鷹堡的土匪，為首的這個胖子是飛鷹堡的三當家黑心彌勒朱滿堂。心中不免有些奇怪，禿鷹谷雖然和黑虎嶺同在蒼白山，但是一東一西，彼此之間的距離約有百里，而且全都是山路，勢力範圍和活動區域也完全不同，如無重要的大事，他們之間井水不犯河水，很少會主動踏足別人的地盤，這裡是黑虎嶺山下，已經屬於狼牙寨的勢力範圍，飛鷹堡的人如此招搖地來到這裡，不知所為何事？

朱滿堂放馬前行，一邊走，一邊吸著鼻子，嘴裡嘟囔著：「什麼味道？真他娘的香！」他生性貪嘴，嗅覺極靈，燉肉的香氣讓這廝垂涎欲滴，聞著香氣一路尋到了這裡。看到張長弓和鐵娃，一高一矮兩個人出現在面前，這才勒住馬韁，咧開嘴，一臉誇張至極的笑容道：「兩位兄弟，我們都是行腳的客商，從此地經過，想要投宿一晚，等明日風雪停了，一早就走。」言語間頗為客氣，不過明眼人一看就知道他睜著眼說瞎話，哪有商人隨身攜帶槍支，還如此顯擺的？

張長弓道：「屯子沒有客棧，不過閒置的房子倒是不少，各位想要留宿也是可以的，不過沒有被褥，炕也是現成的，只是還沒來得及燒。」

朱滿堂笑得眼睛都瞇起來了：「有個歇腳的地方就成，被褥我們自己帶著呢，劈柴有得是，我們自己動手把炕燒起來，不勞煩你們。」

雖然朱滿堂表現得一團和氣，張長弓卻不敢掉以輕心，此人惡名在外，笑裡藏刀，雖然在飛鷹堡排名老三，可是論到性情之殘忍手段之冷酷，卻在飛鷹堡首屈一指，他打著過路客商的旗號來到這裡，不知究竟有何目的？

張長弓自然不願留這幫土匪進入屯子裡住宿，可又擔心不慎激怒了他們，給楊家屯的百姓帶來殺身之禍，只能應承道：「鐵娃，你先帶這些客官去住下。」

鐵娃在前方引路，將這群來自飛鷹堡的土匪帶到了屯西的空房子裡，楊家屯最興盛的時候曾經有過五十多戶人家，如今大都人去樓空，自然空出了不少房屋。鐵娃將他們帶到這裡，用意是和村民分開一段距離，以免不必要的麻煩。

朱滿堂那幫人也沒有為難他們，挑選了四間相對乾淨的房間入住。朱滿堂將鐵娃叫過來，滿臉堆笑道：「小兄弟，我們趕了一天的路，又冷又餓，有沒有吃的，我們付錢。」

鐵娃搖了搖頭：「沒有。」倒不是鐵娃故意說謊話，而是對他們留在屯子裡的這些人來說，食物彌足珍貴，在他們的心中甚至無法用金錢衡量，面對這群打家劫舍的強盜，鐵娃怎能捨得將他們原本就不多的糧食拿出來。

好在朱滿堂也沒有勉強，嘿嘿一笑道：「既然沒有那就算了，小兄弟，不麻煩你了，你回家歇著吧，等明兒一早我們就走。」

張長弓一直都在外面等著他，看到鐵娃出來方才鬆了口氣，低聲道：「怎樣？他們沒有難為你吧？」

鐵娃搖搖頭道：「倒是沒有，想買些吃的，我說沒有，他們也沒說什麼。」

張長弓拉著鐵娃遠離那幫土匪的住處，方才道：「這幫土匪絕非善類，還是儘量不要靠近他們為妙。」

鐵娃點了點頭道：「知道了，我這就去挨家挨戶地說一聲，讓他們沒事儘量不要出門。」

朱滿堂抽出白羊肚毛巾在光禿禿的腦袋上擦拭了一下，用力吸了口鼻子，臉上的笑容倏然收斂，冷冷道：「小王八犢子，居然敢騙我！」他轉向手下人道：「你們有沒有聞到肉香？」

幾人都跟著點頭，其中一個結巴道：「香……香著呢……」

朱滿堂將兩把匣子炮從腰間掏出來，重重拍在炕桌上：「娘的，老子要吃肉，今晚誰敢攔著我，老子就把他給崩了！」

張長弓回到房內，拂去肩頭的落雪。羅獵幾人都迎上來關切詢問。

張長弓將外面的狀況大致說了一遍，叮囑幾人今晚沒事儘量不要出門，避免和那幫土匪遭遇發生意外衝突。幾人正在說話，突然聽到外面傳來了一聲槍響，眾人全都是臉色一變。張長弓顧不上說話，抓起牆上掛著的弓箭就向外衝去。

羅獵幾人也隨後衝了出去，他們剛一來到門外就聽到此起彼伏的槍聲響起，風雪中傳來斥罵聲、慘叫聲、哀嚎聲。

張長弓衝出院門的時候，被羅獵一把拉住，低聲道：「對方人多，不可衝動。」他轉向身後道：「瞎子、阿諾，你們兩人保護麻雀，我和張大哥一起過去看看情況。」

麻雀道：「我才不要人保護，要去一起去！」

張長弓已經當先而行，羅獵幾人慌忙跟上，哭聲從右前方的院子裡傳來，幾人藏身在暗處向前望去，卻見院門敞開，三名土匪從裡面搶了食物出來，一位雙腿殘疾的老爺子，單手死命抓住其中一名土匪的右腿，苦苦哀求他將糧食留下。

那土匪揚起手槍對著那老爺子的額頭就是一槍，槍聲過後，鮮血和腦漿迸射一地，老人直挺挺躺在雪地之上，場景觸目驚心，三名土匪非但沒有任何的愧疚，反而發出陣陣狂笑。

張長弓正看到眼前情景，悲憤交加，怒不可遏，彎弓搭箭，一箭射出，這一箭正中那土匪右眼，從眼眶中深深貫入，直透後腦顱底而出，那土匪還未搞清什麼情況就一命嗚呼，手中剛剛搶來的一塊虎肉掉落在雪地上。

身邊的兩名同伴被眼前的一幕嚇得呆住，很快又回過神來，端槍瞄準張長弓藏身的方向，張長弓魁偉的身軀已經出現在雪地之上，他同時將兩支羽箭搭在弓弦之上，弓如滿月，左手的食指將兩支羽箭從中分開一定的距離，在對方舉槍的剎那鬆開弓弦，緊繃的弓弦釋放時發出嗡的聲響，咻！兩支羽箭宛如兩道冷電，分別沒入那兩名土匪的咽喉之中。兩名土匪捂著脖子，鮮血從指縫中汩汩流出，先後倒在雪地之上。

張長弓舉手抬足之間已經接連殺掉三名土匪，望著雪地上慘死的老人，內心中懊悔到了極點，只怪自己太過大意，低估了土匪的殘忍，根本就不應該將這群狼心狗肺的傢伙放入屯子。槍聲從四面八方響起，由此可以推斷這幫土匪是分頭行動，正在四處搶劫。

瞎子和阿諾兩人已經將手槍掏了出來，瞎子義憤填膺道：「跟他們拚了！」

麻雀道：「鐵娃還沒回來，我去找他！」她對鐵娃這孩子很有好感，而且女孩子心思細膩，首先想到的就是鐵娃。

張長弓和羅獵交換了一下眼神，張長弓道：「咱們兵分兩路，我去前面看看，你去救人，十五分鐘之後，無論情況如何，咱們都回到原來住處會合。」

羅獵讓瞎子和阿諾兩人跟隨張長弓前去，自己則陪著麻雀一起朝著鐵娃家的方向趕去。

羅獵和麻雀方才走了幾步就看到前面橫死在雪地上的兩具屍體，殺人的四名土匪仍然沒有離去，幾個人並排站在雪地上，齊齊舉槍瞄準了地上的屍體射擊，比試誰的槍法更準。一邊往屍體上射擊，還一邊發出得意的狂笑，兩具屍體的頭顱已經被幾人用槍打得稀巴爛，雪地上腦漿和鮮血灑滿一地，可是幾人仍然沒有停手的打算。目睹如此殘忍的一幕，麻雀憤怒的眼睛都紅了，她掏出手槍準備瞄準射擊。卻被羅獵擋住槍口，麻雀不解地怒視羅獵，還以為他害怕。

羅獵做了個噤聲的手勢，然後指了指房頂，讓麻雀隱藏在原地作為保護，他抓住土牆悄悄爬上牆頭。以麻雀的槍法應當不可能同時擊斃四名土匪，從他們現在所處的位置衝出去，只怕出手之前就已經被土匪發覺，對方畢竟有四個人，兩倍於他們，而且看起來槍法好像還不錯，所以羅獵準備採取更為穩妥的戰術，從圍牆移動到屋頂，將自己和土匪的距離拉近到有效射程。生死相搏，容不得半點偏差，稍有不慎，全盤皆輸。

麻雀打開了手槍的保險，目光關注著羅獵的一舉一動，看到羅獵成功潛伏到了屋頂之上，向她做了個手勢。麻雀指了指自己的雙目，示意羅獵擦亮雙眼，千萬不要失手。

羅獵默默調整了一下呼吸，沿著屋脊的斜坡大踏步奔跑下去，跳離屋簷的剎那，雙手同時揮出，四柄飛刀劈開紛飛的雪花，撕裂漸濃的夜色，扯出四條筆直閃亮的光線。

四名土匪正沉浸在射擊屍體的娛樂中，根本沒料到死亡已悄然來到身邊。

幾乎在同時，四柄飛刀射入他們的咽喉，羅獵本身殺性不重，可是看到幾人的手段如此殘忍無恥，內心早已是憤懣交加，潛在心底深處的殺氣被激起，出手自然傾盡全力。

四名土匪中刀之後，先後躺倒在雪地上，麻雀舉槍第一時間衝了出去，這是為了以防萬一，隨時準備給沒斷氣的土匪補上一槍。

羅獵落在雪地之上，一個箭步飛躍過去，抬腳踏中一名土匪的咽喉，這名土匪本來還有口氣，羅獵一腳踏中刀柄，飛刀向下深入，刺穿這名土匪的咽喉，將他硬生生釘在雪地之上。

羅獵俯身將飛刀抽出，擦去血跡重新插入腰間刀鞘之中，麻雀警惕地望著周圍，提防土匪過來接應。

兩人穿過前方小巷，此時看到鐵娃家的方向火光沖天，土匪已經開始放火燒屋，冬季天氣乾燥，屯子裡的房屋大都是木質結構，遇火即燃，而且村內道路狹窄，房屋彼此相連，一旦失火，就很容易蔓延開來。

前方傳來馬蹄聲，羅獵攔住麻雀，兩人藏身在房屋陰影中，那馬蹄聲迅速接近，只見一匹黑色駿馬沿著村莊主路朝著他們奔行而來，一名身材魁梧的土匪策馬揚鞭，在馬的後方用繩索拖著一人，那人身材瘦小，雙手被縛，馬匹高速拖行將他拖倒在雪地之上，瘦削的身體隨著凸凹不平的雪地上下顛簸。羅獵借著火光認出，被拖行的正是鐵娃。

麻雀也在同時認出了鐵娃，看到鐵娃被人如此折磨，她哪裡還能按捺住心中的怒火，揚起手槍瞄準了馬上的那名土匪，一槍射出，子彈正中那土匪的胸膛，土匪本來正在猖狂大笑，冷不防被當胸一槍射中，一個倒栽蔥跌下馬背，右腳卻未離鞍，那馬匹被槍聲驚到，前蹄高揚而起，於空中瘋狂踢踏，落地之後，狂嘶一聲朝著前方沒命奔去，鐵娃也被高速拖行。

羅獵當機立斷，一刀擲出，飛刀正中拖拽鐵娃的那根繩索，寒光掠過，將繩索從中切斷，鐵娃瘦小的身軀在雪地上連續幾個翻滾方才止住滑行的勢頭。

麻雀第一時間衝上去從雪地上扶起鐵娃，卻見鐵娃渾身鮮血，雙目赤紅，嘴唇都已咬破了，整個人如同呆了一般，任憑麻雀怎樣呼喊，他都一言不發。

此時又有一名土匪循著槍聲趕來，羅獵藏身在牆角處，在那人剛一現身，就抓住對方槍桿，手中飛刀閃電般劃過對方咽喉，那土匪慌忙棄去長槍，雙手捂住咽喉，可是鮮血卻仍然從手指縫中向外噴射出來。

麻雀用隨身攜帶的軍刀幫助鐵娃將手上的繩索解開，鐵娃一言不發，伸手從麻雀那裡要過軍刀，然後大踏步衝了上去，來到那名頸部噴血的土匪面前，一刀戳入他的小腹，渾然不顧被對方的鮮血噴了個滿頭滿臉，一刀刺完又是一刀，那名土匪先是被羅獵割喉，現在又被鐵娃瘋狂刺殺，頓時氣絕身亡，鐵娃對倒在地上的屍體仍然沒有放過，揮動軍刀瘋狂地刺入對方的身體之中，鮮血隨著他的動作四處飛濺，周圍雪地被染得一片殷紅。

麻雀被眼前觸目驚心的景象嚇住了，羅獵伸手擋住她的雙目，直到鐵娃停下動作，這才走了過去。

鐵娃聽到身後的腳步聲，猛然轉過頭來，染滿鮮血的軍刀指向羅獵，雙目中充滿了悲憤和警惕。

羅獵看出鐵娃已短時間喪失理智，不知他經歷了怎樣的刺激。羅獵搖搖頭，忽然一刀貼著鐵娃的頭頂射了出去，將一名剛剛從牆角露頭的土匪射殺當場。

鐵娃回過頭去，羅獵趁此時機衝了過去，一掌擊打在鐵娃頸後，將他擊暈。然後抱起鐵娃的身體，將暈厥過去的他扛上肩頭。

麻雀跟上羅獵的腳步，兩人來到鐵娃家門口，發現那裡已經陷入一片火海之中，周圍並沒有看到鐵娃的奶奶，老太太癱瘓在床，想必已經喪身火海之中了，難怪鐵娃會受到那麼大的刺激，不幸中的萬幸是這場大火並未蔓延開來。

羅獵心中盤算了一下，他和張長弓分手時，張長弓就幹掉了三名土匪，加上自己和麻雀兩人殺掉的七個，這夥土匪已有十人被殺，漏網者最多還有五人。

屯子裡槍聲也不再像剛才密集，羅獵和麻雀帶著鐵娃回他們的住處，看到張長弓三人已經回來了，除了阿諾左臂受了點皮肉傷，己方並無損失，而且成功俘虜了土匪頭子黑心彌勒朱滿堂，幾人簡單交流了一下，確認除了朱滿堂之外，所有土匪都已經授首，可是屯子裡的村民也有大半遇害。其實這些土匪的戰鬥力並不強悍，但是仍然給這幫手無寸鐵的百姓造成了慘重的死傷。

羅獵將仍然昏迷的鐵娃放在裡屋炕上，讓麻雀在一旁照顧，然後來到門外。黑心彌勒朱滿堂早已失去了剛才的威風，他帶了十四名弟兄出來，個個都帶著武器，本以為憑著他們的火力可以輕而易舉地將楊家屯的住戶全部幹掉，卻沒有料到非但沒有如願，反而讓羅獵這五個人幾乎全殲，如今他的十四名手下全都死了，只剩下朱滿堂自己。朱滿堂心知凶多吉少，嚇得瑟瑟發抖，魂不附體，大胖臉慘無人色。

張長弓一臉憤怒，指著朱滿堂的鼻子問道：「說，你們一共有多少人？為何要屠殺這些手無寸鐵的百姓？」經過這場慘禍，楊家屯十七名住戶又死傷不少，如今只有鐵娃和七名老人倖免於難，有九人被殺，其中就包括鐵娃的奶奶。

朱滿堂一臉可憐相：「大……大哥……是兄弟我有眼不識泰山，不怪我，我也不想的……可是那肉味兒實在太香，我想買來著，那孩子不給我，還騙我說沒有……」話沒說完，胸口上已經挨了重重一腳。

卻是瞎子衝上來照著他就是狠狠一腳，瞎子很少討厭一個人到這種地步，瞎子打小就沒認為自己是好人，可是見到朱滿堂方才發現跟他相比自己簡直就成了聖人，怒道：「就因為一口吃的，你們殺了那麼多人？」這幫土匪的行徑實在是令人髮指，手段之殘忍已經超出了正常人的底線。

阿諾也是憎惡此人到了極點，怒道：「別跟他廢話，一槍崩了他！」

瞎子馬上從腰間掏出了手槍。

朱滿堂嚇得魂不附體，慘叫道：「別殺我，別殺我，我是禿鷹谷飛鷹堡的人，你們殺了我，飛鷹堡不會放過你們，狼牙寨也不會放過你們……」

瞎子怒道：「什麼狗屁飛鷹堡，當老子怕嗎？」舉槍瞄準了朱滿堂光禿禿的腦袋。

羅獵卻出聲阻止道：「且慢！」他來到近前，示意瞎子先將手槍拿開。

這會兒功夫，朱滿堂已經被嚇得滿頭都是冷汗。

羅獵道：「你既然是飛鷹堡的人，來這裡做什麼？」

朱滿堂還沒有來得及說話，瞎子已經揚起右手，狠狠一巴掌拍在他的後腦勺上，啪的一聲異常清脆，打得朱滿堂身體踉蹌，一頭栽倒在雪地上。狼狽不堪地從雪地上爬起來，已經沾了滿頭滿臉的雪。

朱滿堂老老實實交代道：「……我……我們這次是前往黑虎嶺狼牙寨拜壽

的……還有五天……就是狼牙寨蕭大當家的五十壽辰，不但是我們，蒼白山的各路人馬都要過去給他拜壽……」

羅獵聞言心中一喜，原來這幫土匪是前來為蕭天行賀壽，他們雖然來到了黑虎嶺前，卻始終沒有想到潛入黑虎嶺的妥善方法，而朱滿堂透露的這一資訊無異於在羅獵的眼前敞開了一道門。羅獵讓瞎子和阿諾兩人前去搜索，將土匪的隨行物品全都搜集過來，順便再清點一下，村子裡面有多少倖免於難的老人，還有沒有其他可疑的人物。

張長弓將朱滿堂五花大綁臨時鎖在了柴房內。

羅獵回到房內探望了一下鐵娃，這孩子仍然沒有醒來。麻雀歎了口氣，看著羅獵的眼神有些埋怨，總覺得羅獵剛才的那一掌太重，可她也明白，當時那種情況下鐵娃神智錯亂，如果羅獵不是採用這種方法，只怕後果更加不堪設想，尤其是現在，至少昏睡能夠讓他暫時忘記痛苦。

雪停了，繁星滿天，整個楊家屯又恢復了寧靜，風小了許多，空氣中混雜著血腥和硝煙的味道，張長弓倒背著雙手站在院子的正中，默默望著夜空，聽到腳步聲猜到羅獵來到了身後，低聲道：「鐵娃怎樣了？」

「還沒醒！」羅獵在張長弓的身邊停下腳步，直到現在他都沒有將當時發生的情景告訴張長弓。

張長弓道：「他從小和奶奶相依為命，老太太沒了，他自然傷心。」目光轉向羅獵：「你是不是有什麼打算？」從剛才羅獵阻止瞎子殺死朱滿堂，他就猜到羅獵一定有所圖謀，不然不會暫時留下此人的性命。

羅獵點了點頭，說出了他想要趁此機會頂替朱滿堂這群人的身分，混入黑虎嶺的真實想法。

張長弓緩緩搖了搖頭，在他看來羅獵的想法根本不切實際，他提醒羅獵，飛鷹堡和狼牙寨互為同盟，守望相助，對彼此的狀況非常熟悉，羅獵的想法雖然很好可是並不現實，就算他們打著這幫人的旗號混進去，又如何取信於人？只怕很快就會被狼牙寨的人識破。

羅獵道：「朱滿堂帶著咱們一起過去，就不會有什麼問題。」

張長弓歎了口氣道：「此人罪大惡極，人稱黑心彌勒，為人陰險狡詐，笑裡藏刀，現在他的性命被咱們捏在手中，自然對你言聽計從，就算他現在肯答應，也只是迫於形勢，等到了山上，他一旦逃脫險境，就會倒戈相向，到時候我們所有人都會陷入危險之中，山上有近兩千名土匪，萬一咱們要是暴露，到時候只怕插翅難飛。」

身後響起麻雀的聲音道：「我贊成羅獵的想法，想要潛入黑虎嶺，目前這是最為穩妥的辦法。」

兩人轉身望向麻雀。

麻雀道：「我可不是故意偷聽，出門時剛好聽到你們說話。」因為有了昨晚的先例，所以麻雀趕緊解釋，生怕兩人誤會。

張長弓仍然搖了搖頭道：「我還是覺得太過冒險，等到了山上，誰能保證朱滿堂不出賣咱們？」

羅獵道：「我能夠保證！」

張長弓顯然並不相信他的保證，歎了口氣道：「我去看看鐵娃。」

張長弓進屋後，麻雀來到羅獵身邊小聲道：「你是不是準備催眠朱滿堂？」

羅獵淡淡一笑，麻雀越來越瞭解自己，自然熟悉他做事的一些方法和手段。

麻雀道：「據我瞭解，催眠術有一定的時間限制，你能夠保證朱滿堂在狼牙寨期間不出問題？」

羅獵搖了搖頭道：「我不能保證，任何事情都有風險，狼牙寨那邊的事情我們並不瞭解，未來會發生什麼誰也不能預料。可是……就算有太多不可預知的風險，你仍然還是要走一趟的對不對？」

麻雀點了點頭，美眸中流露出堅定不移的光芒。

羅獵道：「雖然有風險，可是風險並不算大，應當在我們能夠控制的範圍內，只要朱滿堂將我們帶上黑虎嶺，他的使命就已經完成。」

麻雀瞬間明白了羅獵的意思，他的本意是要將朱滿堂當成一塊敲門磚，並不是要讓朱滿堂陪同他們走完全程，只要利用朱滿堂作掩護，讓狼牙寨的人對他們的身分深信不疑，朱滿堂也就失去了存在的價值，必要的時候可以將之剷除。

鐵娃醒來之後，一言不發，翻身從炕上下來就往外走，張長弓一把將他抓住，鐵娃大吼道：「你放開我，你放開……我要去救奶奶，我要去救奶奶……」他的力氣自然不能和張長弓相比，無法掙脫開張長弓的雙手，便抬起腳來猛踢張長弓的雙腿，試圖逼迫他放開自己。

羅獵和麻雀聽到動靜來到房內，麻雀大聲道：「鐵娃，你冷靜！不可以這樣對待你張叔叔。」她的話對鐵娃沒有起到任何的作用。

張長弓忍受著鐵娃對自己的輪番踢踏，沉聲道：「讓他發洩一下也好。」

羅獵走了過去，衝著鐵娃道：「鐵娃，你奶奶死了！」

張長弓和麻雀兩人聞言都是一驚，可他們馬上又都明白了羅獵的意思，他顯然是要鐵娃儘快接受這個現實。

鐵娃身軀顫抖了一下，停下對張長弓的踢踏，瞪得滾圓的雙目怒視羅獵，從心底發出一聲怒吼道：「你騙我！」

羅獵盯住鐵娃的雙目，輕聲道：「你記不記得當時失火的情景？你當時在哪裡？你在做什麼？」

鐵娃雙手捂住頭顱努力去想當時的狀況，可馬上他又拚命搖起頭來，耳旁又響起羅獵的聲音：「你想不起來，你太累了，不如先休息一下，等你睡醒了，或許奶奶就回來了。」他的聲音似乎充滿了某種魔力，鐵娃感覺腦海中的景象漸漸模糊起來，一雙眼皮也沉重如鉛，緩緩閉上，身軀軟綿綿向地上倒去，羅獵展開臂膀將他扶住，然後抱起重新放在床上，麻雀跟過來為鐵娃蓋上了被子

張長弓在一旁親眼見證了羅獵催眠鐵娃的整個過程，他對催眠術並沒有什麼認識，眼前的一切讓他有些不可思議，剛才還情緒激動的鐵娃，只是因為羅獵的幾句話就已經睡了過去，莫非羅獵當真掌握了巫術不成？

羅獵向張長弓使了個眼色，兩人來到外間，羅獵耐心解釋了剛才的行為，其實鐵娃已經親眼目睹了他奶奶遇害的過程，他們祖孫兩人相依為命，感情深篤，鐵娃在潛意識之中不肯承認這個事實，所以表現出強烈的抗拒情緒，羅獵故意引

導他回憶當時的狀況，鐵娃會不由自主地選擇逃避，這是一種正常的情緒規避，在心理學上並不少見，就好像一個人預感到前方的道路有阻礙，所以迫切想要尋找到另外一條道路繞行，而羅獵就充當了誘導者的角色，鐵娃不由自主地配合，所以才會被順利催眠。

羅獵之所以向張長弓解釋得那麼詳細，其實是有他自己的用意，他要儘快讓張長弓對自己建立起信心，相信自己能夠控制朱滿堂，也唯有如此才能促使張長弓有信心和他們一起潛入黑虎嶺。

早在初次相識之時，張長弓就親眼目睹了羅獵用飛刀射殺猛虎的一幕，這兩天的接觸也讓他認識到羅獵在這支隊伍中的威信和領導力，其實張長弓最初只是答應為他們帶路，就算來到楊家屯之時，張長弓仍然沒有決定是否和羅獵他們同去黑虎嶺，哪怕是聽說了害死娘親的血狼曾經出沒於黑虎嶺六甲岩。因為他看出羅獵一行的最終目的是狼牙寨，與狼牙寨人數眾多的土匪為敵，無異於自尋死路，張長弓還不至於做這種不明智的事情。

然而今晚發生在楊家屯的事卻改變了張長弓的想法，是福不是禍，是禍躲不過，這些百姓的苦難正是蒼白山的土匪帶來，只要土匪不除，蒼白山永無寧日。張長弓和羅獵一行認識的時間雖然不久，可是他們卻已經共同經歷了兩場出生入死的搏殺，在這樣的經歷下，他們之間的友情也開始突飛猛進。

張長弓沉思一會兒方道：「你還沒告訴我，你們去蒼白山的目的是什麼？」

羅獵道：「找狼牙寨的大當家蕭天行算一筆陳年舊賬！」

張長弓點了點頭道：「我陪你去。」他的話雖然不多，可是一言九鼎，既然說得出就不會反悔。

羅獵心中倍感欣慰，如果張長弓不肯陪同他們前往黑虎嶺，他也不好勉強，可是在眼前的狀況，他們的隊伍中太需要一個熟悉當地環境的人，更何況張長弓的戰鬥力驚人，有他加入，他們此番深入黑虎嶺全身而退的可能性大大增加。

羅獵道：「價錢方面……」

張長弓道：「接下來的這段路，我不要錢！」

瞎子和阿諾兩人將土匪的住處裡裡外外搜了一遍回來，此行可謂是收穫頗豐，除了收繳土匪的槍支馬匹之外，還發現了他們此番前往狼牙寨隨行帶來的厚禮，禮物放在一個兩尺見方的木箱中，木箱上了鎖，不過這難不住瞎子，開鎖之後，展開紅布包，裡面是一對羊脂白玉雕刻的精美玉獅子，雕工精美，栩栩如生，看得出價值不菲，木箱裡面還有一封賀信，問過朱滿堂知道，這封信是飛鷹堡的大當家李長青親筆所寫，禮物也是他親自準備的。

朱滿堂外強中乾，目睹手下全被滅，再加上瞎子和阿諾兩人你唱我和地恐嚇，早已被嚇得魂飛魄散，沒等羅獵訊問，就已將自己所知的一切全交代出來。

按照羅獵的計畫，他們五人通過化妝假扮成朱滿堂的手下，陪同朱滿堂一起上山，有朱滿堂作掩護，再加上李長青的親筆信和禮物，混入狼牙寨應該不難。

當天夜裡，他們將土匪的屍體聚集起來，一把火給燒了，在這場劫難中遇害的九位老人的屍體也被他們找到，掩埋在村後的林地之中。

忙完這一切，已經是第二天的上午，鐵娃也已經醒來，這次醒來之後情緒明顯平復了許多，只是跟誰都不說話，獨自來到奶奶的墳前默默流淚。

麻雀始終都陪在他身邊，鐵娃在奶奶墳前長跪不起。麻雀將一件棉衣給他披上，柔聲勸慰道：「鐵娃，這世上好人一定有好報，奶奶雖然不在了，可是她一定去了天堂，在天上默默看著你，她肯定不希望你這麼傷心。」

鐵娃抹乾眼淚道：「如果沒有我奶奶，我根本活不到現在，為什麼好人會遭到這樣的報應？」他單純的心靈從此對人世的險惡有了真切的認識，而這一領悟卻是以親人的鮮血和生命作為代價，實在是慘痛。

麻雀默然無語，她幾乎能夠預感到未來的鐵娃將會被仇恨所改變，他幼小的心靈再不復昔日之單純。

鐵娃又道：「都怪我，如果我分給他們一些虎肉，或許他們就不會殺人了。」他畢竟年幼，心性單純，接受現實之後，又將奶奶和其他人的死歸咎到自己的身上，認為是自己不肯拿肉給那幫土匪吃，所以他們才會大開殺戒。

麻雀心中暗忖，按照鐵娃的說法，楊家屯村民的死跟他們的到來也有著密不可分的關係，如果他們沒到這裡來，沒帶老虎肉分給這些村民，那麼也不會招來土匪的怨恨，或許就能夠避免這場慘禍。

鐵娃從雪地上站起身來：「我要殺了他，為我奶奶報仇！」他想起土匪頭子朱滿堂仍然活著，胸中頓時恨意滔天。

麻雀慌忙阻止他道：「鐵娃，你不要衝動，現在就算殺了他，你奶奶也不會復生！」

鐵娃怒視麻雀道：「為什麼？你為什麼要阻止我報仇？」

麻雀道：「你殺了朱滿堂，這蒼白山就不會有土匪了？你殺了他，只會招來土匪更凶狠的報復，鐵娃！你們現在需要的是時間，趁著其他的土匪還沒有發現這裡發生的事情，趕緊帶著村裡其他的老人離開。」

鐵娃怒吼道：「我不走，我這就去殺了那混蛋，你讓開！不然我對你不客氣！」

身後忽然傳來張長弓的怒吼聲：「鐵娃！怎麼說話呢？」

鐵娃打了個冷顫，張長弓在他心中擁有著很高的地位，他垂下頭去。張長弓向麻雀使了個眼色道：「你先回去吧，羅獵在找你。」

麻雀點了點頭，叮囑他道：「好好說話，千萬不要動氣！」

麻雀離開之後，鐵娃咬著嘴唇，眼圈都紅了，握緊雙拳道：「師父，我奶奶就是被那混蛋害死的，為什麼她要阻止我報仇？」

張長弓拍了拍鐵娃的肩頭道：「我們已經殺死了十四名土匪，多殺一個其實無妨，可是現在將朱滿堂殺了又能解決什麼問題？你認為就算替奶奶報了仇？」

鐵娃沒有說話，在他心中絕不止朱滿堂一個仇人，剛才在奶奶墓前他已經默默立下志願，要殺死蒼白山所有的土匪。

張長弓搖了搖頭道：「這些土匪是前往狼牙寨賀壽的，四天以後就是狼牙寨大當家蕭天行的五十大壽，到時候如果飛鷹堡的賀壽隊伍沒到，這裡發生的事情必然會暴露，你以為他們會就此作罷嗎？」

鐵娃再度垂下頭去。

張長弓道：「無論是狼牙寨還是飛鷹堡都不會善罷甘休，一旦他們知道這裡發生的事情，必然會前來報復。」

「我不怕！」

「你不怕？可是這裡其他的鄉親呢？你逃得掉，他們還能逃得掉？你能夠長這麼大不僅僅是你奶奶在照顧你，如果沒有鄉親們幫忙和照顧，你以為自己能夠活到現在？你可以不要性命，但是你忍心讓鄉親們陪你去送死？」

鐵娃偷偷抹了把眼淚。

張長弓道：「冤有頭債有主，這筆帳我們一定會跟他們算，可是鄉親們的性命咱們也不能不管不顧，鐵娃，我想你儘快帶著其他人離開楊家屯，蒼白山裡面是待不下了，你們去白山，這些錢你先留著，等到了那裡找個地方安頓下來，最遲一個月我就過去找你。」張長弓將一百塊大洋遞給了鐵娃，這是他帶路的酬勞，剛剛從羅獵那裡要來，轉手就給了鐵娃。

鐵娃猶豫了一下，並未馬上去接。

張長弓道：「你整天都叫我師父，可是我一直都沒有收你，不是因為不喜歡，而是因為我擔心你學會了武藝，爭強鬥狠，難免會誤入歧途，萬一將來混跡綠林，豈不是耽擱了你的前程，其實這次我來，本想正式收你為徒，卻想不到又遇上了這件慘事……」說到這裡他停頓了一下，長歎了口氣道：「說起來全都是我的責任，如果不是我來，或許楊家屯也就不會遇上這場大禍。」

鐵娃跪倒在地：「師父在上，請受徒兒一拜。」他梆梆梆叩了三個頭。

張長弓伸手將他從雪地上攙扶起來，用力點點頭道：「好徒弟，我向你保證，我絕不會讓朱滿堂活著離開狼牙寨。這筆血債，我必然要為鄉親們討還。」

麻雀托起羅獵的下巴，仔細端詳了好一會兒，羅獵被她看得都有些不自在了，想要起身，麻雀卻道：「老實點兒，我再幫你畫畫。」兩人面對面看著，麻雀眉目如畫，吹氣若蘭，羅獵也不禁心中一動，面對如此美女能夠心如止水，除非不是男人。

羅獵只能耐著性子由著她為自已繼續裝扮，足足弄了半個多小時方才收工，麻雀不無得意地點了點頭道：「不錯，應該看不出什麼破綻了。」

羅獵起身拿起了鏡子，卻見鏡中出現的是一個膚色黧黑的男子，自從離開奉天之後，羅獵就再沒有刮過鬍子，這也是麻雀的建議，雖然鬍子可以隨時黏上，可畢竟後天的不如天生的自然，黑色肌膚配上滿臉的絡腮鬍鬚，再加上左頰上一塊銀元般大小的青色胎記，整個人的面目顯得猙獰凶惡了許多，連羅獵都認不出鏡中人是自己了。

羅獵摸了摸面頰上的胎記：「只是不知道這東西怕不怕水？萬一沾水就掉，

豈不是露餡了？」

麻雀道：「你只管放心，這顏料絕對不會掉，就算你每天洗臉也沒事。」

羅獵聽她這麼說反倒有些擔心了：「該不會這輩子都洗不掉吧？」

麻雀道：「那得看我心情。」

「此話怎講？」

「如果你乖乖聽話配合，等到這件事一了，我馬上幫你恢復原貌，不然你就帶著這塊胎記活一輩子吧。」

羅獵知道麻雀只是故意在恐嚇自己，若說這染料防水他相信，可如果一輩子都洗不掉，那可不科學，別的不說，表皮細胞也在不停新陳代謝。

羅獵走入柴房，朱滿堂躺在柴堆裡，雙目因為適應不了外面的光線而瞇了起來，羅獵湊到他的近前，用飛刀抵住他的額頭，朱滿堂惶恐道：「饒命……饒命，我什麼都交代了，不要殺我……」

羅獵張開左手，五指在他眼前晃了晃道：「你此前見過我的，我叫葉無成，你還給我起了個諢號，叫青面虎！」催眠術的關鍵在於看透對方的心理，指出對方心中所想，朱滿堂現在最想要的就是活命，羅獵的話讓他看到了一條生路，他自然毫不猶豫地沿著羅獵給出的這條道走下去，而這恰恰就中了羅獵的圈套。

朱滿堂一臉迷惘，望著羅獵的雙目，目光從迷惘變成了呆滯，喃喃道：「葉無成……」

「不錯，我曾經救過你的性命，是你帶我加入了飛鷹堡，這次我們一共十二人跟隨你一起去黑虎嶺狼牙寨拜壽，負責保護你的安全，咱們中途遭遇不明人馬的伏擊，不幸有六人遇難……」

朱滿堂整個人傻了一樣，感覺自己的腦子如同空空的水桶，羅獵說什麼他就重複什麼，他漸漸感到充實許多，**其實催眠就是一個清空記憶重新植入的過程**。

「你生了重病！」

「我生了重病……」朱滿堂機械重複著，很快他就覺得自己手足痠軟，雖然羅獵在此時已經幫他解開了縛在身上的繩索，可是朱滿堂卻根本沒有逃走的意思，甚至他感覺到自己舉步維艱，連站起來的力量都沒有了。在羅獵的心理暗示下，朱滿堂一步步走入他精心設計的陷阱。

張長弓在門外站著，靜靜望著羅獵催眠朱滿堂的一幕，心中越發覺得羅獵莫測高深，除了在傳說故事中，他在現實中還從未見到過有人可以掌控別人的意識，換成過去他肯定會認為沒有可能，但是親眼目睹羅獵催眠朱滿堂的全過程，他終於相信了。

第七章

臥虎藏龍的狼牙寨

此人步伐輕快，節奏分明，行走鐵索橋之上，身形穩健，
既沒有因他的腳步而讓鐵索橋左右擺動，
也沒有受到山谷獵獵寒風的絲毫影響，
單從此人的步法，張長弓判斷出呂長根的下盤功夫一流。
狼牙寨臥虎藏龍，每一位首領都不是尋常角色。

第二天一早，羅獵一行六人離開了楊家屯，騎馬上山，鐵娃也帶著村裡碩果僅存的八位老人前往白山避難。分手之時，瞎子將小狗安大頭交給鐵娃照看，這次深入虎穴，帶著這條小狗多有不便。

朱滿堂裹得嚴嚴實實，那顆光禿禿的腦袋也藏在了厚厚的兔皮帽子中，瞎子和阿諾兩人一左一右守在他的兩旁，並非是為了對他進行保護，而是提防這廝清醒後逃跑。

張長弓一馬當先，行進在隊伍的最前方，羅獵和麻雀兩人行在隊尾。

麻雀已經改換成了女子的裝扮，這也是聽從羅獵的建議，雖然她的化妝術非常出色，可是女扮男裝仍然會有破綻，相對來說改變容貌要比改變性別容易得多，更何況這蒼白山各大山頭並不乏女匪的存在。傲嘯山林打家劫舍的女匪自然談不上溫柔賢淑，麻雀也深知此番前往黑虎嶺，置身於眾匪之間，必然凶險重重，她不可以本來面目示人，以防被人認出，還有一個原因，這些窮凶極惡的土匪，貪財好色，若是自己以本來面目出現在他們的面前，很可能會引來匪徒的覬覦，招致不必要的麻煩。

於是麻雀盡可能將自己打扮的普通，頭髮染成了毫無光澤的枯黃色，膚色也染成長期日曬的棕色，滿臉雀斑，原本整齊潔白的牙齒也用染料染黃，說話粗聲粗氣，打眼看上去和尋常村姑無異。

羅獵看著麻雀現在的樣子，想不到麻雀扮醜也是一把好手。

麻雀小聲道：「等到了山上，咱們就扮成一對夫妻，你叫葉無成，我叫花姑子。」

羅獵聽她這麼說不禁笑了起來，倒是一個貼地氣的名字。

麻雀橫了他一眼道：「你笑什麼？有什麼好笑？」

羅獵道：「我只是擔心別人會嘲笑我挑老婆的眼光。」

麻雀極其不屑地瞥了他一眼道：「做戲而已，你以為我會看上你？」

羅獵道：「你想過沒有，如果到了山上，他們把咱們兩口子安排在一個房間怎麼辦？」

麻雀道：「君子坦蕩蕩，我信得過你。」

羅獵道：「我都信不過自己！」

正午的時候已經來到了山頭，陽光從雲層中透射出來，在空中投下霞光萬道，空中的白雲有若一塊塊漂浮在藍色天幕中的冰山，白雲的陰影籠罩的地方呈現出淡淡的淺藍色，白雪皚皚的山頭也因光影的變換而變得明暗相間，讓天地間本來純然一色的雪景增添了不少生動的趣味。

眾人並轡立於山峰之巔，舉目向前方望去，黑虎嶺就在眼前，雖然名為黑虎嶺，可是整座山峰卻分成山勢不同的兩部分，起始處山勢平緩，卻於山腰處突然聳立起一座孤峰，遠遠望去，有若一隻猛虎雄踞山頂，俯瞰蒼白山群峰，黑虎嶺因頂峰形狀而得名，每年春日冰雪消融，山上草木茂盛，盡染墨綠。不過現在是寒冬臘月，又加上連續幾日飄雪，整個黑虎嶺已經披上了一層銀裝，單從外表來看應當稱之為白虎或雪虎更為恰當。

羅獵舉起手中的望遠鏡眺望黑虎嶺的峰頂，看到黑虎嶺上有一座城堡，沿著黑虎嶺陡峭的山勢也有不少的碉堡壁壘隱藏其中。據說在黑虎嶺上暗藏的大小地堡就有九十九個。城堡四周還有七座碉堡，號稱七星連珠，連同嶺上遍佈的地堡構成堅不可摧的防禦工事，因此狼牙寨也被稱為蒼白山脈中防禦力最強的地方。

張長弓身為土生土長的獵人，對這裡的地貌非常瞭解。黑虎嶺三面被水環繞，正北方是懸崖峭壁，號稱虎跳崖，崖壁筆直光滑，沒有著手之處，就算是猿猴也無法攀援上去。

狼牙寨的核心就是頂峰的城堡，這座城堡始建於南宋末年，據說是當年女真大將完顏鐵心抗擊蒙古鐵騎的根據地，當時的名字叫凌天堡，金國覆滅之後，完顏鐵心率領數千名遺民逃亡至此，以此為根據地進行最後的抗爭，長達七年之久，蒙古人為了攻下凌天堡死傷無數。後來因被內部出賣凌天堡被破，蒙古人血洗凌天堡，本來想要放火將之徹底焚毀，可是因為一位隨軍軍師的勸阻而作罷，凌天堡周圍林木眾多，山勢延綿，焚毀凌天堡容易，可是想要控制住山林火勢卻很難，萬一火勢蔓延，不僅是黑虎嶺遭殃，甚至可能會波及到整座蒼白山。也正是這個原因，凌天堡方才躲過一劫。

麻雀補充道：「其實過去的黑虎嶺地勢並沒有如今這樣險峻，黑虎嶺本身其實是一座活火山，最近一次噴發還在明朝萬曆年間，當時火山爆發改變了最初的地形，清康熙年間，蒼白山地區又發生了一次地震，影響到黑虎嶺的北麓產生大面積滑坡，現在北面的虎跳崖就是那次滑坡所造成，幸運的是，這兩次的自然災害都沒有對凌天堡本身造成太大的影響。」

張長弓對於黑虎嶺的瞭解源於當地人的口口相傳，而麻雀是查閱了不少的歷史地理資料，更重科學依據也更為嚴謹，至於虎跳崖形成的原因也是他第一次聽到，張長弓點了點頭道：「不過自從凌天堡被屠之後，據傳凌天堡內就藏有八千冤魂，怨氣實在太重，此地乃是整座蒼白山脈煞氣最重的地方，雖然植被豐富，可是很少有飛禽走獸出現，聽說也是被這裡的煞氣嚇住。」

瞎子從懷中掏出一個羅盤，小眼睛透過墨鏡盯住羅盤，測算著此地的風水。

阿諾充滿好奇望著瞎子手中羅盤道：「這指南針不錯，比我的氣派多了。」

瞎子橫了他一眼道：「你懂個屁，這叫羅盤，乾坤八卦、陰陽五行、天地命數盡在其中，知不知道什麼叫掌中乾坤？知不知道什麼叫中華文化？」

阿諾明顯不服氣，把自己的指南針掏了出來，雖然簡單點，可是裡面的磁鍼和瞎子羅盤裡面的一樣，指向也一模一樣，阿諾道：「你別想蒙我。」

瞎子呵呵冷笑了一聲：「蒙你？我犯的著？我說金毛啊，你倒是睜眼看看，這上面的字有幾個你認識？就算你認識也是白搭，中華文化博大精深，同樣的一個字代表多少含義，組合起來又有多少意思？」

阿諾撇著嘴，向羅獵道：「他又蒙我！」

羅獵笑而不語，瞎子雖然滿嘴跑火車，可是在五行八卦，風水命理方面的確有兩把刷子。

瞎子盯著羅盤道：「顛顛倒，二十四山有珠寶，倒倒顛，二十四山有火坑！」他所誦念的乃是《青囊奧語》中的口訣，顛顛倒就是七十二龍的納音五行。

《青囊奧語》乃是贛南風水祖師爺楊公所著，他也是天盤的創制人。羅盤於歷史中多次改良，如今的羅盤盤是由海底、內盤、外盤三大部件構成的，海底的圓盒應是標準的圓柱形，海底底部的定位十字線應垂直相交，頂針應固定在海底十字線的交點上，並與海底的底面垂直，頂針的尖頭不能有絲毫損傷，確保指向精確，磁鍼必須通直，有足夠的磁性，兩頭的重量應一致。

海底蓋最好是水晶玻璃，儘量避免靜電，因為靜電會對磁鍼有吸附作用，從而影響測量精度。蓋上玻璃蓋時，倒轉海底，磁鍼應保持不掉下。將海底放入內盤時，應特別注意海底線的北要與內盤的子山正中對、外盤必須是標準的正方形，四個邊不彎曲、歪斜，放置內盤的圓凹的圓心應在外盤的幾何中心。外盤盤面應平整光滑。天心十道是讀取內盤上各層內容的指示線，四個穿線孔必須分別定位於外盤四個邊的中心點上。別看一個小小的羅盤，其中卻蘊含萬千變化，所以瞎子的那番話絲毫沒有誇張。

和其他人的關注點不同，瞎子所關注的卻是黑虎山和他們所在的山峰之間雙山正中，正對地盤的十二地支中央，契合生旺墓三合成局，雙山正中正對地盤的十二地支中央。十二地支按照生旺墓三合成局，即申子辰三合水局，寅午戌三合火局，巳酉丑三合金局，亥卯未三合木局。辰戌丑未分別是水、火、金、木的墓庫，也就是風水學中常說的龍水陰陽相配的重要場所，俗稱為四大水口。

從他們的角度看不到黑虎嶺北面的情景，羅獵變幻望遠鏡的角度，從峰頂向下望去，看到果然有一條河流弧形繞過黑虎嶺的東西南三個方向。雖然相隔還有一段距離，可是羅獵仍然可以判斷出那條河流還在流動。有些奇怪道：「這麼冷，那條河居然沒有封凍。」

張長弓道：「那條河叫不凍河，一年四季從不封凍，從西側的峰谷中流淌而下，河水雖然不深，可是兩側都是山崖，水流湍急。想要渡河，就必須通過河上的鐵索橋。」

羅獵找到了鐵索橋的位置，鐵索橋橫亙於兩座山峰之間，是進入黑虎嶺的必經之路。鐵索橋兩側各有一座暗堡，暗堡之中常年都有精兵駐守，扼守通往黑虎嶺的咽喉要道，正可謂一夫當關萬夫莫開。

瞎子盯著羅盤，阿諾盯著瞎子，看到瞎子舉著羅盤裝腔作勢地看了半天，終於忍不住道：「你看出什麼門道來了？」

瞎子道：「三面環水，背靠青山，龍水交融，實乃風水絕佳之所，黑虎嶺非但不是凶地，反而是一塊難得的風水寶地，我若是沒有看錯，此地乃臥虎藏龍之所，必有大墓，必有大墓啊！」

瞎子裝腔作勢的模樣讓張長弓也看不下去了，淡然道：「是有大墓，整座凌天堡就是一座大墓，當初有八千名女真人被屠殺殆盡，屍骨全都留在那裡。」

阿諾聽到張長弓嘲諷瞎子，不由得嘿嘿笑了起來。

瞎子向麻雀道：「他們不相信我嗳！」

殊不知找錯了支援，麻雀對瞎子裝神弄鬼的行徑只是嗤之以鼻，已經催馬向山下行去。

瞎子轉臉看到了身邊耷拉著腦袋的朱滿堂：「喂，三當家，你信不信我？」

處於催眠狀態的朱滿堂滿臉迷惘地望著前方，壓根沒有聽到他們幾人在討論什麼，喃喃道：「我病了，我好虛弱，我好難受……」

瞎子惡狠狠罵道：「難受你麻痹！」

朱滿堂機械重複道：「麻痹也難受……」

阿諾聽到這一句樂得更是從馬上直接跌落到了地上。

羅獵向朱滿堂道：「三當家，前面就是黑虎嶺，等到了狼牙寨，咱們找個大夫給您好好看看病。」

朱滿堂仍然回答道：「我難受……」

雖然視野中已經出現了鐵索橋，直線距離也就是一公里左右，可是山路迂迴，來到入口處仍然用去了整整兩個小時。

來到鐵索橋前，張長弓的雙耳微微一動，他已經聽到兩旁樹上的動靜，沉聲道：「樹上有人。」

羅獵其實已經先於張長弓覺察到周圍的變化，他低聲道：「大家不用驚慌，保持鎮定，以靜制動。」對他們而言最重要的就是要保持鎮定的心態，決不可自亂陣腳，越是慌張越是容易露出破綻。

對面的地堡之中已經有十多個烏洞洞的槍口瞄準了前來者，在兩側的樹叢中也有數十隻槍口將來人鎖定。張長弓揚起手中的拜帖，朗聲道：「飛鷹堡朱三當家奉堡主李大當家之命前來寶寨參加蕭大掌櫃五十大壽，請柬拜帖在此！」

張長弓聲音洪亮中氣十足，聲音在崇山峻嶺之中久久迴盪，周圍樹上積雪也被震得飄落下來，瞎子借著墨鏡的掩護用眼角的餘光望向周圍，看到兩旁樹林中有不少人隱藏在雪地中，粗略估計至少有二十多杆槍指著他們，這還不包括對面地堡中的武裝，瞎子暗暗心驚，幸虧羅獵想到利用朱滿堂混入狼牙寨，不然的話，只怕他們連這道鐵索橋都過不去，就被亂槍打成了馬蜂窩。

過了好一會兒，方才看到鐵索橋對面出現了一個矮小的身影，來人乃是狼牙寨六當家呂長根，狼牙寨號稱坐擁兩千兵馬，自然人才不少，其中的骨幹共有七人，號稱七殺神，這七殺神又以赤橙黃綠青藍紫排序，各有所長，分別是，赤髮閻羅洪景天，在狼牙寨排名老二，山寨四當家疤臉老橙程富海，五當家黃皮猴子黃光明，六當家就是眼前這位人稱綠頭蒼蠅的呂長根，七當家遁地青龍岳廣清，八當家藍色妖姬蘭喜妹，九當家紫氣東來常旭東。連同三當家軍師琉璃狼鄭千川，寨主鎮山虎蕭天行，這九個人構成了狼牙寨的領導核心。蕭天行和這七人是歃血為盟的結義兄弟，而鄭千川跟他們雖然不是結拜關係，卻是狼牙寨的軍師，有狼牙寨第一智將之稱。

羅獵一行在來黑虎嶺之前就已經對這九人的資料瞭若指掌，知己知彼百戰不殆。不過這九人他們大都沒有見過，除了在瀛海於劉公館內曾經邂逅琉璃狼鄭千川，當時也只是遠遠看了一眼，並沒有直接打過照面。

綠頭蒼蠅雖然綽號猥瑣，人長得倒是白淨，如果不知道他的身分，還以為他是一位教書先生，他身材不高，穿著考究，五五分的髮型梳理得一絲不苟，高高的鼻樑上架著一副金絲邊的眼鏡，微微一笑，顯得書卷氣十足，緩步走上鐵索橋，人行鐵索橋之上，橋面竟然沒有因為他的腳步引起一絲一毫的晃動。

張長弓濃眉微微皺起，此人步伐輕快，節奏分明，行走鐵索橋之上，身形始終穩健如一，既沒有因他的腳步而讓鐵索橋左右擺動，也沒有受到山谷獵獵寒風的絲毫影響，絕不僅僅是心態的問題，單從此人的步法，張長弓就能夠判斷出呂長根的下盤功夫一流。狼牙寨臥虎藏龍，每一位首領都不是尋常角色。

呂長根很快就來到幾人面前，羅獵使了個眼色，幾人翻身下馬，唯有朱滿堂仍然傻乎乎坐在馬上，耷拉著腦袋，嘴中反覆嘟囔著：「我難受……」阿諾和瞎子一起動手將他從馬背上扶了下來。

呂長根顯然是認識朱滿堂的，看到朱滿堂瘟雞般的蔫樣有些詫異道：「朱三爺這是怎麼了？」

羅獵歎了口氣道：「一言難盡，我們三當家這兩日受了些風寒，途中又遭遇一場伏擊，又不幸受了驚嚇，這兩日病情有些加重了。」他上前向朱滿堂道：「三爺，狼牙寨的呂六爺來接咱們了。」

朱滿堂緩緩抬起頭來，呆呆望著呂長根。羅獵還沒有什麼，幾名隊友的內心全都提到了嗓子眼。

張長弓神情鎮定，目光盯住呂長根，他已經做好了最壞的打算，萬一出現差錯，他就第一時間衝上去控制住呂長根，也只有這個辦法才能讓周圍潛伏的土匪投鼠忌器。

麻雀的手握緊了馬韁，此刻她方才意識到羅獵因何會猶豫再三方才答應自己的請求，前來黑虎嶺的確是拿著性命來冒險，現在他們所有人的性命全都牽繫在朱滿堂的身上。

呂長根看到朱滿堂許久都沒有回答，內心中不由生出懷疑，而此時朱滿堂歎了口氣道：「……是我……我病了……麻痹難受啊……」

瞎子聽到這句話差點沒笑出聲來，強行忍住低下頭去，阿諾也是一樣，朱滿堂明顯被瞎子給洗腦了。

呂長根道：「朱大哥不必擔心，等到了寨子裡，我馬上安排大夫給你好好看看。」他舉目環視羅獵幾人，目光定格在阿諾的身上，一群黑頭髮黑眼睛的中國人中出現了一個黃毛藍眼睛的洋人顯得不是那麼的協調。

呂長根指了指阿諾道：「你是誰？」

阿諾咧開大嘴笑道：「鄰居，我是來自西伯利亞的雇傭兵，剛剛加入飛鷹堡。」這是他們事先想好的應對之詞。

呂長根點了點頭，低聲道：「毛子？想不到您們飛鷹堡的人馬如此駁雜。」很少有人能夠認出阿諾是哪國人，在滿洲的地界上出現最多的歐洲人就是毛子。

瞎子道：「現在都講究和國際接軌，響馬也是一樣，必須要學習國際先進經驗，洋為中用，取長補短，不然還談什麼進步？大清朝之所以滅亡，就是因為不懂得這個道理，閉關自守，夜郎自大。」

呂長根忍不住多看了瞎子一眼，瞎子慌忙閉上了嘴巴，言多必失，自己一得意又把這個道理給忘了。

張長弓及時將請柬和拜帖送上，恭敬道：「六掌櫃請過目。」成功轉移了呂長根的注意力。

呂長根將請柬和拜帖接過，看過之後，點了點頭道：「本以為貴堡李大掌櫃能夠親自前來，想不到他如此之忙。」語氣中似乎有些不高興，在蒼白山的諸多土匪隊伍之中，狼牙寨是近年來聲勢最為顯赫的一支，隨著這兩年的實力不斷增強，他們早已不把其他的勢力放在眼裡。今次寨主蕭天行過壽，邀請了蒼白山幾大勢力前來，絕不是抱著與君同樂的想法，真正的目的是要立威，讓這些人知道現在蒼白山真正的王者是誰。

蒼白山的土匪勢力雖然不少，可是能讓蕭天行看在眼裡的不過區區兩支，一是天脈峰連雲寨，二是飛鷹堡，蕭天行給他們都發了請柬，從目前的情況來看，飛鷹堡的老大李長青是不會親自前來了，這在禮數上顯然有所欠缺。

呂長根心中雖然不滿，可是並未公然表露，仍然做足禮數，引領幾人走過鐵索橋，按照山寨的規矩，所有訪客都不得將武器和坐騎帶入其中，走上鐵索橋之前，呂長根就向他們說明狀況。

羅獵一方自然暗叫不妙，還沒有進入狼牙寨的大門就已經被剝奪了全部武裝，這樣的開局並不理想，不過他們也表現得非常配合，將馬匹和武器全都留下，經過對方檢查之後方才走上鐵索橋。

走過鐵索橋，在兩座地堡之間還有一道卡口，通過這裡的時候還要經過一次搜身，幾人都知道對方盤查嚴密，所以在剛才就沒有隱藏任何的武器，所以也不用擔心，可是在盤查麻雀的時候，那土匪的手明顯在麻雀身上捏了一下，雖然隔著厚厚的棉衣不會有什麼手感，土匪下手也不算太重，仍然讓麻雀勃然大怒，抬起腳來狠狠踢中那土匪的下陰，痛得那土匪躬下身去，麻雀跟上去又是一拳，砸在對方的鼻樑上，打得那廝滿臉開花，仰頭倒在雪地上，周圍土匪看到眼前一幕一個個抽出武器，麻雀臨危不亂指著那地上的土匪罵道：「瞎了你的狗眼，揩油揩到了老娘身上。」

羅獵自然不會放過這個配合的機會，怒氣沖沖走了過去，揮拳就打，罵罵喋喋道：「娘的，敢摸我老婆！老子劈了你！」老婆被摸，這樣的反應再自然不過，雖有表演的成分，可羅獵下手卻是毫不留情，拳頭重重落在那土匪的鼻樑上，砸得那廝鼻血飛濺。

呂長根慌忙將他攔住，示意周圍眾人放下武器，此時從地堡上方不遠處的林子裡又湧出十多名土匪，顯然是被這邊的事情驚動。呂長根大聲道：「誤會，誤會，都是自家人！」雖然他也沒有看清具體的情況，可從羅獵和麻雀的反應中也大概能夠猜到。土匪自然比不上正規軍，他的這幫手下良莠不齊，魚龍混雜，做出這樣的事情也實屬正常。

那名挨打的土匪捂著流血的鼻子站起身來，指著麻雀道：「就你那姿色……老子會摸你……」話還沒說完，已經被呂長根一腳踹倒在雪地上，呂長根怒道：「混帳東西，敢對飛鷹堡的貴賓不敬？信不信我崩了你？」作勢去掏槍，這是以退為進，趕在對方發火之前先行呵斥手下，真正的用意卻是維護自家人。

那名土匪慌忙從雪地上爬起，跪倒在呂長根面前：「六當家，我冤枉啊！」

呂長根沒有理會他，讓人將這名惹事的手下押走，等到以後處理。轉向羅獵向他抱拳致歉道：「這位兄弟，實在抱歉，我的手下不懂規矩，搜身的時候手重了一些，不過我可用人格擔保，他絕不敢有絲毫褻瀆之意。」

羅獵一臉憤怒地望著呂長根，心中暗罵，土匪還談什麼人格。

呂長根又看了看朱滿堂，朱滿堂耷拉著腦袋：「麻痹……我難受……」

瞎子和羅獵從小玩到大，自然知道羅獵絕非衝動之人，剛才的事情應當是配合麻雀做戲，只是瞎子也感到奇怪，就麻雀現在滿臉雀斑張口粗話的村婦模樣，居然也有人會占她便宜，這口味還真是不輕。

這場風波最終的結果自然大事化小小事化了，不過麻雀這麼一鬧，倒是讓呂長根見識到了這幫人身上暴戾的匪氣，剛開始因朱滿堂而產生的些許疑雲也煙消雲散。

羅獵一行隨同呂長根來到半山腰，一路之上，他們看到兩旁遍佈崗哨地堡，毫不誇張地說，基本上達到了十步一崗五步一哨的地步，如果不是湊巧得到了朱滿堂這塊敲門磚，想要成功混入狼牙寨簡直是難於登天。

山峰在半山腰處突然就變得陡峭，沒有步行進山的道路，客人出入凌天堡都要通過吊籃，呂長根指揮手下放下吊籃，吊籃用鋼索拖拽上下，客人進入吊籃之中，對方轉動絞盤，宛如井中打水一般將吊籃拉上山頂。

吊籃共有五組，每只吊籃可以容納兩人，裡面的空間實在有限，羅獵和麻雀上了同一只吊籃，隨著上方絞盤轉動，吊籃也不斷提升，麻雀雙手抓住吊籃的邊緣，望著悠悠蕩蕩縈繞在他們周圍的雲層，仿若升入雲端，暗歎這凌天堡地勢險要，鬼斧神工。

羅獵低聲道：「你剛才的樣子還真是潑辣。」

麻雀道：「若是有槍，我剛才就一槍崩了他！」

羅獵笑道：「證明你醜得還不到位。」

麻雀呸了一聲道：「那些混蛋全都不是好人，我當初就不該聽你話。」她指的是聽從羅獵勸告，以女人形象來到這裡的事情，若是女扮男裝或許就不會遭遇到剛才的麻煩。

羅獵故意感歎道：「這些土匪真是饑不擇食。」

麻雀怒視他道：「什麼意思？」

羅獵望著一朵悠悠蕩蕩飄過身邊的白雲，輕聲道：「聽說男人太久沒見過女人，看到母豬都是雙眼皮兒。」

「你才是豬呢！」麻雀聽出他拐彎兒罵自己，伸手作勢要打，羅獵側了側身，吊籃晃動起來，羅獵道：「別鬧，要是把吊籃晃斷了，咱們倆就得摔個粉身碎骨。」

麻雀向他揚了揚拳頭：「要死一起死，反正有你陪葬！」

「大吉大利，拜託你說點吉利話！」

麻雀忽然道：「你怕不怕？」

「怕，怕得要死！」

麻雀道：「後悔了？」

羅獵歎了口氣道：「已經上了賊船，現在後悔還來得及嗎？」

麻雀笑著搖了搖頭，其實她自己也有些害怕，不過看到羅獵就在身邊，內心頓時就平靜了下來，有什麼好怕，反正還有羅獵陪著。

吊籃劇烈震動起來，麻雀不由自主抓住了羅獵的手臂，羅獵抬頭看了看，原來吊籃即將抵達峰頂，他低聲道：「有人好像在趁機占我便宜啊！」

麻雀道：「演戲而已，千萬不要誤會，別忘了咱們現在是兩口子。」

瞎子坐上吊籃全程都是閉上眼睛的，他也是今天方才認識到自己如此恐高，吊籃抵達山頂的時候，瞎子全身都已經被汗水濕透，腿肚子打顫到抽筋，連步子都邁不開了，如果不是阿諾攙扶著他，他幾乎連站都站不起來，向來和瞎子口角不斷的阿諾也是頭一次表現得如此體貼，倒不是他突然開始關心瞎子了，而是因為來到凌天堡這座山巔之城，內心頓時陷入危險的境地，想要活著離開，唯有和同伴緊密團結，同仇敵愾容易拉近彼此的距離。

瞎子哆哆嗦嗦站在雪地上，哭喪著一張臉，扶著阿諾原地站了老半天方才回過神來，顫聲道：「我怕高……」

阿諾安慰他道：「其實沒什麼好怕，經歷多了，也就不怕了。」

羅獵抬頭望去，前方就是狼牙寨的核心凌天堡，如果說黑虎嶺形如一頭盤踞的猛虎，凌天堡就是猛虎頭上的那頂王冠。

凌天堡幾乎佔據了整個山頂，圍繞凌天堡周圍共有七座碉堡，這七座碉堡構成了凌天堡最為強大的屏障，每座碉堡高度都在十五米左右，外可俯瞰黑虎嶺周邊狀況，內可將凌天堡內部結構一覽無遺，碉堡火力配備非常強大，每座碉堡都配有十名土匪常駐，除了他們本身配備的武器，每座碉堡之上還有兩挺維克斯中型機槍，在吊籃出入的地方，架設了兩挺馬克沁重機槍，這兩挺機槍火力極其強大，可謂是機槍中的戰鬥機。單從他們看到的情況來看，從正面進攻凌天堡幾乎沒有任何的可能，就算可以攻下，也勢必會付出極其慘重的代價。

負責統領凌天堡防禦的是四當家，疤臉老橙程富海，程富海中等身材，健碩粗壯，四方臉長滿了痲子，一道刀疤從左側眉頭一直延伸到右側嘴角，將他的面孔斜行分成兩半，鼻樑也缺了一塊，相貌凶惡，殺氣騰騰。程富海素來不苟言笑，冷冷打量了一眼來客，臉上絲毫不見任何的友善。

呂長根道：「四哥，這幾位是飛鷹堡的朋友。」

程富海嗯了一聲道：「李長青沒來！」他對飛鷹堡老大直呼其名，顯然不夠恭敬，這也表明狼牙寨並未將飛鷹堡放在等同的地位上。

呂長根笑了笑道：「李大掌櫃說有事抽不開身。」他說話還算委婉一些。

程富海有些不滿地朝著地上啐了口唾沫：「多大的事情？還能比咱們老大做壽更重要？」

朱滿堂靠在張長弓身上，彷彿隨時都要倒地，虛弱無力道：「麻痹……」

程富海以為他在罵自己，聞言色變，右手已經落在腰間的槍柄上，呂長根知道他性情暴烈，六親不認，動輒殺人，擔心他猝然出手，慌忙叫了聲四哥。

此時朱滿堂方才把下半句話說了出來：「……我難受……」

程富海這才意識到朱滿堂並不是罵自己，冷哼了一聲道：「嚇著了？」坐吊籃上來的客人有不少都會發生身體不適的狀況。

呂長根道：「病了！」

羅獵走過來道：「兩位當家，勞煩儘快安排個住處，我們三當家需要好好休息一下。」

呂長根微笑道：「這就好，這就好！」他叫來兩名手下，交代了兩句，由那兩名手下領著羅獵一行進入凌天堡。呂長根並未親自帶路，從這一點也看出他對飛鷹堡方面的不滿和看輕。

羅獵等人對此倒是不以為然，呂長根不來更好，此人非常精明，如果一直跟著過來，被他看出破綻反倒麻煩。狼牙寨事先早已為各方貴賓在內城安排好了住處，可是呂長根或許是認為飛鷹堡此番來人的份量不夠，將他們安排在了距離城堡大門不遠的週邊，這裡是安排普通來客的地方，以飛鷹堡的名頭和地位，本該進入內城，單從安排來看就已經看出對他們的冷落。

住處位於凌天堡東南的院落，院子裡共有房屋七間，就算再多來一些人還是住得下的，朝南最好的房間留給了朱滿堂，張長弓陪同朱滿堂居住。阿諾和瞎子兩人住在西廂，羅獵和麻雀這對冒名夫妻在東廂住下。

一行人安頓好了已經是黃昏，雖然住處方面打了折扣，可狼牙寨在方面的準備倒是非常充分，方方面面招待極其周到，不但被褥全都是新的，甚至連洗澡水都給準備好了。麻雀將羅獵趕出門去，美美泡了個熱水澡。

等她換好衣服出來，發現外面已天黑，狼牙寨方面剛剛把酒菜送過來，瞎子和阿諾正在忙著往桌上擺菜。兩人看到麻雀，瞎子笑道：「嫂子，洗完了？」

麻雀瞪了他一眼，總覺著這廝的問話不懷好意。環視房間內並沒有看到羅獵，禁不住問道：「老葉呢？」

阿諾朝朱滿堂所在的房間努了努嘴，麻雀轉身出門，聽到身後瞎子叫道：「嫂子，您順便把他們叫來吃飯。」麻雀的身形在門外停頓了一下，唇角卻露出一絲不由自主的微笑，瞎子這聲嫂子叫得倒是不討厭。

張長弓在門外守著，看到麻雀進來，朝她笑了笑，麻雀道：「怎樣了？」

張長弓知道她在問朱滿堂的狀況，低聲道：「睡得很死！」

羅獵此時從房內出來，向兩人揮了揮手，三人一起離開，羅獵將房門帶上。

麻雀道：「瞎子讓我來叫你們過去吃飯。」

張長弓道：「你們先去，我在這兒守著。」他為人穩重，擔心朱滿堂這邊會有變故。

羅獵笑道：「放心吧，他醒不了，我給他吃了兩片安眠藥，這一覺至少要到明天中午。」

麻雀眨了眨眼睛，看來羅獵還有事情瞞著他們，雖然把武器都留在了外面，可羅獵仍然偷偷帶了不少的私貨進來。

張長弓這才放下心來，幾人一起來到西廂房內，瞎子和阿諾已經將酒菜擺好，十二道菜，四冷八熱，酒也是上好的汾酒，不可謂不豐盛，不過羅獵還是意識到有些不對，有些奇怪道：「居然沒有人出面陪同咱們？」

瞎子早已等得不耐煩，嚷嚷道：「哪有那麼多的屁事兒，管他呢，有酒就喝，有肉就吃，人家正在準備做壽，哪有功夫陪同咱們這些蝦兵蟹將？」

張長弓道：「話可不能這麼說，就算蕭天行不露面，手下人總得來一個，畢竟咱們剛到，還是他們的貴客。」

麻雀低聲道：「人家或許沒把咱們當成貴客，你們有沒有注意到，聽說李長青沒來，那個綠頭蒼蠅臉色頓時變了。」

羅獵點點頭，十有八九就是這個原因，狼牙寨應當是認為李長青沒有親自前來賀壽，顯然不夠誠意，所以才冷落了他們，不過按理說蒼白山的三大勢力本應該平起平坐，蕭天行這樣做還是有失大度，難道他想借著這次的大壽搞些事情？

阿諾道：「瞎子說得對，吃吧，吃吧，奔波了一天都餓了。」

張長弓望著羅獵，徵求他的意見，羅獵道：「那就吃吧！」他的話剛剛說完，就聽到外面傳來說話聲，羅獵起身出了房門，卻見呂長根從外面走了進來，他的身後還跟著兩名手下，一人端著銅爐火鍋，一人手中抱著一罈好酒，呂長根哈哈大笑道：「抱歉抱歉，剛剛路上遇到點事情，所以我來遲了，失禮之處還望各位兄弟多多擔待。」

羅獵笑著迎了上去，樂呵呵道：「六當家，您百忙之中還能夠抽時間過來，真是讓我們受寵若驚了。」在呂長根的面前表現出恭敬是應當的，畢竟他們幾個現在的身分都是朱滿堂的跟班，以呂長根的身分至少要朱滿堂才有資格和他平起平坐，至於羅獵這幾個冒牌跟班顯然還沒有這個面子。

呂長根道：「朱大哥呢？」

羅獵指了指房間，壓低聲音道：「剛剛睡了，飯都沒吃，我們不敢吵醒他，三爺的脾氣您也應當知道。」

呂長根點了點頭，讓身後隨從將火鍋和酒送了進去，他過來也只是走走形式，關鍵還是給朱滿堂一個面子，現在朱滿堂既然都睡了，他自然沒有留下拖延的必要，象徵性地向客人敬了三杯酒然後就告辭離開。

羅獵將他送到大門外，看到門外站著六名荷槍實彈的土匪，故意多看一眼。

呂長根道：「這些兄弟負責照顧幾位的安全，葉老弟不必多心。」

羅獵道：「我們早就聽說狼牙寨固若金湯，來到這裡自然不會有什麼安全問題，六當家想得實在是太周到了。」

呂長根呵呵笑了一聲，伸手拍了拍羅獵的肩頭道：「老弟有所不知啊，最近有奸細趁著給我們大當家祝壽混入狼牙寨，雖然被我們擒獲，可是仍然擔心還有同黨隱匿在周圍。」

羅獵聞言心中一怔，呂長根這番話應當不是無中生有，他不由得想起鐵娃曾經說過的那群問路人，難道被抓的正是這批人？故意裝出大吃一驚的樣子道：

「什麼人竟然如此大膽？」

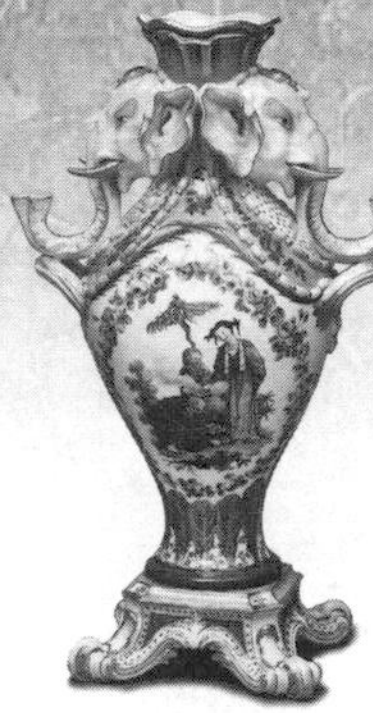

第八章

唯一的女當家

羅獵對這位狼牙寨唯一的女當家是充滿警惕的，
他沒有被蘭喜妹美色所迷惑，也明白蘭喜妹前來的目的，
她是要給朱滿堂治病，
看來他們所搜集到的資料和情報仍然存在太多的欠缺，
他們並不知道蘭喜妹居然還是一位大夫。

呂長根還沒有來得及回答，就看到前方有一支隊伍經過，為首一人穿著飛行夾克，騎著一輛摩托車，車後拖行著一人，那人被拖拽在雪地上渾身上下早已血肉模糊，所經之處留下一條觸目驚心的紅色血痕。

羅獵皺了皺眉頭，他並未看清那人的面目，心中有些奇怪，這摩托車是如何運上來的，難道也是通過吊籃？按照吊籃的大小來看顯然不太可能，難道說凌天堡還有另外的秘密通道可以出入？

摩托車在前方空曠處停下，騎車人翻身下車，抬起風鏡，露出一張嫵媚妖嬈的面孔，瓜子臉，柳葉眉，一雙美眸媚光瀲灩，上身褐色飛行皮夾克，下穿黑色皮褲，黑色高腰戰鬥靴，身段頎長，走起路來宛如風擺楊柳，揚起修長的右腿，戰鬥靴狠狠一腳踢在那名俘虜的下頜之上，將那名俘虜踢得在雪地上連續翻滾了幾周。

這女子正是狼牙寨老八蘭喜妹，看到那俘虜滿臉是血的慘樣，她非但沒有半分同情，反而興奮得美眸生光，蘭喜妹是狼牙寨九名核心人物之中唯一的女性，此女正是豔若桃李，心如蛇蠍的真實寫照，她雖然是一名女性，可是論到手段之殘忍，性情之冷血，在整個狼牙寨無人能出其右，而且她生性驕縱，深得大當家蕭天行的寵愛，就算是二當家赤髮閻羅洪景天也要對她忌憚三分。此女射術精準，尤擅飛刀，號稱百步穿楊，例無虛發。

蘭喜妹抽出腰間匕首，周圍都以為她要當眾殺人的時候，她卻出乎意料地將那捆縛在俘虜手上的繩索割斷，嬌滴滴道：「逃吧！我數到十，你如果能夠躲過我的子彈，我就饒了你，好不好？」聲音悅耳動聽，嫵媚嬌柔，聽起來仿若有一根羽毛撥動你的心弦，如果不是知道她的做事手段，只聽她的聲音，幾乎會認為她是一個溫柔善良的女人。

那俘虜一言不發，爬起來就跑，對他而言時間就意味著生命，根本顧不上多想。

蘭喜妹輕聲道：「一！二！三……」

羅獵已經預感到接下來會發生的事情，正準備轉身離去，卻想不到那名俘虜竟然改變方向朝著他衝了上來，俘虜的目標並非是羅獵也不是呂長根，而是他們兩人身後的那道門。

人在生死關頭，求生欲最為強烈，本能會讓他們做出自認最正確的選擇，如果沿著大路奔跑，附近並無隱蔽，他絕不可能躲過蘭喜妹的子彈，唯一的辦法就是尋找隱蔽，在他看來只要逃入羅獵身後的院子，或許就能躲過蘭喜妹的槍擊。

呂長根的表情顯得有些無奈，他居然躲到了一邊，因為他清楚這位老八的性格，她最不喜歡別人插手她的事情。

蘭喜妹數到七的時候，俘虜已經跑到了羅獵面前，他的雙目內重新燃起了生機，距離房門已經近在咫尺，他應該可以在蘭喜妹數到十之前逃入院內。

蘭喜妹忽然轉過身去，手中的匕首倏然射出，直奔那名俘虜的頸後，她說過數到十再開槍，可是沒答應不用刀。

匕首在空中宛如風車般旋轉，直奔俘虜的要害而來，那俘虜雖沒有回頭，卻感應到了危險到來，身軀躬了下去，匕首貼著他的頭頂錯過，直奔羅獵而去。

呂長根暗叫不妙，雖然羅獵並不是飛鷹堡的什麼重要人物，可是如果被誤殺也是不好，羅獵身軀並沒有移動，極其隨意地抬起右手，手指探入射向自己的那道寒光，光芒倏然凝固在他的手指之間，他竟然用右手的食指和中指夾住了激射而來的匕首，匕首的光芒仍然在微微顫抖，又如一條掙扎跳動的魚。

「十！」蘭喜妹舉起了右手，鍍金勃朗寧手槍熠熠生輝，伴隨著一聲清脆的槍響，金色的子彈劃出一道美麗的光線，射入俘虜的後心，剛剛和羅獵擦肩而過的俘虜重重栽倒在雪地上，殷紅色的鮮血從他的身下緩緩流淌而出。

結局早已註定，只是過程卻跌宕起伏，蘭喜妹優雅地將金色手槍插入右腿外側的槍套內，然後攏了攏被風吹散的亂髮，婷婷嫋嫋走向羅獵。

呂長根還以為羅獵剛才的舉動觸怒了這位喜怒無常的義妹，慌忙迎上去道：「八妹。」

蘭喜妹伸出右手的食指在他面前晃了晃，示意他不要多說話，來到羅獵面前，一雙美眸打量著眼前這個皮膚黝黑，滿臉絡腮鬍子的粗獷漢子。

羅獵的表情平靜無波，將匕首掉轉，手柄遞給了蘭喜妹道：「物歸原主！」

蘭喜妹格格笑了起來，笑得花枝亂顫，她並沒有去接匕首，而是昂起了下頷，露出嬌豔勝雪的粉頸：「你是哪路的神仙？居然敢接我的刀？」心中也是驚奇不已，能夠空手接下自己的飛刀，放眼整個狼牙寨也不多見。

羅獵歎了口氣道：「本來不想接，可是不接，這匕首就在我身上扎個窟窿了，我這人什麼都好，就是怕疼！」

蘭喜妹聽他這麼說，笑得越發開心了。

呂長根心中捏把冷汗，蘭喜妹笑並不代表她開心，往往笑得越開心就越有攻擊性，每次見她殺人時，都見她笑得花枝亂顫，他趕緊介紹道：「這位……」

蘭喜妹怒道：「你住嘴，我的事情不要你插手！」

當著手下的面被蘭喜妹呵斥，呂長根這張臉也有些掛不住，騰地紅了起來。

蘭喜妹旁若無人地將羅獵手中匕首接了過來，望著羅獵道：「你叫什麼？」

羅獵道：「在下葉無成，從飛鷹堡來，奉了李掌櫃之名特地前來為蕭寨主賀壽。」

蘭喜妹道：「我說呢，怎麼從來都沒見過你。」她將匕首插入刀鞘，讓人將屍體拖走，轉身跨上摩托車，啟動摩托車之後，向羅獵道：「葉無成，咱們很快就會見面的！」說完啟動油門，向城堡深處駛去。

蘭喜妹的這一槍也將張長弓等人驚動，幾人來到門前的時候，羅獵已經平安返回，他們這才放下心來。

羅獵並沒有細說詳情，招呼幾人坐下吃飯。所有人都知道現在所處的環境，這頓飯吃得很快，以填飽肚子為首要原則，即便是嗜酒如命的阿諾也只喝了三杯酒，必須要保持一顆清醒的頭腦。

幾人剛剛吃過飯，又有人前來拜訪。

開門一看，竟然是狼牙寨的八掌櫃藍色妖姬蘭喜妹。

蘭喜妹此番前來居然帶著一個藥箱，進門就問道：「葉無成呢？」

瞎子不知道她的身分，看到這麼一位嫵媚動人的大美女進來，馬上厚著臉皮迎了上去：「這位小姐，您是？」

蘭喜妹道：「葉無成呢？我是他朋友！」

瞎子和阿諾面面相覷，羅獵太厲害了，剛剛來到狼牙寨就認識了那麼一位美女朋友，滿臉的絡腮鬍子外加臉上的大胎記也沒擋住這貨的雄性魅力。

麻雀望著蘭喜妹明顯帶著敵意：「你是誰？」

蘭喜妹不屑看了麻雀一眼反問道：「你又是誰？」

麻雀理直氣壯道：「我是他老婆！」

瞎子和阿諾站在一旁已經感覺到醋浪滔天，當然麻雀究竟是不是做戲還不清楚，她現在和羅獵是冒牌夫妻，吃醋也是理所應當的表現。

蘭喜妹上下打量了麻雀一眼，格格笑道：「想不到葉無成的眼光可真不怎麼樣！」言外之意就是說麻雀長得太醜。

麻雀正要發作，羅獵此時從房內出來了，笑道：「八掌櫃，想不到咱們這麼快就見面了。」

蘭喜妹看到羅獵現身，馬上笑靨如花，嗔道：「葉無成啊葉無成，你也不早點出來見我，他們幾個都把我當犯人一樣審問呢。」

麻雀冷哼了一聲道：「你又不說自己的身分，誰知道你是誰？」

羅獵將面孔一板道：「花姑子，不得無禮！」微笑來到蘭喜妹面前道：「不知八當家大駕光臨，有何見教？」

蘭喜妹一雙水汪汪的美眸望定了羅獵，嬌滴滴道：「也不是什麼大事，一來是聽說你們的三當家病了，所以過來幫他看看，二來呢……」她故意看了麻雀一眼，然後又將目光轉向羅獵道：「人家有些話想單獨跟你聊聊。」

瞎子和阿諾都充滿同情地望著麻雀，蘭喜妹分明是當著人家老婆的面勾引老公，是可忍孰不可忍。

麻雀冷冷道：「有什麼話不能公開說？」

羅獵似乎沒有聽到她的話，微笑向蘭喜妹道：「八掌櫃請！」

蘭喜妹跟羅獵一起向朱滿堂所在的房間走去，麻雀舉步準備跟過去，卻被瞎子和阿諾同時拉住，麻雀怒道：「你們兩個拉住我做什麼？」

瞎子低聲提醒她道：「做戲而已，千萬別入戲太深。」麻雀哼了一聲道：「我本來就是做戲嘛，我如果不配合一下，人家怎麼會相信？」

瞎子和阿諾對望了一眼，兩人同時撇了撇嘴。麻雀憤然摔開兩人的手臂：「都給我滾蛋，男人沒一個好東西！」張長弓一直都在遠處觀望著，聽到這句話，趕緊轉身走入房間內，像他這樣的老實人居然也會無辜躺槍。

羅獵雖然是剛剛才認識蘭喜妹，對她的冷血手段卻已經有了領教，剛才蘭喜妹射殺那名俘虜應該只是偶然發生，不過這次的偶然卻促成了他和蘭喜妹的相識，羅獵對這位狼牙寨唯一的女當家是充滿警惕的，他並沒有被蘭喜妹的美色所迷惑，也明白蘭喜妹今次前來的主要目的，她是要給朱滿堂治病，看來他們此前所搜集到的資料和情報仍然存在著太多的欠缺，他們並不知道蘭喜妹居然還是一位大夫。蘭喜妹之所以能夠在群雄輩出的狼牙寨立足，一是因為她智慧出眾心狠手辣，還有一個主要的原因就是她擁有一流的醫術，只不過蘭喜妹的醫術很少用來治病救人。

羅獵將蘭喜妹帶入房內，走入房內就聞到臭氣熏天，朱滿堂身上的體味實在是不小，再加上羅獵事先讓瞎子和阿諾將臭襪子扔在朱滿堂的炕上，瞎子嫌味道還不夠，乾脆在房間裡撒了泡尿，目的就是搞得房間騷臭難聞，讓人無法久待，這是為了避免有人探視朱滿堂，即便是有人來，在這樣的氣味下也無法久留。

蘭喜妹聽到裡面鼾聲如雷，不禁皺了皺眉，掏出手帕掩住口鼻。雖然只是一個細微的動作，羅獵卻從中看出她應當是極愛潔淨的人，低聲道：「我們三爺剛睡了沒多久，要不我叫醒他？」

蘭喜妹擺了擺手，居然轉身出門了。她雖殺人如麻，可是卻有潔癖，聞到這股臭味已知難而退，更何況她只是奉命而來，朱滿堂的死活她才不會放在心上。

羅獵心中暗喜，蘭喜妹果然受不了裡面的臭味，未雨綢繆還是起到了作用。

蘭喜妹來到外面，移開手帕，吸了口新鮮的空氣，如釋重負道：「既然睡著了，也就不用打擾他了。」

羅獵道：「我看我們三爺也應當沒什麼大事，只是受了些風寒，又加上途中勞累，說不定睡上一夜病就好了。」

蘭喜妹道：「朱滿堂居然有你那麼機靈的手下，看來也不是一無是處。」

羅獵笑道：「八掌櫃過獎了，在下加入飛鷹堡不久，朱三爺對我也是非常照顧，這次前來給蕭大當家拜壽，他特地讓我們兩口子隨行。」

蘭喜妹歎了口氣道：「你能夠空手接住我的匕首，本以為你眼力不錯，可見到你老婆，方才知道，你這眼力……呵呵……」

羅獵心中暗笑，麻雀若是聽到蘭喜妹這麼說她，十有八九要抓狂，他故意歎了口氣道：「父母之命媒妁之言，我家老婆雖然生得醜陋些，心腸卻是極好。」

蘭喜妹向他勾了勾手指，示意他靠近一些，羅獵向她湊了過去，卻聽蘭喜妹壓低聲音道：「你若是不喜歡，我不介意幫你把她給殺了。」殺人如此血腥的事都能被她說得如此輕鬆，她的冷血狠辣可見一斑。

羅獵嚇得慌忙搖頭：「不可，千萬不可！」

蘭喜妹格格笑了起來，啐了一聲道：「膽小鬼！」她指了指大門道：「隔牆有耳，在這裡說話不方便，陪我走走！」羅獵應了一聲，跟著蘭喜妹走出院門。

他們剛剛離去，麻雀就從房間裡出來，瞎子和阿諾如影相隨，這是因為羅獵事先交代過，讓他們看緊麻雀，千萬不要讓她壞了自己的好事。

麻雀跺了跺腳，憤然轉過身去，指著瞎子的鼻子道：「蛇鼠一窩！」又指著阿諾的鼻子罵道：「狼狽為奸！」

如果羅獵單獨出門，外面負責警戒的六名土匪必然會出聲阻止，現在已經是晚上九點，整個凌天堡內是不允許外人隨意走動的，可是看到他陪著蘭喜妹一起出來，誰也不敢多說話，每個人都知道觸怒蘭喜妹的後果。

羅獵陪著蘭喜妹來到門外，輕聲道：「我們掌櫃特地給蕭大掌櫃備了一份賀禮，還望八掌櫃代為轉告。」從目前受到的接待來看，他們只是被當成普通客人看待，十有八九沒有接近蕭天行的機會，所以羅獵才會動起先通過蘭喜妹將壽禮送到蕭天行手中的念頭。

蘭喜妹道：「後天就是大當家的壽辰，到時候，你們可以親手交給他，無需假手於我。」

羅獵實話實說道：「後天朱三爺的病情不知能否好轉，我們幾個的身分只怕沒資格得到蕭大掌櫃的接見。」

蘭喜妹心想此人倒是有些自知之明，秀眉微揚道：「你這話什麼意思？是在說我們狼牙寨待客有所偏頗，沒有一視同仁嗎？」

羅獵搖了搖頭道：「八掌櫃誤會了，我不是這個意思，只是這次過來頗不順利，朱三爺這一病，弄得我們沒了主心骨。」

蘭喜妹笑道：「他若是死了豈不更好，你就接了他的位置。」

羅獵佯裝惶恐道：「八掌櫃說笑了，我可從未那麼想過。」別說自己是個冒牌貨，即便當真是朱滿堂的手下，飛鷹堡那麼多人也不會輪到自己上位。

蘭喜妹向他眨了眨眼道：「騙我？我看得出來，你有野心，有抱負，只是不敢承認！」

羅獵心中暗歎，蘭喜妹果然不是善類，剛才挑唆自己夫妻反目，現在又唆使自己把頂頭上司幹掉，這女人的心眼兒也忒陰暗了一些，任她千嬌百媚，風情萬種，我自堅如磐石，穩如泰山。

蘭喜妹來到摩托車前，向羅獵道：「回去吧，不必送了！」

羅獵點了點頭，停下腳步，目送蘭喜妹遠去，蘭喜妹駛出一段距離卻又停了下來，向羅獵道：「你剛才接刀的手法真是漂亮，我想再看一遍。」說話之時，一揚手，匕首劃出一道寒光向羅獵射來。

羅獵也沒有料到她說出手就出手，而且這一刀直奔自己的面門而來，無論速度還是力量絲毫不遜色於她此前的一刀，蘭喜妹根本沒有因為他是飛鷹堡的人而有絲毫留情。

羅獵身軀向右側滑動，躲開匕首，右手也在同時探伸出去，準確無誤地將匕首的手柄抓住。

蘭喜妹見這一刀又被羅獵抓住，竟從腰間抽出另一把匕首再度向羅獵擲去。

羅獵對蘭喜妹冷血無情的性子已經有所瞭解，若是自己武功稍弱，只怕就會白白被她射殺當場，事不過三，這已經是蘭喜妹射向自己的第三刀，如果不給她點顏色看看，她還以為自己軟弱可欺，以此女的性情非但不會收手，反而會步步緊逼。羅獵右手一揚，剛剛擒獲的那枚匕首發出一聲尖嘯，帶著動人心魄的寒光撕裂夜色，後發先至，撞擊在蘭喜妹射出的第二刀上，刀尖對刀尖，鋒芒對撞的剎那迸射出萬千點火星。同時也抵消了彼此的力量，於半空中落在了雪地之上。

蘭喜妹美眸圓睜，流露出異樣興奮的光彩，她自問飛刀技法一流，卻想不到飛鷹堡的一個小嘍囉居然擁有如此神乎其技的刀法，顯然對方的刀法要比自己高明得多。

羅獵仍鎮定如昔，走過去從地上默默撿起兩把匕首，來到蘭喜妹面前，倒轉刀柄送了過去：「八掌櫃收好了，刀箭無眼，大家朋友一場，傷了誰都不好。」

蘭喜妹饒有興趣地望著羅獵：「葉無成，以你的刀法居然要做朱滿堂的跟班，實在是太委屈了。」

羅獵道：「**每個人都有自己的造化和命數**，我這人隨遇而安，對於地位功名沒什麼興趣，也從不強求。」

蘭喜妹點了點頭，從羅獵手中接過匕首，還刀入鞘，然後啟動摩托車頭也不回地駛入夜色之中。

羅獵回到院子裡，看到張長弓還在等著自己，他笑了笑，將院門插好了，張長弓關切道：「她有沒有找你的麻煩？」

羅獵搖了搖頭，張長弓壓低聲音道：「我看咱們說話還要小心，狼牙寨的人對咱們盯得很緊，外面那幾個保護咱們是假，監視咱們是真。」

羅獵點了點頭，朝瞎子和阿諾的房間看了看，這倆貨是最不省心的主兒，張長弓明白他的意思，低聲道：「他們那邊我已經交代過。」說到這裡他停頓了一下，指了指東廂道：「你老婆的心情不太好，這件事得你自己出馬了。」

羅獵微微一笑：「張大哥早點休息吧。」

來到門前伸手一推，卻發現房門被從裡面插上了，羅獵敲了敲門，沒有回應，裝腔作勢道：「老婆，開門！」

裡面忽然傳來麻雀憤怒的聲音：「死鬼，你還知道回來？我還以為你魂兒都被那狐狸精勾走了。」

羅獵心中暗笑，麻雀入戲太深，真把自己當成她男人了，正準備說幾句好話的時候，房門居然開了，然後看到一個大包袱從裡面扔了出來，麻雀叉著腰怒氣沖沖地出現在門前：「滾！老娘再也不要看到你！」

羅獵心中有些奇怪，按理說麻雀沒必要那麼大的反應，難道她是在做戲？悄悄看了看麻雀，卻見麻雀朝他使了個眼色，羅獵心中馬上明白，麻雀演這場戲是給外面的土匪看的，從地上撿起了包袱，麻雀已經重重關上了房門。

羅獵來到門前哀求道：「老婆，我知道錯了，以後我再也不敢了。」在門外站了足足十多分鐘，麻雀方才開門將他放進去。

羅獵將包裹放下，麻雀噗地吹滅了油燈。

羅獵還沒來得及開口說話，嘴巴就已被麻雀給捂住了，她附在他的耳邊低聲道：「別誤會，只是怕他們懷疑，所以鬧出點動靜。」

羅獵當然相信她剛才是在做戲給外人看，不過總覺得麻雀有用力過猛之嫌，低聲笑道：「我還以為屋裡藏著其他男人呢。」

「呸！你以為每個人都像你一樣沒節操沒下限，沒臉沒皮！沒羞沒躁！」

「我沒得罪你啊，用不著那麼惡毒。」

麻雀道：「我睡了，你別打擾我，離我遠點，我手裡有菜刀。」是提醒更是恐嚇。

羅獵的目光已經適應了室內的黑暗，看到麻雀果然去炕上睡了，好在火炕夠大，炕桌放在中間，炕桌之上擺著一把明晃晃的菜刀，兩旁還睡得開他們兩個。羅獵搖了搖頭，此時麻雀又劃亮了火柴，將炕桌上的油燈點燃，指了指牆角盆架上的熱水，示意羅獵洗了腳再上來。

羅獵老老實實去洗腳，發現水還很燙，應該是麻雀剛剛才為自己準備的，這妮子雖然嘴上和自己劃清界限，實際上對自己這位戰友還是蠻關心的。

羅獵洗完腳，吹熄了油燈，鑽入了自己的被窩裡，躺在溫熱的火炕上，雙目一動不動望著房樑，雖然已經臨近午夜，他卻沒有感到絲毫睏意，羅獵意識到自己可能又要失眠了。

麻雀躺在炕桌的另一側，她也輾轉難眠，或許是因為身處險境，從現在開始他們的探險行動才算真正展開，他們以後的每一步都關乎生死，是大戰來臨的緊張感？是因為對危險的畏懼？麻雀卻很快又否定了這個想法，她不害怕，一丁點兒都沒有害怕。就算心中偶然升起恐懼的時候，馬上就想到陪伴左右的羅獵，隨即就變得釋然了，麻雀發現自己對羅獵似乎越來越依賴了。蘭喜妹過來找羅獵的時候，雖是為了做戲，可是她心底比任何人都要清楚，見到蘭喜妹勾引羅獵的時候，她心中實實在在的嫉妒了。連她都解釋不清楚自己為何會嫉妒？是女人心中的占有欲使然？還是自己當真對羅獵產生了情愫？

麻雀悄悄提醒自己，她和羅獵之間只是建立在利益基礎上的合作關係，他們之間是不應該產生感情的，必須要保持距離。想到就躺在炕桌那邊的羅獵，麻雀突然感覺到這樣的距離還不夠安全，她悄悄向遠離炕桌的地方挪動，想不到這窸窣窣的聲音卻引起了羅獵的注意。

「還沒睡？」

黑暗中麻雀低低應了一聲，然後又開始後悔為何要發聲。過了一會兒，不見羅獵說話，忍不住問道：「你又失眠了？」

羅獵道：「習慣了！你也失眠？」

麻雀嗯了一聲。

「對我不放心？咱倆又不是第一次睡在一起了！」

麻雀呸了一聲，然後罵了一聲：「下流！」

羅獵此時卻噓了一聲，麻雀微微一怔，張口想要說話，嘴巴卻被羅獵繞過炕桌伸過來的手掌給捂住了。室內頓時變得鴉雀無聲，過了好一會兒，聽到屋頂傳來輕微的腳步聲，如果不仔細傾聽肯定覺察不到。

羅獵向麻雀小聲道：「別動！」

麻雀拍了拍他的手腕，示意他放開自己的嘴巴，羅獵這才將手掌移開，麻雀壓低聲音道：「怎麼辦？」

羅獵低聲道：「或許是監視咱們的，以靜制動，別管他。」

就在此時，外面忽傳來一聲怒喝：「什麼人？」從聲音已經聽出是張長弓。

羅獵皺了皺眉頭，他從床上跳了下去，第一時間拉開房門衝了出去，卻見對面屋簷之上一道黑影宛如貍貓，蹦跳騰躍，如履平地。

羅獵抄起一塊板磚照著那黑影全力貫了出去，板磚呼地一聲砸向黑影，黑影看都不看，反手揮出一鞭，啪地擊打在板磚之上，板磚竟然被對方的一鞭抽成碎片，一時間粉屑飛揚，碎裂的磚塊猶如漫天花雨般向羅獵射去，羅獵慌忙後退，這一鞭竟然擁有開山裂石的威力，對方的內力強橫霸道。

羅獵不肯就此放過對方離去，單手抓住屋簷，一個鷂子翻身來到屋頂之上，那黑影霍然轉過身來，雪光之下，但見他一張面孔泛著深沉的金屬反光，卻是帶著一張青銅面具，黑洞洞的眼眶中閃過兩道寒芒，沉聲道：「找死？」

這聲音對羅獵來說極其熟悉，他的腦海中忽然回想起羅行木溝壑縱橫的蒼老面孔，內心頓時一沉，舉目再看，對方已經向遠方逃去，羅獵大叫道：「有刺客！有刺客！」對方聽到他求援，逃得更快，轉瞬之間已經消失在夜色之中。

院門被人從外面撞開，卻是在外面值守的土匪衝了進來，他們一個個手握武器，進來之後就問道：「刺客在哪裡？」

羅獵指著外面道：「從屋頂逃跑了！」內心卻仍然沉浸在那人離去聲音的深深震駭之中，如果那人當真是羅行木，豈不是證明他們這次的行動完全在羅行木的掌控之中，羅行木因何深夜來此？他的目的究竟是誰？

這麼大的動靜將瞎子和阿諾兩人也折騰了起來，張長弓道：「我正在睡覺，突然感覺到有人潛入房內，那人非常機警，發現行藏暴露，馬上就逃了……」

「啊！」東廂房內突然傳來一聲尖叫。

幾人全都大吃一驚，羅獵更是第一時間向房內衝去，不等他進入房內，麻雀已經披頭散髮地逃了出來，甚至連鞋子都沒有顧得上穿，見到羅獵，一頭就鑽到了他的懷中，顫聲道：「老鼠……好……好大的老鼠……」

瞎子和阿諾對望了一眼，兩人都看出有些問題，麻雀有些問題，大家都是同伴，她為什麼只挑羅獵的懷裡鑽？

羅獵將麻雀交給阿諾照顧，他和瞎子、張長弓三人跟著土匪走入東廂房內，借著火把的亮光望去，只見房間內乾乾淨淨，哪有什麼老鼠，羅獵皺了皺眉頭，以為麻雀可能是故意在做戲。

張長弓卻想到了什麼，大踏步向朱滿堂的臥室奔去。

掀開朱滿堂臥室的門簾，眼前的景象讓所有人大吃一驚，卻見朱滿堂的身上，密密麻麻爬滿了老鼠，那些老鼠正在啃噬朱滿堂，張長弓慌忙拿起火把去驅趕老鼠，羅獵也衝上去幫忙，那些老鼠被火把嚇得四散而逃，再看朱滿堂，一張臉被啃得血肉模糊，簡直是面目全非，瞎子看到如此噁心的模樣，感覺腹中一陣翻江倒海，衝出門去大口大口嘔吐起來。

趕走那群老鼠，羅獵借著火把的亮光望去，只見朱滿堂的喉頭被咬出了一個血洞，血洞仍然在汩汩冒著鮮血，初步判斷朱滿堂的頸部血管被咬斷，十有八九是不能活命了，感歎之餘，心中又生出如釋重負的感覺，其實朱滿堂死有餘辜，留下他的價值就是想利用他的身分幫助自己一行混入狼牙寨，而今他們的目的已經達成，朱滿堂的使命也算結束，留下此人肯定是個隱患。只是羅獵也沒有料到朱滿堂會以這樣的方式結束性命。應該說朱滿堂是間接死在了自己的手裡，如果不是自己將他催眠，又給他吃了安眠藥，朱滿堂也不會麻木到毫無反應。

羅獵猛然轉過身去，怒視聞訊趕來的幾名土匪，目光中的殺機將幾人嚇得不由自主向後退了幾步，羅獵抬腳就將其中一人踹出門去，怒道：「娘的，害死了我們朱三爺，讓你們寨主出來，給我一個解釋！」羅獵當然不會忘記他們現在的身分，他們代表飛鷹堡前來拜壽，壽宴還未開始，他們的三當家就已經慘死在這裡，絕不可能忍氣吞聲息事寧人。

張長弓先是被羅獵的舉動驚了一下，可馬上就明白了羅獵的意思，羅獵是要借題發揮，其實朱滿堂死了對他們來說是件好事，但是心中再高興也不能表露在外，羅獵的應變能力的確超人一等，已經率先明白了這個道理並趁機發難。

飛鷹堡三當家前來狼牙寨的第一天晚上就慘死絕不是小事，雖然飛鷹堡老大李長青並未親自到來，在這件事上引得狼牙寨方面不悅，並因此而冷落了朱滿堂一行，可還沒有到狼牙寨方面要將朱滿堂置於死地的地步，朱滿堂死在凌天堡，狼牙寨肯定要承擔主要的責任。

朱滿堂死後半個小時內，狼牙寨四當家疤臉老橙程富海和六當家綠頭蒼蠅呂長根就已經同時抵達，兩人臉色都不好看，他們職責不同，呂長根負責迎賓，而程富海負責凌天堡的警界防禦。外來賓客發生了意外，他們需承擔首要的責任。

此時的羅獵宛如一頭暴怒的雄獅，怒視程富海和呂長根，正所謂得理不饒人，老子不發威你們當我是病貓。

換成此前的任何時候，疤臉老橙絕不會將對方放在眼裡，可現在的這種狀況卻是他們理虧，前來的路上兩人已經商討了對策，無論此事的原因是什麼，他們必須要暫時讓步，安撫對方的情緒，務必將這件事的影響控制在最小，後天就是大當家的壽辰，死人本來就是大煞風景的事，若是傳出去，只怕前來凌天堡的貴賓要人人自危，死人事小，若是因此讓大當家不開心，可是了不得的大事。

呂長根也看出這幫人的主心骨就是羅獵，他向羅獵抱拳道：「葉老弟，咱們借步話說。」

羅獵點了點頭，跟著呂長根來到旁邊早已準備好的空房內，呂長根掩上房門，歎了口氣道：「葉老弟，發生這樣的事情我們也沒有想到！」

羅獵冷笑道：「我們朱三爺生龍活虎地來到這裡給蕭大當家拜壽，可壽宴還沒吃上，甚至連蕭大當家都沒見上一面，就這樣不明不白的死了，六當家，你們狼牙寨好像欠我們飛鷹堡一個交代！」

呂長根歎了口氣道：「葉老弟，你先坐下，人既然已經死了，發再大的火也於事無補，不如先冷靜下來，咱們商量一個萬全之策。」

羅獵怒道：「說得輕巧，死的是我們的人，你讓我們如何冷靜？」他咄咄逼人，步步緊逼。

呂長根道：「葉老弟，此事極其蹊蹺，我們狼牙寨自打創立從未發生過老鼠咬死人的事情……」

羅獵毫不客氣地打斷他的話道：「六當家什麼意思？你是說我們朱三爺活該讓老鼠咬死不成？」

「我不是這個意思……」呂長根也是頗為頭疼，他並未說謊，凌天堡內的確有老鼠存在，可是從沒見過成群結隊攻擊人的現象。

外面傳來輕輕的敲門聲，一個低沉的聲音響起：「長根，葉老弟在嗎？」

呂長根拉開房門，門外站著的卻是一位頭髮灰白，長髮齊肩的瘦削男子，頷下留著山羊鬚，雙目顯得有些不甚協調，正是狼牙寨第一智將琉璃狼鄭千川。

朱滿堂突然暴斃的事情不可能不向上頭稟報，呂長根和程富海兩人不敢驚動寨主蕭天行，商量之後，先向三當家鄭千川稟報，鄭千川雖然只是狼牙寨的第三把交椅，可是他在山寨的實際地位卻僅次於蕭天行，不但負責為蕭天行出謀劃策，還承擔著狼牙寨的週邊事務，他對山寨的重要性無人可以取代。

鄭千川能夠親自前來也表明了對這件事的足夠重視，正常情況下他是不屑於和飛鷹堡的這些底層跟班打交道的。

羅獵是第二次見到鄭千川，卻是第一次和此人正面交鋒。

鄭千川主動向羅獵抱了抱拳道：「葉老弟，在下鄭千川，聽聞朱三爺的噩耗實在是痛不欲生，狼牙寨和飛鷹堡素來交好，同氣連枝，守望相助，我和朱三爺私下裡相交莫逆，也是多年老友，聞此噩耗，如同斷我手足，心中悲痛難以名狀。」一番話說得冠冕堂皇，情真意切。

羅獵才不相信這廝的鬼話，不過鄭千川乃是狼牙寨的第一智將，此人能夠出現足以證明朱滿堂之死引起的震動不小。

羅獵道：「三掌櫃言重了，我們陪同朱三爺前來，發生這種事情，最為心痛的自然是我們，不是我們有意冒犯，我們只想要個交代。」

鄭千川道：「葉老弟想要什麼交代？」

羅獵道：「查出真凶！」

鄭千川道：「朱三爺在狼牙寨遇害，查出真凶是我等責無旁貸的事情，就算葉老弟不說，我們一樣會徹查到底。我向你保證……」

羅獵打斷鄭千川的話道：「三掌櫃，我希望做出保證的是蕭大掌櫃！」

鄭千川左目之中寒光倏然閃現，不過稍閃即逝，這廝真是大膽，分明是說自己還不夠資格，蒼白的面孔之上浮現出一抹諱莫如深的笑意：「葉老弟果然快人快語，讓我們大當家做出保證也不是不可以，只是後天就是大當家的壽辰，各方貴賓已經陸續到來，我們狼牙寨上上下下對此事極為看重，為了大當家的壽辰已經籌備半年之久，還望葉老弟能夠體諒我們的苦衷，將朱三爺的事情押後幾日，我可向你保證，等壽宴結束之後，我第一時間將你引見給寨主，到時候你可將整件事原原本本向他說明。」

羅獵冷冷道：「三掌櫃的意思是讓我們保持沉默？」

鄭千川微笑道：「事已至此，就算葉老弟鬧得滿城風雨人盡皆知，朱三爺也不可能死而復生，何必讓死者無法瞑目，生者不得安寧。葉老弟盡可將心放在肚子裡，我們絕不會因為壽宴的事情而耽擱此事的調查，一定儘快查明真相給貴方一個交代。」

羅獵故意裝出有些猶豫的樣子。

鄭千川道：「其實我也是為了你們考慮，若是此事傳到飛鷹堡，恐怕貴堡也會追究你們的責任，此事越晚爆出，對你對我似乎都沒有什麼太大的壞處。」鄭千川恩威並施，暗示羅獵，如果他將事情鬧大對他們幾個也沒有好處。

羅獵抿了抿嘴唇，顯得有些艱難地做出了決斷：「既然三掌櫃如此誠意拳拳，在下也就不好再說什麼了，今晚的事情我們在壽宴之前絕不聲張，不過我希望三掌櫃也能夠保證我們幾人在凌天堡內的安全。」

鄭千川道：「絕無問題！」

羅獵道：「我們上山之時，所有武器都被人收繳，三掌櫃能否為我等配備一些基本的防身武器？」他只是故意這樣一問，目的是要讓鄭千川認為他害怕。

想不到鄭千川居然痛快地答應了下來。

為了表示誠意，鄭千川特地讓人給羅獵一行更換了住處，至於朱滿堂的屍體，暫時由他們負責善後。

羅獵幾人離去之後，鄭千川又親自來到朱滿堂的屍體旁，掀開覆蓋屍體的白布看了看，看到朱滿堂的噁心模樣，鄭千川也不由得皺了皺眉頭，充滿迷惑道：「當真是被老鼠咬死的？」一旁疤臉老橙程富海道：「三爺，他的確是被老鼠咬死的，幾個兄弟全都親眼看到了。」

鄭千川點了點頭，將白布重新蓋在朱滿堂的屍體上，低聲道：「咱們凌天堡內還從來沒有發生過這樣的事情。」

疤臉老橙道：「聽說此前有人潛入了他們的院子。」

鄭千川瞇起眼睛，因為他的右眼是玻璃珠，所以瞇眼的時候仍然睜著，表情顯得極其陰鷙詭異。

疤臉老橙道：「當真要追查到底？」

鄭千川嗯了一聲。

疤臉老橙又道：「若是查不出怎麼辦？」

鄭千川冷笑道：「沒有查不出的事情，只有用不用心。」

疤臉老橙道：「若是查不出，乾脆將這件事推到他們幾個的身上，到時候對飛鷹堡也算有了一個交代。」

鄭千川陰陽怪氣道：「好主意，在我們的地盤將飛鷹堡的人全部幹掉，然後就說他們自相殘殺。」

疤臉老橙一臉得意地笑，認為自己的這個主意實在是高明。

鄭千川道：「你以為李長青會像你一樣想嗎？」

「呃……」

鄭千川道：「殺人滅口我不反對，可千萬別在咱們自己的地盤上。」他拍了拍疤臉老橙的肩膀：「這兩天見的血已經夠多了，後天可就是大當家的五十壽辰，老程啊老程，你可要把眼睛給擦亮了，再有同樣的事情發生，大當家會怎麼想，誰也猜不到。」

疤臉老橙內心中不寒而慄。

因為朱滿堂的暴斃，狼牙寨方面顯然對羅獵這幫人客氣了許多，這次安排的住處非但位於凌天堡的內城，而且和來自連雲寨的貴賓僅有一牆之隔。

更換住處之後羅獵居然睡得很好，麻雀卻明顯被老鼠給嚇到了，一夜無眠，直到拂曉時分，她方才迷迷糊糊睡了過去，沒睡多久，又被噩夢驚醒。霍然從炕上坐起，發現羅獵已經醒了，就坐在床邊一臉關切地望著自己。

「做夢了？」

麻雀點了點頭：「你睡得很好！」說這話的時候，心中明顯有些不甘，自從來到這裡之後，羅獵連話都沒多說一句，蒙頭大睡，渾然不顧她驚魂未定，更不會知道她這一夜是怎麼熬過來的。

羅獵道：「好不容易能睡個好覺，可能是心中突然少了個負擔。」他伸了個懶腰，站起身來。朱滿堂死了，對羅獵來說的確減輕了不少負擔，至少不用再分出精力去考慮控制朱滿堂的事情。

麻雀有些委屈道：「你有沒有考慮過我的感受？」

羅獵道：「發生的事情已經無法挽回，就算我陪你熬上一夜，該做的噩夢仍然會做，與其兩個人都熬上一夜，不如一個人好好睡上一宿蓄精養銳，其實你失眠也是好事，至少不用做惡夢。」

麻雀惡狠狠地望著羅獵道：「你比任何噩夢都要討厭！」

「眼不見為淨，乖老婆，我出門了，你好好休息。」他作勢要去拍麻雀的臉，卻被麻雀靈巧地躲開，一臉嫌棄地切了一聲。

羅獵決定暫時不將羅行木出現的事情透露出去，麻雀此行的目的就是為了尋找羅行木，如果知道羅行木現身，她必然沉不住氣，對他們接下來的行動似乎沒有任何的幫助，只是羅獵想不明白，羅行木在凌天堡內究竟扮演著怎樣的角色？因何會出現在他們的住處，他又為何要向朱滿堂下此毒手？按照麻雀此前所說羅行木很可能和蕭天行聯手，如果當真如此，羅行木為何不敢公然現身？不過無論怎樣，他們在凌天堡的處境都會變得凶險重重。

瞎子仍在熟睡，阿諾和張長弓已經起來了，張長弓坐在朝陽下擦著一把大砍刀，這是羅獵從鄭千川那裡爭取來的權利，因為朱滿堂之死，鄭千川特許他們在凌天堡內攜帶必要的防身武器，不過僅限於冷兵器，其實也就是幾把大刀，數柄匕首。

阿諾身邊也放著幾把開山刀，不過他對兵器顯然沒有什麼興趣，正端著瞎子的羅盤玩得不亦樂乎。

羅獵走了過去，從地上撿起兩把匕首。

張長弓道：「成色都不怎麼樣，全都是些廢銅爛鐵。」

羅獵用兩柄匕首相互碰撞了一下，然後笑了起來，無論怎樣朱滿堂之死，讓他們順利混入了凌天堡的核心區域，更便於他們的下一步行動，只是羅行木的出現又讓他的內心蒙上一層陰影。

阿諾道：「這玩意兒是不是壞了？」

羅獵舉目望去，卻見阿諾手中的羅盤緩緩轉個不停，阿諾也是趁著瞎子睡覺將他的寶貝拿出來研究，看到羅盤如此情形，慌忙把自己的指南針也拿了出來，發現指南針也是一樣的狀況。

羅獵心中暗自奇怪，正常狀況下指南針是不應該發生這樣的現象，除非附近有某處地方磁性極強，同性的排斥力或者異性的吸引力方才導致了羅盤和指南針飛速旋轉。

張長弓可不懂得那麼多的科學道理，掃了一眼淡然道：「早就跟你們說過，凌天堡內八千冤魂，這個地方邪乎得很。」

「羅獵！」

幾人循聲望去，卻是麻雀洗漱停當，從房內走了出來，滿是雀斑的臉上居然流露出幾分忸怩羞澀的表情：「陪我出去走走！」

張長弓和阿諾同時把臉扭了過去，只當沒看到。

羅獵無可奈何，點了點頭。把匕首插入腰間，和麻雀一起出門。

麻雀潛入狼牙寨的初衷是為了尋找羅行木，可是當她來到這裡，方才發現理想和現實之間的差距實在太遠，狼牙寨本身的人馬就有千人之多，再加上土匪家眷，這兩日前來賀壽的各方豪強，單單是凌天堡內就有兩千多人，想要從兩千人中找到羅行木的蹤影無異於大海撈針，更何況羅行木公然現身的可能性很小。

麻雀不得不考慮萬一羅行木不現身怎麼辦？他們要用怎樣的方法找到這個人？又或者羅行木根本就不在凌天堡。

和麻雀的執著專一不同，羅獵還有另一個目標，雖然他並未答應讓葉青虹加入這次的行動，但是羅獵並未忘記他們之間的交易，拋開一諾千金的君子協定不談，單單是穆三爺手中的幾張牌就讓羅獵不得不為葉青虹做好這件事。無論葉青虹真正的目標是不是七寶避風塔符，他都要完成這個任務，只要從蕭天行的手中盜取避風符，那麼他和葉青虹之間的交易就算完結，他和瞎子也就有了重獲自由的機會。

除了來來往往荷槍實彈的土匪，凌天堡看起來和尋常的城鎮也沒有太大的分別，只不過這裡的建築大都是用山岩堆成，這裡的居民多半雙手染滿血腥。在凌天堡內轉了一圈，羅獵就明白為什麼上山之時土匪會對姿色粗鄙的麻雀動手，凌天堡內男多女少，長期在這樣的環境中生活，心中自然饑渴難耐，按照羅獵此前的話，在不少土匪的眼中恐怕老母豬都是雙眼皮的。

麻雀現在算是明白什麼叫群狼環伺，跟緊了羅獵，生怕被他丟下，低聲埋怨道：「我當初就不該聽你的話。」她所指的自然是羅獵建議她以女裝出現在這裡的事情。

羅獵道：「看來這幫土匪的眼光也不行。」

麻雀正想說什麼，卻發現周圍人的目光突然間就離開了自己，從眾人矚目突然變成了無人問津，這巨大的反差讓麻雀竟然感到有些失落了，抬頭看了看羅獵，發現這廝的目光也轉移到了別的地方。

麻雀順著眾人的目光望去，卻見前方一輛紅色Lutzman三座敞篷車，從道路上緩緩駛來，開車的是一位年輕男子，此人乃是狼牙寨第九把交椅，紫氣東來常旭東，後面座椅上坐著一位身穿黑色貂裘的女郎，她挽著民初常見的少婦髮髻，額前瀏海齊齊整整，髮髻之上帶著一根簡單古樸的黃楊木髮釵，肌膚嬌豔勝雪，秀眉彎彎，斜插入鬢，雙眸宛如兩泓冷冽的冰泉，漠視前方眾人，不帶有一絲一毫的波瀾，精緻如玉的雙耳，柔嫩的耳垂點綴著兩點豌豆大小的翡翠耳釘，青翠欲滴，一看就知道價值不菲。瑤鼻挺直，精緻無暇的俏臉之上並無一絲一毫的妝飾，唇形極美，陽光之下晶瑩溫潤，粉嫩誘人。

此女美到了極點，也冷到了極點，讓人看起來竟然有種不像真人的感覺，高高在上，太過精美，太過冷豔，就像一件至美的瓷器。麻雀雖然身為女人也不禁看得有些發呆，更不用說這些平日裡很少見到女人的土匪，難怪此女一出現就成為眾所矚目的焦點，無人再願意向滿臉雀斑的麻雀看上一眼。

愛美之心人皆有之，羅獵被此女的美貌吸引也屬正常，讓他更加好奇的卻是這女子的身分，她究竟是誰？為何能夠受到如此隆重的厚待。那輛Lutzman汽車，乃是狼牙寨寨主蕭天行的愛車，平時除了他之外，其他人根本沒可能乘坐，而今天卻破例用來迎接客人。羅獵越發相信這凌天堡必然還有其他的通路，乘坐吊籃上山，應當只是接待普通客人的，果然是人比人氣死人。

麻雀看到羅獵目不轉睛的樣子，內心中沒來由一陣惱怒，伸出手去，在羅獵的手臂上狠狠掐了一記，羅獵痛得倒吸了一口冷氣，強忍著沒叫出聲來，麻雀出手夠黑，羅獵自然明白她因何要掐自己，正想說話，目光卻留意到跟隨在汽車後小跑的那支隊伍，他從其中找到了一個熟悉的身影，那人竟是在途中設計陷害他們的徐老根。

麻雀顯然也發現了徐老根，用手捅了捅羅獵。

羅獵一言不發，靜靜望著這支隊伍，一旁已經有土匪在竊竊私語，有人道：「那女人真漂亮！」

「小聲點，她天脈峰連雲寨的寨主。」

「什麼？她是俏羅剎顏天心？」

「噓！別亂說話，讓她聽到可就麻煩了……」

「她嫁人了嗎？」

「沒聽說，可看髮髻好像應該是嫁過人了。」

一群土匪議論紛紛，羅獵站在人群之中側耳傾聽，倒是搞明白了這女子的身分，想不到這年輕的女郎竟然是天脈峰連雲寨的寨主，連雲寨是整個蒼白山最為古老神秘的一支力量，雖然目前的聲勢似乎比不上狼牙寨，但是誰也不敢忽視他們的實力，就算狼牙寨寨主蕭天行也對顏天心的到來表現出高人一等的禮遇。

羅獵同時留意到，顏天心的手下全都帶著武器，看來果然規矩是死的，人是活的，他們上山之時武器馬匹全都被留在山下，反觀連雲寨卻根本沒有恪守狼牙寨的規矩，由此也能夠看出飛鷹堡的地位根本無法和連雲寨相提並論。

麻雀道：「看呆了？這麼喜歡幹嘛不追上去？」

羅獵笑了起來，這丫頭的醋罈子明顯打翻了。

「做人得厚道！」瞎子從阿諾手裡搶過了自己的羅盤，馬上就看到緩緩轉動始終不停的指標，眨了眨眼睛還以為自己看錯，確信眼前看到的全都是事實，這才站起身來，瞇起眼睛看了看日頭的位置。

阿諾生怕他把這筆帳算在自己的頭上，舉起自己的指南針道：「你看，我的也是一樣。」

瞎子喃喃道：「煞氣太重，實乃大凶之兆，此地不宜久留，若是堅持留下，我等必有血光之災。」

張長弓仍然在一旁默默磨刀，絲毫沒有因瞎子的話而有半點反應。

瞎子道：「禍福所倚，凶吉並生，有凶就吉，我得出去好好看看！」

阿諾自告奮勇道：「我陪你去。」

磨刀聲突然停了下來，張長弓道：「有什麼事情還是等葉無成回來。」

瞎子道：「逛街不可以啊？整天待在這個鳥地方，悶都要悶死了，葉無成？他不知和花姑子躲到哪裡風流快活去了。」

阿諾跟著點頭。

張長弓道：「千萬別走遠了。」

「知道！」

瞎子出門之後收起羅盤，畢竟這裡是土匪窩，端著羅盤實在太過引人注目。阿諾將偷偷看了看指南針，發現出門之後，指南針轉動的速度明顯慢了許多，他將這一發現告訴了瞎子，瞎子從他手裡搶過指南針，往前走了幾步，發現指南針又加速轉動起來，心中暗暗稱奇，拋開乾坤八卦，根據指南針轉動的速度尋找凶位所在，兩人在凌天堡內左拐右拐，通過凌天堡內部的集市，一直來到西北部，發現那指標開始瘋狂轉動起來。

阿諾道：「如果我沒猜錯，這凌天堡內應該有個巨大的磁場。」

瞎子橫了他一眼道：「你懂個屁！陰陽變幻，煞氣沖天，什麼狗屁磁場？別忘了最早發明這玩意兒的是我祖宗。」他向前又走了一步，指南針的方向卻突然定住，瞎子愣了一下，將指南針扔給了阿諾，從懷裡掏出羅盤，發現羅盤也發生了同樣的狀況，瞎子順著指標的指向望去，卻見前方出現了一座破舊的宅院，低頭看了看自己在雪地上的投影，又抬頭看了看太陽。連阿諾都能看出這指南針的指向完全不準，不過阿諾認為這是因為前方有強磁場的緣故。

瞎子向阿諾使了個眼色，兩人裝出若無其事的樣子向前方大搖大擺靠近。

第九章

血　狼

阿諾見一頭毛色血紅的野狼如雕塑般傲立在岩石上，
北風卷起地上的雪粒吹打在牠的身上，
野狼火一樣的長毛在風中微微顫抖，身上毛髮顯得很長，
兩隻眼睛一隻是藍色，一隻是黃色，
昂首挺胸，目光孤傲冷酷。

從門前經過，發現大門從裡面插上了，兩人溜到後方無人之處，瞎子看了看四周，示意阿諾蹲下去，他踩著阿諾的肩膀，阿諾仗著身高體壯費了好大力氣方才站直了身子，瞎子雙手扒在圍牆上向裡面望去，卻見裡面立著三根石柱，石柱之上各自吊著一名幾近赤裸的男子，那三名男子身上傷痕累累，佈滿鞭撻的痕跡，明顯是經歷了嚴刑拷打，現在三人只是穿著一件破破爛爛的短褲，被吊在冰天雪地之中，不知是死是活。

瞎子這才知道這裡是狼牙寨刑訊逼供的地方，此時又有一人被從裡面的監牢中推了出來，瞎子定睛望去，他在白天的視力有限，總覺得那人的輪廓有些熟悉。仔細一想，從那人的身形來看竟然有些像陸威霖。

瞎子正想看個清楚，下面的阿諾卻有些撐不住了，雙腿都顫抖起來，低聲道：「好了沒有？」

瞎子擺了擺手，示意他再堅持一會兒，阿諾咬牙切齒，竭盡全力撐住瞎子，此時卻感覺周圍似乎有些不對，轉頭望去，卻見一頭通體漆黑的獒犬從右側無聲無息向他們靠近過來。

阿諾吃了一驚，他本來就怕狗，看到如此凶悍的獒犬張開大嘴，露出滿口白森森的牙齒，鮮紅的舌頭還不停滴落著涎液，頓時嚇得魂飛魄散，雙手一鬆，連瞎子都顧不上了，頭也不回地向前方逃去，瞎子感覺腳下一空，身體猛然下墜，慌忙用雙手死命抓住圍牆，他還不知發生了什麼狀況，扭頭望去，卻見一頭牛犢大小的獒犬摔開四蹄，宛如一道黑色疾電般向他衝了過來，嚇得瞎子慘叫一聲。

那頭獒犬瞬間已經來到了瞎子身邊，瞎子以為這次完了，死死抓住圍牆，雙腿儘量蜷起，沒想到那獒犬竟然對他熟視無睹，擦著他的足底經過，直奔倉皇逃竄的阿諾追去。

瞎子驚出了一腦門子冷汗，還沒有來得及從獒犬利齒下逃過一劫的恐懼中恢復過來，又聽到裡面傳來怒斥之聲：「什麼人？」

瞎子雙手一鬆，從圍牆上跳了下去，落地時腳下一滑，又重重摔了一跤，屁股好不疼痛，瞎子此時哪還顧得上屁股疼痛，沒命地向前方小巷中逃去，瞎子慌不擇路，自己在小巷子裡兜來轉去，不一會兒就已經迷失了方向，他不管三七二十一，只要有路口就鑽，從前方路口跑出之後，卻發現自己竟然兜了個圈子又回到了剛才的道路上。

幾名土匪本來已經失去目標，忽然發現這廝又從另外一邊冒出頭來，幾人指著瞎子道：「別跑！」

瞎子這個鬱悶啊，早知如此還不如待在原地不動，他轉身再逃，這次更加倒楣，竟然選擇了一條死巷，聽到後方追擊聲越來越近，瞎子急得手足無措，兩旁都是房門緊閉，他又沒有羅獵的身手，根本爬不上房頂，就在千鈞一髮的時候，發現一旁的房門剛巧開了，瞎子哪還顧得上多想，以超越自身極限的驚人速度衝了進去。

開門的卻是一個嬌小玲瓏的少女，瞎子眼疾手快，一把將她的嘴巴給封上了，將她推回房間內，然後用後背將房門抵住。

那少女被突如其來的變故嚇了一跳，手中的一根竹竿噹啷一聲落在了地上，瞎子被竹竿落地的聲音嚇得心驚肉跳。

此時聽到門外急促的腳步聲，瞎子一顆心懸到了嗓子眼兒，附在那少女耳邊道：「別怕，我不是壞人。」

感到懷中的少女身軀瑟瑟發抖，應該是被他嚇得不輕，室內光線黯淡，瞎子因為是夜眼的緣故視線反倒比平時強大許多。聞到那少女身上淡淡的蘭花香氣，沁人肺腑，若是平時，瞎子必然陶醉不已，可現在他根本沒有那個心境。

那群人已經來到門前，幾人在外面不知議論什麼，過了一會兒方才有人來到門前輕輕敲了敲房門，因為裡面沒有回應，敲門聲變得急促起來。

安翟心中黯然，自己必然暴露了，心中閃過一個念頭，為了逃過一劫，也唯有利用這少女的性命作為要脅了，可此時他方才發現那少女竟然和自己一樣戴著墨鏡，目光落在地面上，看到地上的那根竹竿，瞎子忽然明白，原來這少女竟然是個盲人。內心愧疚感頓生，自己為了求生竟然去要脅一個盲女，我安翟何時變得如此卑鄙？心念及此，竟然萬念俱灰，大不了被人抓去，也好過做如此卑鄙的事情。瞎子居然鬆開了那盲女的口鼻，低聲道：「你去吧！」他轉身準備出門自投羅網，卻被一隻柔軟的小手抓住手腕。

瞎子心中一怔，卻見那盲女向他搖了搖頭，然後指了指後面，顯然是示意他躲藏起來。

盲女來到門前緩緩將房門拉開，那群土匪看到她現身，一個個慌忙躬下身去：「周姑娘，打擾了！」

盲女冷冷道：「知道打擾還要敲門？你們不要性命了？」

其中一名土匪壯著膽子道：「因為剛才有一名賊人逃到這裡，我們擔心周姑娘的安全，所以才斗膽打擾，既然您沒事，我們這就離開。」

盲女冷哼一聲，重重將房門關上。她摸索著走入房內，瞎子慌忙撿起地上的竹竿，來到她面前將竹竿遞到她的手中，盲女小聲道：「謝謝！」

瞎子道：「應當是我謝你才對！」

盲女搖了搖頭：「我不用你謝，房間裡暗得很，沒有燈，你右前方有一張椅子，你可以在這裡躲一會兒，我想他們一時半會還不會離去。」

瞎子道：「你為什麼要幫我？」

盲女拿起竹竿向房間內走去，瞎子擔心她跌倒，目光始終追逐著她，看到盲女來到堂屋內的供桌前，摸索著找到了三支香點燃，然後插在香爐內。

瞎子遠遠看著，越是光線黯淡，他的目力反倒越強，供桌上擺著一張女子的照片，照片上的女子容顏俏麗，面部輪廓和這盲女似有幾分相似，應當是已經離開了人世，瞎子忍不住道：「照片上的人是你母親？」

盲女嗯了一聲，又有些好奇：「你看得到？」

瞎子笑道：「自然看得到，我眼力好得很。」說完之後又意識到自己無意中的一句話很可能會刺激到盲女，他趕緊解釋道：「我眼睛跟正常人不一樣，越是白天，我越是看不清東西，跟睜眼瞎似的，可到了晚上，我的視力就突然變得好起來了，什麼都看得清清楚楚。」

盲女從裡面走了出來，從桌下拉出一張圓凳坐下，朝著瞎子的方向道：「就像貓一樣？」

瞎子笑了起來：「對，有點像！」

盲女歎了口氣道：「我白天黑夜都看不到任何東西，所以我讓人將這裡所有的窗戶都封了起來，對我來說，白天黑夜本沒有任何的分別，這樣別人進來這裡之後就跟我一樣了。」

瞎子充滿同情地看著眼前的盲女：「你姓周？」

盲女唇角露出一絲淡淡的笑意，她已經很久沒有和別人這樣說過話了，剛才還因為這個人脅迫自己而害怕，不過現在她心中已經一點兒都不怕了，點了點頭道：「我叫周曉蝶，你呢？」

「我叫安翟，別人都叫我瞎子……」瞎子說完，反手抽了自己一個嘴巴：「你別誤會，我這人就是嘴上沒把門的，喜歡胡說八道。」

周曉蝶非但沒有生氣反而格格笑了起來，瞎子雖然看不到她藏在墨鏡後的眼睛，可是仍然感覺到周曉蝶笑起來的樣子美極了，吞了口唾沫道：「剛才的事兒謝謝你了。」

周曉蝶道：「你問我為什麼要幫你，我現在告訴你原因，因為那些追你的全都是壞人，所以我認為被壞人追趕的人總不會壞到哪裡去。」按照她的推理方式，壞人的敵人就是好人。

瞎子笑了起來：「你真是冰雪聰明，我雖然算不上什麼好人，可絕不是壞人。」

「我知道！」

「你知道？」這次輪到瞎子詫異了。

周曉蝶道：「你主動放開了我，我雖然看不到，可是我卻能夠猜到你剛才的心思，你想要主動走出去對不對？」

瞎子點了點頭，發現周曉蝶雖然眼睛看不見，可是她卻有一顆觀察入微的細膩內心。

周曉蝶道：「你不是狼牙寨的人？」

瞎子道：「不是，我昨天才到。」

「為了給蕭天行拜壽？」

瞎子聽到她直呼蕭天行的大名越發詫異了，提醒周曉蝶道：「蕭天行可是這裡的大當家，你出去千萬別直呼其名，讓別人聽到了總是不好。」

周曉蝶道：「他有什麼了不起，不過是個殺人如麻的土匪頭子罷了。」語氣充滿了不屑，說完之後停頓了一下道：「你是不是很怕他？」

瞎子撇了撇嘴道：「我安翟長這麼大還真不知道怕字怎麼寫！」

周曉蝶道：「原來你不識字啊？」

瞎子尷尬道：「不是這個意思，我讀過幾年私塾的。」

周曉蝶忍不住笑了起來：「笨啊，我跟你開玩笑的。」

瞎子摸著後腦勺也笑了起來。

阿諾雖沒被土匪發現，可是那條黑色獒犬卻在他身後緊追不捨，聽到犬吠之聲越來越近，阿諾沒命朝著前方廢墟跑去，那片廢墟是古堡的部分遺址，據說過去曾是凌天堡的點將台，因為風雨侵蝕，周圍建築物大都已坍塌，一塊塊巨石橫七豎八地疊合在一起，除了頂部被白色積雪籠罩的部分，下方有不少黑色的岩面裸露在外，阿諾從兩塊巨石的縫隙中擠了過去，不曾想前方道路中斷，突然出現了一個大坑，想要停步已經來不及了，腳下一空從近五米高的地方落了下去。

阿諾慘叫著摔倒在厚厚的雪地之上，因為積雪的緩衝，身體倒是沒有受傷。

那條獒犬隨即就從上方露出了腦袋，一雙泛著藍光的雙眼死死盯住了下方的目標，然後一雙後退用力一蹬，居高臨下向雪地上的阿諾撲了上去。

阿諾望著從天而降的獒犬，嚇得魂飛魄散，他從雪地上爬起，竭力向前跑去，積雪很深，一直淹沒到他的膝蓋，阿諾方才逃出了兩步，就被俯衝而至的獒犬撲倒在地，整個人被壓倒在雪地上。

獒犬喉頭發出低沉的嘶吼，張開犬牙交錯的大嘴，準備向阿諾的頸部咬去，阿諾都已經感覺到獒犬的涎液流淌在自己的脖子上，正準備殊死掙扎之時，卻聽到身後獒犬發出一聲古怪的嗚嗚，竟然放開了他。

阿諾把臉抬起來，卻見前方一塊岩石之上，一頭毛色血紅的野狼宛如雕塑般傲立在那裡，北風捲起地上的雪粒吹打在牠的身上，野狼火一樣的長毛在風中微微顫抖，牠體型偏瘦，因此身上的毛髮顯得很長，兩隻眼睛一隻是藍色，一隻是黃色，昂首挺胸，目光孤傲冷酷。

獒犬的鼻翼翕動了兩下，然後再度張大了嘴巴，喉頭發出低沉的嘶吼，雙目盯住了那頭紅色野狼，試圖用氣勢將對方嚇退。

野狼從岩石之上輕盈騰躍下去，步伐優雅而緩慢。

阿諾嚇得六神無主，前有野狼後有獒犬，自己八成要被這兩個畜生給分屍。

獒犬扭動了一下碩大的頭顱，牠的體型絕不遜色於那頭紅色野狼，論到肌肉的健壯程度甚至還要超過對方，四隻強健有力的蹄子在雪地上刨了兩下，然後陡然開始加速，猶如一道劃過雪地的黑色閃電，直奔那頭野狼而去。

野狼似乎被獒犬突然發起的攻擊嚇住，停下腳步佇立在雪地之上，兩者之間的距離瞬間已經縮短到了一丈，獒犬後肢有力蹬地，從雪地上騰躍而起，張開巨吻，白森森的尖銳牙齒向紅色野狼的頸部撕咬而去。

在獒犬騰空而起的剎那，野狼倏然啟動，身軀一個巧妙的躲閃，避開對方的撕咬，然後牠的頸部在高速奔行中扭轉過來，一口叼住獒犬的脖子，喀嚓一聲，已經將獒犬的頸椎咬斷，就勢一甩，獒犬足有百斤的身軀被牠凌空拋了出去，撞擊在牠剛才所站立的巨岩之上，獒犬的骨骼在重重的衝撞中又發出碎裂的聲音，身體跌落在雪地之上，已經再沒有任何的反擊之力，喉頭發出淒慘的哀鳴聲。

野狼看都沒有看那隻瀕死的獒犬，邁著優雅的步伐緩步來到阿諾的面前，阿諾目睹剛才驚心動魄的一幕，已經萬念俱灰，自己鬥不過獒犬，更鬥不過這頭戰鬥力強大的野狼。

野狼低下頭在阿諾身上聞了聞，阿諾甚至感覺得到牠噴出的熱氣，他一動不動，希望野狼認為自己是一具死屍。

野狼打了個響鼻，然後把頭扭到了一邊，居然轉身走了，來到巨岩邊，叼起那條已經死去的獒犬，一路小跑消失在前方亂石縫隙之中。

阿諾失魂落魄地回到住處，發現瞎子還沒有回來，羅獵幾人等得正在著急，看到阿諾回來，所有人都圍攏了過去：「阿諾，你去哪裡了？瞎子呢？」

阿諾目光呆滯地望著羅獵，嘴巴張了張，仍沒能從此前的驚嚇中回過神來。

張長弓為他端來一杯熱茶，阿諾接過熱茶，咕嘟咕嘟喝了，這才稍稍緩過神來，將自己跟瞎子出去後的經歷說了一遍，幾人聽到他在點將台廢墟的遭遇，張長弓激動的一把將他的手臂抓住：「你說什麼？你見到了血狼？」

「血狼？」阿諾一臉迷惘，他並不知道張長弓母親被血狼叼走的事情，還是第一次聽說這種生物，他點了點頭道：「對，毛色血紅。」

麻雀一旁道：「牠的眼睛是不是一隻藍色一隻是黃色？」

阿諾重重點了點頭。

張長弓大聲道：「帶我去，我要去找牠！」這些年來他始終都將這神秘的生物視為殺害母親的仇人，所以聽到血狼的消息恨不能現在就找到牠將牠殺死。

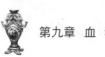

羅獵道：「照你這麼說，那頭血狼咬死了獒犬，卻放過了你？」

阿諾點了點頭道：「我……我也不知道牠為什麼放過了我，當時牠在我身上聞了一會兒，我還以為自己死定了，卻想不到牠居然走了。」

麻雀湊過來在阿諾頭上聞了聞，然後馬上捂住了鼻子：「你身上好大的味道！肯定是那頭血狼嫌你的體味太大。」

阿諾也抬起手聞了聞，一臉委屈道：「沒有啊，我每天都灑香水。」

羅獵從兩人的對話中似乎猜到了血狼放過阿諾的原因，西方人普遍體味偏大，阿諾不但有體味，而且這廝是個酒鬼，身上混雜著一股陳年發酵的味道，應該是血狼不喜歡這股味道，所以才沒有吃他的興趣。

張長弓此時已經取了砍刀，準備出門尋找血狼。

羅獵道：「張大哥，瞎子還沒回來。」

張長弓道：「反正都要去找人，總不能一直守在這裡。」

羅獵知道血狼已經成為張長弓心中揮抹不掉的陰影，他這次之所以答應陪同他們潛入黑虎嶺，其中一個最主要的原因就是為了尋找血狼，現在得到了血狼的消息，他當然不可能錯過，羅獵道：「好吧，大家一起去。」

阿諾雖然打心底不願意去那個差點丟掉性命的地方，可是看到同伴全都要去，再說瞎子直到現在都沒有回來，說起來是自己把瞎子丟下獨自逃命，想起這件事也實在慚愧，鼓起勇氣決定再帶著同伴們走一趟。

阿諾循著剛才的路線走了一遍，可是剛才都是瞎子用羅盤引路，阿諾所扮演的只是一個追隨者的角色。這凌天堡雖然不大，裡面的道路卻是錯綜複雜，很容易在街巷中迷失方向，找到他和瞎子失散的地方雖不容易，可是找到那片廢墟卻不是什麼困難的事，畢竟凌天堡內那麼大規模的廢墟並不多。

麻雀找路人打聽了一下，並沒有花費任何代價就問出了昔日點將台的所在。

「就是這裡！」阿諾指著前方的大片廢墟道。

張長弓躬下身去，從雪地上發現了大小不同的兩串腳印，大腳丫子應當是阿諾留下的，另外的那一串梅花狀的腳印明顯是犬科動物所留下，應當來自那頭追擊阿諾的獒犬。

從腳印的大小和步幅，張長弓可以大概判斷出這頭獒犬的肩高體重，這頭獒犬應該有牛犢般大小，攻擊力極其強大，對於一個經驗豐富的獵人而言，這算不上什麼難事，雖然他並沒有親眼目睹，可是仍然能夠想像到阿諾亡命逃跑的驚險一幕。

循著腳印來到阿諾跌落雪坑的地方，阿諾指著下方的雪坑，心有餘悸道：「剛才……我就是從這裡掉了下去的。」

羅獵向下看了看，率先跳了下去，麻雀和張長弓也緊跟其後，阿諾顯然還有些後怕，猶豫再三還是跟著跳了下去。他將腰間的匕首抽了出來，警惕望著周圍，生恐那頭血狼仍然藏身在附近沒有離去。

雪地上仍然留有一個明顯的人形印記，正是阿諾跌倒時留下，張長弓在不遠處發現了另外一串梅花狀的足跡，腳印比此前的那個還小一些，淺一些，張長弓估算著血狼的步幅，腦海中浮現出一頭紅色野狼緩步行走在雪地上的景象，優雅而從容，雪坑內有不少的血跡，正中一灘血跡的周圍足跡凌亂，由此能夠推斷出在這一區域發生了一場殊死搏鬥，張長弓蹲下身去仔細尋找，功夫不負有心人，他在雪地上發現了一根紅色的狼毛，張長弓小心將那根狼毛撿起，湊在鼻子前聞了聞。

羅獵示意其他人和張長弓保持一段距離，以免干擾他的調查。

張長弓循著血跡來到了前方的巨石前，巨石下也有一灘血跡，周圍的雪地上的血跡呈放射狀分佈。阿諾低聲道：「血狼咬住獒犬的脖子，一下從那邊甩到了這裡。」

張長弓估算了一下獒犬被甩出的距離，大概在七米左右，獒犬的體重應該超過百斤，血狼竟然可以將這麼大的獒犬甩出這麼遠的距離，如果不是巨石擋住了獒犬，恐怕還要更遠，從地上放射狀分佈的血跡來看，當時衝撞的速度一定很大，由此判斷這頭血狼的力量實在驚人，只是從血狼的步伐跨度和雪地上蹄印的深淺來看，這頭血狼的重量應該不超過七十斤。從現場所見結合阿諾的描述，張長弓的腦海中已經基本可以恢復當時激戰的情景，他驚歎於血狼的爆發力，在他有生以來還從未見過如此強大的狼類生物。

沿著雪地上的血跡找到了血狼離開的縫隙，他們任何一人都不可能從中通過，張長弓爬到石塊上方，舉目向遠方望去，卻見前方都是倒塌的巨石，視野之中哪還看得到血狼的蹤跡。

凝望許久，張長弓方才回到同伴面前，有些失落地向羅獵道：「看來那頭血狼已經走了。」

羅獵道：「只要牠還在凌天堡內，總會發現牠的蹤跡。」其實羅獵並不認為這頭血狼就是當年叼走張長弓母親的那一隻，這裡距離張長弓的家鄉滿倉屯有近七十里的山路，蒼白山的血狼未必只有一隻。

麻雀道：「你們有沒有覺得奇怪，血狼為什麼要選擇凌天堡安家？如果牠真的生存在這裡，此前有沒有攻擊過這裡的人？」

「也許牠不吃人！」阿諾低聲道，畢竟他就從狼吻下逃過了一劫。

羅獵道：「回去吧，天就快黑了。」

張長弓道：「你們先回去，我想在這兒待一會兒，或許那血狼還會回來。」

羅獵聞言一怔，馬上明白張長弓想要留下的目的，他對張長弓倔強的性情已經有所瞭解，知道勸說也沒什麼用處，低聲道：「不如我留下來陪你？」

張長弓搖了搖頭：「你們去找安翟吧，放心吧，我不會有事。」他將手中的砍刀輕輕插入雪中。

羅獵最終決定將張長弓一個人留下，一個可以徒手搏殺猛虎的獵人應該足可以對付一頭血狼，就算不能成功，張長弓也應當可以全身而退，羅獵對他的實力充滿信心，而且以張長弓的秉性，任何人都無法將他說服。

真正讓羅獵放心不下的還是瞎子，回到住處，夜幕已經降臨，瞎子卻仍然沒有回來，他們三人已經走遍了凌天堡內可以自由走動的地方，如果瞎子再不出現，也只能向狼牙寨方面求助了。

羅獵正準備去找呂長根幫忙的時候，瞎子卻大搖大擺回來了。

從這廝滿面春風的樣子，就能夠猜到他應當沒有遭遇什麼危險。

阿諾衝上去在瞎子肩膀上給了一拳，抱怨道：「瞎子，你去了哪裡？讓我們擔心死了。」

瞎子橫了他一眼：「你擔心個屁？當時是誰拋下老子一個人逃跑了？」

阿諾被他一通數落，臉窘迫得通紅：「我……我怕狗……」

「我呸！」

阿諾自知理虧，陪笑道：「千錯萬錯都是我的錯，回頭我給你端酒賠罪。」

瞎子大度地擺了擺手道：「那倒不必了，都是自己人，你又不是存心丟下我。」他朝羅獵笑了笑，使了個眼色，羅獵知道他有話單獨對自己說，心領神會地跟著瞎子來到房間內，瞎子關上房門，又從門縫裡向外看了看，長舒了一口氣道：「大爺的，今天差點把命給丟了。」

羅獵道：「看起來不像啊，滿面春風，很少看你那麼得意。」

瞎子勾住羅獵的肩膀道：「到底還是你最瞭解我。」

羅獵聞到他身上居然有股子香氣，吸了吸鼻子，打量了瞎子一眼：「你該不是去逛窯子了？」

「我呸，還說是兄弟，我是那種人嗎？」瞎子一把推開羅獵，來到炕沿坐下，拎起水壺，卻發現裡面空空如也，又重重放下：「你猜我今天看到誰了？」

「少賣關子，有話快說，有屁快放！」

瞎子呵呵笑了起來：「火氣夠大，每晚都有女人陪睡，也沒趁機敗敗火。」

羅獵作勢揮拳欲打，瞎子嚇得抱住了腦袋：「別介，玩笑都不能開了？」

羅獵道：「讓她聽到可饒不了你。」

瞎子不以為然道：「你怕她，我可不怕。」他向羅獵招了招手，示意羅獵靠近一些，低聲將今天的見聞告訴了羅獵，至於偶遇盲女周曉蝶的一段他卻略去不提，每個人都有自己的隱私，瞎子也不例外。

羅獵聽說陸威霖被狼牙寨俘虜心中不由一驚，早在鐵娃說過遇到一群人問路的時候他就想到了陸威霖，看來自己的預感果然應驗，低聲道：「你能斷定？」

瞎子撓了撓頭道：「你也知道，大白天的，我眼神兒不好使，朦朦朧朧看著有些像，身材步態應該差不多，也穿著軍裝，只不過我沒看清他的面部細節。」

羅獵問明了地點，瞎子詳細把位置描述了一遍，提醒羅獵道：「那地兒應該是他們關押囚犯的地方，煞氣很重，你最好別去，咱們這次來的主要任務你可別忘了，就算那人當真是陸威霖，咱們也幫不了他。」

羅獵道：「明天就是蕭天行的壽辰，到現在咱們連一點眉目都沒有。」

瞎子安慰他道：「車到山前必有路，船到橋頭自然直。何必擔心呢，說不定一切迎刃而解，根本不需要咱們費心呢。」

羅獵道：「你逃走後那麼久都去了哪裡？為什麼沒直接回來？」

瞎子被他一問，明顯有些慌張，乾咳了兩聲道：「我當然不能直接回來，若是被人跟蹤，豈不是把咱們所有人全都給連累了，我在凌天堡內兜了個大圈子，確信把他們都給甩掉了這才回來。」

羅獵將信將疑地望著瞎子，這廝肯定沒說實話，連正眼都不敢看自己，羅獵也沒有繼續追問，最重要的是瞎子能夠平安歸來。

狼牙寨方面準時送來了晚餐，羅獵和瞎子出去準備吃飯的時候，前來送飯的嘍囉恭敬道：「葉爺，八當家有請！」

八當家就是藍色妖姬蘭喜妹，瞎子聞言，嬉皮笑臉道：「八當家是不是請我們一起過去？」

那嘍囉笑道：「八大家說了，只請葉爺自己過去。」

麻雀聽到這句話頓時虎起面孔，冷冷道：「她找我男人作甚？」

羅獵真是哭笑不得，不知是麻雀是故意配合還是當真入戲太深，他咳嗽了一聲道：「既然八掌櫃有請，我只好過去一趟，你們幾個先吃吧。」

目送羅獵跟那嘍囉離去，瞎子故意道：「我看這蘭喜妹八成看上老葉了。」

麻雀道：「也不錯啊，王八看綠豆對上眼了。」

瞎子看到麻雀風輕雲淡的樣子反倒奇怪了：「你不吃醋？」

「我為什麼要吃醋？」

瞎子道：「有人勾引你男人嘎！」

「你那麼緊張，他是你男人才對！」麻雀瞪了他一眼轉身離去。

「喂，吃飯啊！」

「看到你就飽了！」

羅獵出門之後，跟著那嘍囉去了蘭喜妹的住處，他並沒有想到，蘭喜妹的住處居然和瞎子所說的監獄僅有一牆之隔，走入院門，寬闊的庭院內種植著十多株臘梅，雪中臘梅競相吐蕊，暗香陣陣。中間的青石小道清掃得乾乾淨淨，一塵不染，道路兩旁堆砌著不少精緻的冰雕，從庭院的格局佈置已經能夠看出蘭喜妹生活中應該頗有情趣。不過凡事不能以外觀而論，如果只看蘭喜妹嫵媚嬌柔的外表是不會想到她的手段如此殘忍血腥。

通過前方冰磚砌成的拱門，進入內院，兩旁栽植了不少的長青樹木，樹枝之上掛著一盞盞的紅燈，隨著夜風，紅燈輕輕搖曳，映襯著周圍潔白無瑕的積雪，紅白輝映，光影交織，整個庭院被裝點得美麗紛呈。

道路盡頭有一棟完全木質結構的小樓，小樓共有兩層，居然是典型的西洋風格，見慣了凌天堡冰冷堅硬的石頭房子，猛然看到這溫和純樸的木色，在周圍冰雪的對比下，讓人的心底不禁生出一種溫暖，羅獵從建築風格推斷出這小樓的設計者必然對西洋文化有著相當的瞭解，由此看來，蘭喜妹絕不是普通的土匪，此女必然對西洋文化有著一定的瞭解。

那嘍囉在樓前停下腳步，向羅獵笑道：「葉爺，八當家在裡面等著您呢。」

羅獵點了點頭，舉步走上台階，這樣的一棟木質小樓出現在凌天堡內的確有些突兀，也顯現出藍色妖姬的與眾不同，或許她也有留洋的經歷。

羅獵輕叩房門，裡面傳來蘭喜妹嬌滴滴的柔嫩聲音：「門沒鎖，進來吧！」

羅獵推門走了進去，迎面撲來一股溫暖芬芳的氣息。

蘭喜妹身穿淺綠色毛呢軍服，同色長褲，馬靴齊膝，烏黑色的長髮波浪起伏。羅獵一眼就認出她所穿的是俄國軍服，這身軍服剪裁合體幹練利索，英氣十足，配上蘭喜妹美麗動人的容貌，頎長的身材，將英姿颯爽和嫵媚妖嬈完美地結合在了一起。羅獵並沒有因為蘭喜妹的美貌而忽略她腰間的那把手槍，槍套之中收著蘭喜妹從不離身的鍍金勃朗寧，這把手槍是她通過關係在歐洲訂製，連子彈都鍍上了一層廿四Ｋ金。從這一點來看，此女應當招搖且虛榮。

羅獵還是有自知之明的，蘭喜妹請自己前來應當不是看上自己，事實上現在自己的模樣雖然算不上醜陋，可是距離英俊也有相當的距離，除了昨晚露出的那手飛刀技法，自己身上的確找不到讓女人一見鍾情的地方。蘭喜妹這樣一個美麗的尤物能夠在群狼環伺的土匪窩中生存，且還混得風生水起，必有其過人之處。

蘭喜妹微笑道：「歡迎歡迎！」她主動伸出手去，想要跟羅獵握手。

羅獵卻伸出手，輕輕握住蘭喜妹春蔥般的指尖，低頭在她潔白無瑕的手背上輕吻了一記，他的舉動實在是出乎蘭喜妹的意料之外。在博取女人歡心方面，羅獵有著超人一等的水準，深知引起女性關注和好感的要訣。

蘭喜妹雖然錯愕，可是並沒有過激的反應，她畢竟是狼牙寨的八當家，見多識廣，也知道羅獵的這個動作是吻手禮，絕非有意占自己的便宜，格格笑道：「葉無成，這洋人的禮節你好像懂得不少。」

羅獵笑道：「別忘了我們的同伴中就有一個。」

蘭喜妹做了個邀請的手勢：「裡面請！」

羅獵摘下毛茸茸的兔毛帽子，然後脫下厚重的羊毛大衣掛在衣架上，室內溫暖如春，用不著穿太厚的衣服。跟著蘭喜妹來到裡面的餐廳，單從餐桌上的餐具陳設就能夠看出蘭喜妹對生活品質非常講究。

蘭喜妹邀請羅獵坐下，讓傭人上菜。

羅獵望著滿桌的珍饈美味，笑道：「八當家實在是太客氣了。」

蘭喜妹道：「只是一頓家常便飯，平日裡我也是那麼吃。」端起酒杯和羅獵碰了碰。

羅獵將杯中酒一飲而盡，心中暗歎，這蘭喜妹真是奢侈，熊掌、駝峰、猴頭、燕窩，這樣的山珍就算過去的皇上也做不到每天都有，她卻說是家常便飯，原來土匪過的日子如此奢侈，想起山下楊家屯饑寒交迫的百姓，羅獵頓時覺得造化不公，這些土匪之所以能夠在這裡享受這樣的生活，還不是燒殺搶掠所得，想到這裡，珍饈美酒在嘴裡也味同嚼醋。

蘭喜妹放下酒杯道：「朱三爺的事情實在是抱歉。」

羅獵聽到她提起朱滿堂的事情，故意歎了口氣，拿捏出悲痛不已的模樣：「我們三爺不知得罪了什麼人，竟然遭此噩運。」

蘭喜妹道：「屍體我已經解剖過了。」說話的時候盯住羅獵的臉上，關注他臉上的每一個細微變化。

羅獵聞言心中一驚，這才想起蘭喜妹擁有醫術的事實，他望著蘭喜妹，目光陡然變得憤怒，重重在桌子上拍了一記，霍然站起身來：「八掌櫃什麼意思？朱三爺已經死了，你竟然還解剖他的屍體？難道你們連死者為大的道理都不懂？當我們飛鷹堡無人嗎？」

蘭喜妹並沒有被羅獵咄咄逼人的架勢嚇住，一雙勾魂攝魄的美眸望著羅獵，嬌滴滴道：「你知不知道，沒有人敢在我的面前這麼說話！」羅獵的反應完全在她的意料之中，在而今的年代很少有人將屍檢當成找尋真相的必要手段，多數人都認為這樣的做法是對死者的褻瀆。

羅獵道：「說出去的話收不回來，我也不想收回，你們三當家答應過我，要將這件事查個水落石出，給我們飛鷹堡一個公道，還答應妥善保管朱三爺的遺體，可是你們竟然出爾反爾！」

蘭喜妹歎了口氣道：「若不是為了查明真相，我才不會去切開那具臭烘烘的屍體。」

羅獵道：「你什麼意思？」內心中卻不免有些忐忑，蘭喜妹絕不是一個普通人物，她請自己過來也不是吃飯那麼簡單。

蘭喜妹表現出少有的耐性：「你坐下，慢慢聽我說。」

羅獵緩緩坐了下去。

蘭喜妹道：「朱三爺死得蹊蹺，而且他上山之前就已經生了病，神情恍惚，甚至連許多過去的老相識都不認識了，究竟怎樣生病，你們在途中遭遇了什麼？最清楚的人只有你們幾個。」

羅獵冷冷道：「你是說朱三爺的死跟我們有關嘍？」對方說得雖然委婉，可是字裡行間已經開始推卸責任，確切地說正在將責任推向自己。

蘭喜妹主動拿起酒壺給羅獵倒了一杯酒道：「朱滿堂死在凌天堡，我們自然要承擔責任，於情於理都應該給飛鷹堡方面一個交代。」

羅獵道：「此事我和貴寨三當家說得很清楚，為了避免影響蕭大當家的五十大壽，我們暫時不對外張揚，三當家答應我，儘快查出朱三爺的死因，給我們一個滿意的交代。」提起鄭千川是要蘭喜妹明白此事已經達成了協定，也是為了試探蘭喜妹今晚的所為是不是和鄭千川達成了默契。

蘭喜妹道：「你不瞭解他，他才犯不著跟你們交代，想要解決這件事最好的辦法，就是把責任推出去，想堵住李長青的嘴巴，讓他無話可說，最完美的解決辦法，就是將這件事算在你們幾個的頭上。」

羅獵其實早已想到了這一層，不過經蘭喜妹說出來，仍然心中一沉，羅獵道：「你以為我們堡主會相信？」

蘭喜妹微笑道：「你以為我們會在意李長青的想法？」她向前湊近了一些，小聲道：「我不瞞你，鄭千川壓根沒打算讓你們幾個活著回去。」

羅獵端起面前的酒杯，將杯中酒飲盡，然後將空杯緩緩落下，凝視著蘭喜妹的雙眼，蘭喜妹之所以告訴自己這些必然有她的動機。

羅獵道：「你跟我說這些，豈不是壞了你們三當家的大計？」

蘭喜妹道：「我可以說朱滿堂是暴病而亡，也可以說他是被人毒死。」明顯在暗示羅獵，一切盡在自己的掌握之中，靜靜望著羅獵的表情，以此來判斷他內心中的想法。

羅獵道：「欲加之罪何患無辭，八掌櫃好像吃定了我！可是你忘了一件事，這世上有些人是不怕死的。」

蘭喜妹道：「在人屋簷下怎敢不低頭，這世上自然有不怕死的人，可是也要看死的值不值得？死有輕如鴻毛，有重如泰山，為了區區一個朱滿堂賠上自己的性命是否值得？」

羅獵道：「有什麼話，不妨開門見山！」他本來還擔心蘭喜妹會檢測出朱滿堂血液中的藥物成分，從目前來看，蘭喜妹應該一無所獲，並沒有從屍檢中找到任何有價值的線索。

蘭喜妹道：「朱滿堂是被老鼠活活咬死的，我檢查過他的屍體沒有中毒的跡象，我相信你們的清白。」

羅獵道：「清白這兩個字在這裡好像沒什麼用處。」

蘭喜妹點了點頭：「你果然是個聰明人，我可以保證你們可以活著離開凌天堡，不過你要答應我一件事。」

羅獵早就猜到她必然會有條件。

「幫我殺掉一個人！」

羅獵內心一沉，抬起雙眼，目光古井不波：「你在說笑？」在凌天堡內想殺什麼人還不是蘭喜妹一句話的事情，何必要假手他人？此事絕不簡單。

蘭喜妹道：「幫我殺掉顏天心！」

羅獵此時方才明白蘭喜妹為何會找到自己，殺掉天脈山連雲寨寨主顏天心，明白了目標，也就明白了蘭喜妹的真正用意，她要借刀殺人，一箭雙雕。狼牙寨的任何人出手殺掉顏天心都會將戰火引到黑虎嶺上，天脈山必然要和狼牙寨展開一場復仇之戰。可是顏天心如果死在自己的手上，那麼就是連雲寨和飛鷹堡之間的仇恨，狼牙寨可以抽身事外，不過蘭喜妹是不是太過理想，如果顏天心當真死在了凌天堡，連雲寨難道會息事寧人？放棄追究他們的責任？

羅獵靜靜望著蘭喜妹，此女不但手段狠辣而且心機深沉。只是她怎麼都不會想到，自己也並非來自飛鷹堡，而是另有圖謀。羅獵道：「八當家真是打得一手如意算盤。」

蘭喜妹嬌滴滴道：「人家可全都是為你著想，實在不忍心看你就這樣白白送了性命。」明明是害人，卻說得好像盡心盡力幫助別人一樣。

羅獵道：「我若是不答應呢？」

蘭喜妹道：「你會死，你們所有人都會死！或許我會考慮把你老婆留下，反正狼牙寨裡有不少人的眼光一直都不怎麼樣，而且他們也不懂得挑剔。」蘭喜妹的惡毒在於，她可以將一件明明很卑鄙無恥的事情說得如此悅耳動聽。

羅獵道：「我若是行動敗露一樣會死！」

蘭喜妹點了點頭，分明是吃定了羅獵。

羅獵又道：「我殺了顏天心，結果只怕更慘！」

蘭喜妹搖了搖頭道：「唯有殺了她，你才有希望活命，我會安排你們離開，不過離開黑虎嶺之後，能否逃過連雲寨的追殺就看你們自己的造化了。」對此她早已制定好了周密的計畫，選中羅獵等人，不僅僅因為他們飛鷹堡的身分，也因為他們現在的住處和顏天心僅有一牆之隔，由他們下手最合適不過。

羅獵抿了抿嘴唇，雖然成功混入了凌天堡，可是事情並沒有想像中順利，他們自己的事還沒有任何眉目，卻又稀裡糊塗地捲入了一場江湖紛爭。蕭天行的大壽只是他們布下的一個局，他們要利用這個機會剪除蒼白山範圍內所有可能危及到自身地位的對手，而自己不幸被蘭喜妹視為一枚合適的棋子。

蘭喜妹以為羅獵還在猶豫，輕聲道：「忘了告訴你，我剛才就讓人把你老婆接走了。」

羅獵怒視蘭喜妹，此女的手段實在陰狠，借著請自己吃飯的名義，實則是調虎離山，趁著自己不在，出手對付自己的那些同伴。

蘭喜妹撅起櫻唇，居然向羅獵撒起嬌來：「別生氣嘛，我保證她不會有事，如果她出了任何事，我把自己賠給你當老婆好不好？」

羅獵此時反倒平靜了下來，指了指面前的酒杯，蘭喜妹非常聽話地幫他將酒杯倒滿，如果不是羅獵有利用的價值，她又怎肯自貶身分做出這樣的事情。

羅獵喝完這杯酒道：「帶我去見她，我要確定她平安無事。」

蘭喜妹點了點頭：「她就在隔壁。」

羅獵前腳離開，麻雀和瞎子、阿諾三人就被人抓了起來，以他們現在的處境，反抗根本無濟於事，瞎子和阿諾以為暴露，本想做出抗爭，卻被麻雀制止，放棄反抗被人帶到了牢房之中。

瞎子的好奇心徹底得到了滿足，他也認出關押他們的地方就是白天偷窺的牢房，心中更是懊惱不已，他早就說這裡煞氣太重，提議儘快離開，不然肯定會大禍臨頭，現在一切果然應驗了。

瞎子和阿諾被關在了一處，麻雀卻被單獨關押，在蘭喜妹心中，羅獵妻子的身分顯然要比另外幾名嘍囉重要得多。

麻雀也不清楚為何要將她關在這裡，也懷疑他們的身分已暴露，在惶恐和忐忑中度過了兩小時，終於聽到了逐漸走近的腳步聲，麻雀內心頓時緊張了起來。

借著油燈昏黃的光芒，麻雀驚喜地發現來人竟然是羅獵，她本以為羅獵也被人抓了，心中浮現的第一個念頭就是，如果能和羅獵關在一起倒也不壞，可很快就發現羅獵居然是一個人走過來的，美眸之中頓時籠上一層疑雲。

羅獵站在牢籠外，兩人之間隔著鐵柵欄，羅獵道：「老婆，你有沒有事？」說話的時候向麻雀使了個眼色，雖然蘭喜妹給了他一個單獨說話的機會，可是她就在不遠處，自己和麻雀的對話應該逃不過她的耳目。

麻雀會意，罵道：「狼心狗肺的東西，你竟然勾結那個狐狸精害我！」

羅獵裝腔作勢道：「老婆，你千萬不要誤會，我有苦衷的！」

「你有什麼苦衷？以為我不知道你打的什麼主意？放我出去！葉無成，你放我出去，不然我做鬼都不會放過你！」

羅獵走進鐵柵欄：「老婆，你聽我解釋！」

麻雀瘋狂叫道：「我不聽，你這個忘恩負義的混蛋，你這個陳世美！」她突然抓住了羅獵的左手狠狠咬了下去，羅獵誇張地慘叫了一聲，感覺麻雀的這一口可真不輕，自己手腕的皮膚被她給咬破了，鮮血流了出來，麻雀趁此機會低聲向他道：「放心，這裡困不住我。」

蘭喜妹聞聲趕了過來，掏出手槍瞄準了麻雀，怒道：「放開他！」

麻雀抬起頭來，嘴唇上鮮血淋漓，當然都是羅獵的血，這妮子演戲還真是投入，不過可就苦了羅獵，她雙目圓睜道：「狐狸精，有種你就開槍！」

羅獵心驚肉跳，蘭喜妹可不是什麼良善人物，她說不定真能幹出這件事，慌忙擋住蘭喜妹的槍口，連連擺手道：「不要，千萬不要！」

蘭喜妹冷哼了一聲，收回手槍，她雖生性殘忍，可畢竟不是頭腦糊塗之人，之所以將麻雀抓來就是要利用她來要脅羅獵做事，這張牌她才不會輕易毀去。

羅獵向麻雀看了一眼，麻雀向他俏皮一笑。

羅獵真是哭笑不得，落入這樣的困境，這妮子居然還笑得出來，他追趕著蘭喜妹的腳步來到了外面。

蘭喜妹看到羅獵的手上還在滴血，抽出一方雪白的手帕，幫他將傷口紮上，輕聲道：「你老婆可真夠狠心的，這樣的女人不要也罷。」寧拆十座廟不毀一門親，蘭喜妹好像並不知道這個道理。

羅獵道：「愛之深痛之切，她就是個醋罈子，見不到我跟別的女人說話，尤其是像你那麼漂亮的大美女。」

千穿萬穿馬屁不穿，蘭喜妹聽到羅獵這樣誇她頓時笑靨如花，啐道：「你這張嘴還真是會哄人開心。」

羅獵道：「我葉無成就是不會哄人，有什麼說什麼，全都是大實話。」

「信你才怪！」蘭喜妹居然撒起嬌來，此女媚骨天成，舉手抬足，撩人心魄。羅獵心中暗自警醒，蘭喜妹絕對是條吃人不吐骨頭的美女蛇，跟她過招務必要小心提防，稍有不慎就可能著了她的道兒。

羅獵道：「你剛說的事情我答應了。」

蘭喜妹聽他終於答應了這件事，頓時喜上眉梢。

羅獵道：「不過我還有幾個條件。」

蘭喜妹爽快道：「說！」

羅獵道：「我一個人不足以成事，還需幾個幫手。」

蘭喜妹微笑點了點頭道：「好，回頭我就把他們給放了。」

蘭喜妹道：「沒問題，只需列出清單，我就能夠提供。」

「我需要武器！」

「還有，行動之前，你絕不可以傷害花姑子，若是她少了一根頭髮，咱們之間的交易就全部作廢！」

瞎子和阿諾兩人被放了出來，向來嘴巴閒不住的瞎子在沒有搞清狀況之前也不敢胡亂說話。

三人回到所住的地方，發現張長弓已經回來了，他之所以支走同伴，並非是失去了狼蹤，而是要獨自尋找，憑著他豐富的打獵經驗，果然在廢墟內找到了一個狹窄的縫隙，進入不久，就發現裡面竟別有洞天，追了一小段，手上火種已經不足以維持太久，又失去了血狼的蹤跡，擔心在黑暗中迷失方向，決定暫時回來再說，回來後卻又發現幾位同伴全都不在，正準備出門尋找他們。

聽到幾人今晚的遭遇，張長弓也是大吃一驚，他非常清楚其中的利害關係，提醒羅獵道：「俏羅剎顏天心雖然做事低調，可並不意味著她實力不濟，連雲寨從明朝占山，一直傳承至今，若無相當的實力，又怎能歷經數百年不敗？若是當真和狼牙寨爭雄，鹿死誰手還未必可知。」

瞎子道：「蘭喜妹實在是歹毒，竟然利用麻雀來要脅咱們為她殺人！」

羅獵道：「未必是她的意思。」

幾人同時將目光投向羅獵，羅獵站起身來，在室內緩緩走了幾步，沉聲道：「蕭天行的壽宴邀請了蒼白山兩大勢力，目前來看，飛鷹堡的大當家沒前來，不排除他已經察覺這次的壽宴只是一個圈套的可能。」

瞎子道：「鴻門宴！」

阿諾愁眉苦臉道：「那豈不是說我們糊裡糊塗地替飛鷹堡背了個黑鍋？」

原本羅獵的計畫是冒充飛鷹堡的人混入狼牙寨，現在雖然順利進入了狼牙寨，也並未引起對方的懷疑，可是這場壽宴卻並不像表面看上去那麼簡單，從目前的情況來看，蕭天行利用這次五十大壽擺下鴻門宴，真正的目的是借著這個機會清除異己。

張長弓道：「你準備怎麼做？」

羅獵道：「雖然不是什麼好事，可也絕不是什麼壞事，她想要利用咱們，咱們同樣可以利用她！」

阿諾道：「麻雀怎麼辦？」

羅獵道：「她暫時不會有危險，蘭喜妹想要利用她來要脅我，就不會輕易傷害她的性命。」

張長弓道：「你當真準備答應蘭喜妹的要求？」

羅獵道：「只能先答應她，走一步看一步。」

凌天堡雄風堂內，一個高大魁梧的身影靜靜坐在虎皮交椅之上，碩大的頭高高揚起，枕在靠背上，大半面孔都沉浸在黑影之中。

狼牙寨三當家鄭千川悄悄走入了雄風堂，抬頭看了看上面，並沒有說話，選擇拘謹地站在了右側。

一個嘶啞低沉的聲音響起：「老三，這麼晚過來為了什麼事情？」他坐直了身軀，前方的燭火照亮了他的面部輪廓，國字面龐，濃眉已經花白，頜下虬鬚蜷曲，也已經被歲月染成了花白，鬍鬚一直連到鬢角，灰白的長髮結著滿清最為常見的髮辮，肩膀寬闊，虎背熊腰，坐在那裡，不怒自威，猶如一頭雄踞高處的猛虎，他就是狼牙寨的大當家蕭天行。

鄭千川在蕭天行的面前表現出絕對的恭敬：「大當家，瀛口來人了。」

蕭天行露出一絲不屑的笑意：「難得他還記得我的壽辰！」

鄭千川道：「是劉公館的管家東生。」

蕭天行喔了一聲，抽出一支雪茄，鄭千川快步走了過去，幫他將雪茄點燃。

鄭千川點了點頭道：「各路人馬都到了，只是中間出了一些小小的差錯。」

蕭天行抽了口雪茄，吞吐出一口濃重的煙霧，瞇起雙目道：「讓他等等。」

蕭天行兩道花白的濃眉擰在一起，雙目陡然寒光迸射，鄭千川也不敢直視他的目光，低聲將飛鷹堡三當家朱滿堂睡夢中被老鼠活活咬死的事情說了。蕭天行對此並沒有太大的反應，在他心中一個飛鷹堡的三當家顯然算不上什麼。

鄭千川道：「此事有些蹊蹺，咱們凌天堡內還從未發生過老鼠咬死人的事情。我已經將飛鷹堡的幾人安撫了下來，暫時他們不會聲張。」

蕭天行呵呵笑了起來：「千川啊千川，你何時變得如此謹小慎微？難道你擔心李長青會報復我嗎？」

鄭千川道：「他或許不敢，屬下是擔心這件事影響到明日的壽宴，朱滿堂畢竟是前來賀壽的賓客，此事若是聲張出去恐怕會造成不好的影響。」

蕭天行的手指在座椅的扶手上輕輕叩了兩下：「除了顏天心，這蒼白山我又在乎過誰？」他停頓了一下道：「我讓你做的事情你是否已經安排妥當？」

鄭千川猶豫了一下，終於還是鼓足勇氣道：「大當家，這件事您還是慎重考慮一下，連雲寨一直以來都跟我們相安無事……」

蕭天行霍然站起身來怒視鄭千川，嚇得鄭千川將剩下半截話全都咽了回去。

鄭千川從一開始就不贊成蕭天行利用壽宴剷除蒼白山的其他幾支力量，蕭天行野心太大，短短七年內已經成為狼牙寨的寨主，可他仍不滿足，想要借著做壽的機會，將其餘幾支力量盡數剷除，其中真正讓蕭天行忌憚的就是顏天心。

蕭天行擺了擺手示意鄭千川離去，鄭千川告退之時，他又讓鄭千川將東生叫進來。

第十章

天門陣

羅獵的目光鎖定在右前方，
那裡的桌子是專門為俏羅剎顏天心準備的，
戲已經開場，可顏天心並未到來。
瞎子和阿諾的目光已經被開場鑼鼓吸引了過去，
戲台上大幕拉開，即將上演的是穆桂英大破天門陣。

東生乃是遼沈道尹劉同嗣公館的管家，他此番前來是專程代表劉同嗣賀壽，蕭天行在落草為寇之前本名蕭天雄，曾經和劉同嗣共同在瑞親王奕勳的手下效力，兩人共事多年，除此以外，兩人還有另外一層關係，他們是姑表兄弟。

不過兩人後來選擇的道路不同，蕭天行一心保大清，充當了鎮壓革命屠殺革命黨的排頭兵，而劉同嗣審時度勢的眼光顯然更勝一籌，及時倒戈，明智地投靠了革命黨。事實證明他對時局的把握要比蕭天行準確得多，大清亡國，民國成立，蕭天行這個雙手沾滿革命黨鮮血的劊子手就成了民國通緝的要犯，走投無路之下，不得已逃到了蒼白山，隱姓埋名當了土匪。

劉同嗣卻因關鍵時刻的轉向，成為了擁護革命擁護民主的開明鬥士，搖身一變成為民國功臣，又憑藉著他左右逢源的人際關係和超強的外交手腕得到了民國政府的器重，委任他為遼沈道尹，成為瀛口乃至整個南滿地區的實權人物之一。

兩人早已公開劃清界限，按理說一個做官，一個為賊，本沒有太多共通的地方。可是蕭天行也不是尋常人物，短短的七年內就憑藉著他強大的武功和冷血無情的鐵腕登上了狼牙寨大當家的位置，並將整個山寨的實力推向了鼎盛。

蕭天行和劉同嗣的再度攜手源於利益，想要在蒼白山稱雄，想要從蒼白山數十支土匪勢力中崛起就必須依靠實力，一個人的武功再高也不可能戰勝成千上萬的對手，想要在最短的時間內稱雄，不僅要擁有自己的隊伍，還要配備先進的武器。為了得到武器，蕭天行再次想到了這位已經劃清界限的表兄，用掠奪得到的財富從劉同嗣那裡高價購來了大批先進的武器。

蕭天行利用這些武器配備自己的隊伍，實力在短期內得以迅速提升，也依靠這些武器在蒼白山東征西戰，不斷擴展自己的地盤，迅速增強的戰鬥力讓他從諸多力量中崛起的同時，也讓他可以掠奪更多的財富，從這一點上來說，劉同嗣對他的幫助很大。可是蕭天行並沒有感恩，因為劉同嗣從來都不會無償付出，這幾年劉同嗣從他的身上也得到了驚人的回報，蕭天行採購的武器全都是高價所得，劉同嗣才不會因為他們共事多年，又或是看在姑表親的份上對他手下容情。

隨著財富和實力的與日俱增，蕭天行所接觸到的圈子也是越來越大，他的眼界也隨之越來越寬，對劉同嗣的貪婪盤剝他早已心生不滿，兩人之間的關係也悄然產生了裂痕。近兩年，他派鄭千川頻繁在滿洲各大城市活動，就是為了結交滿洲的實權人物，開拓方方面面的關係，一旦時機成熟，他就會毫不猶豫地擺脫劉同嗣。

東生代表劉同嗣前來，雖然他是劉公館的總管，可是東生真正的身分卻是蕭天行佈局在劉同嗣身邊的一顆棋子，這是只屬於他們兩人的秘密，即便是琉璃狼鄭千川也不知道這個秘密。蕭天行故意讓東生在門外等候，絕非故意冷落，而是要迷惑鄭千川的視線。

很多人都知道蕭天行的威猛和冷血，都認同鄭千川的智商，卻很少有人知道蕭天行才是這個山寨心機最深的一個，若無過人的智慧，又怎會在短短七年之內登上狼牙寨的權力巔峰，坐在這張虎皮交椅之上？

東生走入雄風堂的時候，蕭天行居然主動離開了虎皮椅相迎，足見他對東生的器重。

東生抱拳深深一揖：「屬下恭祝大當家福如東海，壽比南山，一統江湖，千秋萬載！」

蕭天行哈哈大笑，雄風堂對任何人來說都是禁地，沒有他的允許，別人不得擅入，所以這裡是最安全的地方，得不到他信任的人，根本沒有資格走入這裡。

蕭天行握住東生的雙手道：「東生，辛苦你了！」

東生抬起頭來，目光中滿是激動。他知道自己對於蕭天行的重要性，蕭天行真正信任的人只有自己，就連他的結拜兄弟也無法和自己相提並論。

蕭天行牽著東生的手來到一旁的太師椅坐下，紅泥火爐上方的銅盆內，正溫著一壺酒，蕭天行拿起酒壺，將方几上的金杯內斟滿，一股馥郁酒香撲鼻而來。

蕭天行親自將其中的一杯酒遞到了東生的手上，東生雙手接過，恭敬道：「屬下不便公然現身，明天就要回去，所以只能借著這杯酒給大當家賀壽了。」

蕭天行跟他碰了碰酒杯，兩人一同飲盡了這杯酒。

東生將帶來的禮盒放在了桌上，從懷中取出劉同嗣寫給蕭天行的親筆信，輕輕放在禮盒之上。

蕭天行掃了一眼，並沒有表現出太多的興趣：「他的狀況怎麼樣？」鄭千川已經帶來了一些消息，可是蕭天行仍然希望從東生這裡聽到。

東生道：「到現在仍在日本人的醫院裡。」

蕭天行不屑道：「真是嬌氣，不就是掉了耳朵，又不是掉了腦袋！」

東生道：「開始我們也認為沒什麼大事，可送去醫院之後，病情突然加重，經過全面檢查方才發現，他還中了毒！」

「中毒？」蕭天行皺了皺眉頭，事情遠比表面看上去要複雜得多。

東生壓低聲音道：「其心可誅！」

蕭天行吃了一驚，東生所說的其心可誅乃是大內秘製的毒藥，這種毒藥的配方非常獨特，原本掌握的人就極少，自從大清亡國，這些秘製毒藥的配方也隨之失傳，想不到時隔多年竟然重現世間。

東生道：「詳細的情形三當家應當對您說過，當時現場一片混亂，因為失火的緣故也沒有來得及清點失物，後來方才發現劉同嗣的保險箱被人偷了個空。」

蕭天行道：「都丟失了什麼東西？」

東生道：「劉同嗣嘴巴緊得很，對所丟物品隻字不提，只是他和謝麗蘊私下爭吵的時候說丟了一件護身符，還說那晚的事情全都因謝麗蘊而起。」

蕭天行道：「什麼護身符？」

東生道：「我也未曾見過，好像聽他說是當年瑞親王送給他的。」

蕭天行臉色一變，緩緩點了點頭，東生善於察言觀色，說到這裡就停下不說，拿起酒壺將兩個金杯斟滿。蕭天行卻在這會兒功夫啟開了劉同嗣給他的那封信，讀完之後，內心不禁變得沉重起來，劉同嗣並未在信中提及丟失東西的事情，甚至對劉公館失火，以及他中毒和被人割掉雙耳的事情隻字不提，開始的時候恭賀了他的壽辰，而後提及贛北督軍任忠昌於上月在黃浦被殺的事情，這封信的末尾還提醒蕭天行要多多保重。

這封信若是落在局外人的手裡，肯定會看得滿頭霧水，不會想到這幾件事有怎樣的聯繫，可是在蕭天行看來卻讓他心驚肉跳，任忠昌、劉同嗣還有自己，他們三人當年都是瑞親王奕勳的手下，現如今任忠昌遇刺，劉同嗣又被人割掉雙耳，偷偷下毒，人還躺在醫院，生死未卜，難道下一個目標就是自己？

蕭天行沉吟片刻方才道：「東生，我的兩名手下究竟是怎麼死的？」

再有一日就是蕭天行的壽辰，前來賀壽的各路人馬都已抵達了凌天堡，整個凌天堡內也呈現出平日裡難得一見的熱鬧氣氛。各方來賓都帶來了精心挑選的賀禮，多半都要等到明日壽辰之上公開相送，當然其中也不乏別出心裁的送禮者。

連雲寨送來的賀禮就與眾不同，除了送給蕭天行的神秘賀禮之外，連雲寨此行還專門帶來了一個戲班子，戲台就搭在聚義堂東，蕭天行壽辰的前一天，戲台已經搭好，樂曲鼓點一響，頓時將凌天堡內的土匪吸引了過來。

羅獵幾人也出現在聽戲的人群之中，他們本沒有聽戲的閒情逸致。之所以來到這裡，可不是為了湊這個熱鬧，他們有太多的正經事要做，儘管如此，他們還是將手頭的事情放下，將麻雀的安危放在一邊，來到這人聲鼎沸的戲台前，沏一壺茶，叫上果盤和瓜子，圍坐在一個不起眼的角落，欣賞著戲台上的表演，感受著周圍潮水般湧動的掌聲和喝彩。

羅獵的目光鎖定在右前方，那裡的桌子空著，正對舞台，位置絕佳，上面擺好了茶水點心，這張桌子是專門為俏羅剎顏天心準備的，戲已經開場，可顏天心並未到來。

瞎子和阿諾的目光已經被開場鑼鼓吸引了過去，戲台上大幕拉開，即將上演的是穆桂英大破天門陣。

張長弓看了看周圍，確信無人關注他們，這才向羅獵靠近了一些，低聲道：「好像情報有誤。」

他們之所以來這裡，是蘭喜妹提供的情報，今天是戲台搭起，戲班子的第一場演出，作為將戲班子引入黑虎嶺的帶路人，顏天心本應該在這裡現身，可是從現場的情況來看，她已經遲到，又或是突然改變了計畫。

蘭喜妹讓羅獵來這裡可不是讓他現在就刺殺顏天心，她的目的是要公然製造他們之間的矛盾，同時也借著這個機會讓羅獵認清顏天心的模樣，瞭解對方身邊的防衛情況，知己知彼百戰不殆。準備得越是充分，成功的機會也就越大。

張長弓道：「好像是不會來了。」

羅獵端起茶杯喝了口茶，腦海中浮現出顏天心無欲無求的漠然表情，雖然他並不瞭解顏天心，可是從對方的表情已經能夠大致判斷出顏天心是個不喜拋頭露面的女人，性情冷淡，與世無爭？可是這樣的性情卻又為何選擇出席蕭天行的壽宴？難道她也是懾於蕭天行的實力，不得不選擇向蕭天行低頭？

台上的鑼鼓點突然變得激烈起來，現場歡聲雷動，戲台之上英姿颯爽的穆桂英終於粉墨登場。連易容扮醜之後的麻雀都能夠引起狼牙寨群匪的覬覦，更不用說舞台上粉面桃腮，眉目如畫的美貌花旦。

剛一出場就贏來漫長喝彩，戲台之上遼兵來回翻騰跳躍，變著花樣地翻起了跟頭，穆桂英一條花槍使得如同游龍出水，莫說是這些終日生活在山林中的土匪，就連見多識廣的瞎子和阿諾兩人也禁不住喝彩，瞎子眼神不好，忍不住往前面去湊，想要看個究竟，阿諾也激動地站起身來，不停鼓掌，時不時將手指含入口中吹起尖銳的呼哨，西洋人原本就性情奔放，看到美人頓時將危險的處境忘了個一乾二淨。

羅獵拍了拍張長弓的肩膀，示意他留在原地，獨自一人向那張空著的桌子走了過去。

現場看戲的人雖然很多，但是沒有人敢在這張桌子坐下，羅獵決定主動出擊，他做事喜歡不按常理出牌，唯有出其不意方能打亂對方的佈局，蘭喜妹既然想要利用他們，他就要借著對方的心裡將她拖入泥潭，讓事情在不知不覺中脫離蘭喜妹的掌控。羅獵大剌剌在桌旁坐下，伸手抓起了一把瓜子，大模大樣地磕了起來。

果不其然，很快就有兩人向羅獵走了過去，其中一人伸手拍了拍他的肩頭，冷冷道：「朋友，這裡有人了！」

羅獵轉臉看了看來人，然後極其不屑地將口中的瓜子殼吐到了地上，轉身將目光重新投向舞台。

身後兩人對望了一眼，剛才拍羅獵肩頭的那人有些沉不住氣了，帶著怒氣道：「小子，你聽到沒有？」

羅獵所答非所問道：「這場戲演得真是精彩！」他旁若無人的表現頓時激起了那兩人的憤怒，兩人向他靠近，一左一右準備抓住羅獵的臂膀將他從這裡拖出去，羅獵卻在此時突然轉過身去，抄起桌上的茶壺狠狠砸在左側那人的額頭上，熱水和碎瓷片灑了那人一頭一臉。羅獵的左拳一個有力的上勾，將另外一人打得踉踉蹌蹌摔倒在了地上。

周圍眾人都是一愣，打架鬥毆對這幫窮凶極惡的土匪來說是家常便飯，往往這種時候，他們會情不自禁地全民參與，很快就會從單打獨鬥變成一場群毆，可是現場基本上都是狼牙寨的人，他們清楚這兩天是什麼日子，為了保證這場壽宴順利進行，狼牙寨的三當家鄭千川專門頒佈了七條臨時新規，其中一條就是做壽期間不得私自毆鬥，否則必然會遭受嚴懲，這七條新規還是有相當的威懾力。

他們很快就發現，發生鬥毆的雙方都不屬於狼牙寨，而且這場鬥毆剛一開始就分出了勝負，羅獵出其不意攻其不備，三拳兩腳，乾脆俐落地將兩名連雲寨的土匪擊倒在地，雙方實力懸殊太大。

羅獵本想引發一場騷亂，可是在他擊倒兩名土匪之後，周圍人全都退到了一旁，倒不是因為連雲寨的土匪自律，而是因為這兩天他們誰都不想惹事生非。更何況發生衝突的雙方並沒有狼牙寨的人，應當是前來賀壽的賓客彼此之間的矛盾，事不關己高高掛起，他們自然沒有摻和進去的必要。

張長弓三人早已做好了隨時接應的準備，可是看到羅獵輕鬆搞定了對手，似乎羅獵的出手將周圍土匪都震住了，居然無人主動上前。

羅獵看到事情並沒有鬧大，心中反倒有些失望，看來自己低估了這群土匪的自制力。又或者別人都認為這是飛鷹堡和連雲寨之間的私怨，誰也不願插手。好在自己的目的已經基本達到，坐了俏羅剎的位子，擊倒了她的兩名手下，公然掃了連雲寨的面子，相信這件事很快就會傳到顏天心的耳朵裡。

羅獵起身準備離去的時候，一杆花槍從身後向他投了過來，目標並非是他的後心，而是貼著他的腮邊，刺入了一旁的旗杆之上，花槍矛頭刺入旗杆之中，槍桿在羅獵身邊劇烈地抖動著，又如一條意圖掙脫束縛的蛇。

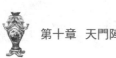

羅獵緩緩轉過身去，卻見舞台上的穆桂英柳眉倒豎，一雙鳳目怒火中燒。羅獵擊倒的那兩人並非是狼牙寨的土匪，而是戲班中人。

穆桂英還未動作，戲台之上的遼兵已經騰空飛躍而下，六名遼兵手握鋼刀先後跳下戲台向羅獵包繞而來。他們並沒有直接向羅獵發起攻擊，而是封住了羅獵的退路。

扮演穆桂英的花旦揚起雙手道：「你們都不要插手，我倒要看看他有多重的斤兩。」他一開口方才知道對方竟然是男扮女裝的旦角兒，在場的觀眾雖然不少，可是在剛才看戲的過程中竟然無人察覺這穆桂英的真身竟然是個男子。

羅獵掃了一眼身邊的花槍，伸出手去將之從旗杆之上拽了下來，矛頭刺入其中一寸有餘，可見對方的一擲之力何其強大。

花旦目光鎖定羅獵，突然騰空而起向舞台下飛躍而去，右腳向前跨出，落在舞台正前方兩丈處的八仙桌上，然後接著桌面的反彈力身軀再度飛躍而起，身在半空之中，下方一名戲班的武生將手中長棍向空中拋去，花旦於空中一把摘過長棍，身軀旋轉，單臂一揮，長棍就勢旋轉，呼的一聲向羅獵頭頂砸了過去。

羅獵手中長槍一橫，雙臂舉起長槍，向上一挺，槍棍相交發出梆的一聲巨響，羅獵雙臂被對方的這一棍震得發麻，他也沒有料到這名男扮女裝的花旦膂力居然強大到了這種地步。

羅獵向後退了三步才將對方的力量完全卸去，足尖一點騰空上了八仙桌。花旦跳上了另外一張桌子，雙方之間相隔只有一丈，彼此的目光於虛空中交接在一起，互不相讓。花旦仍然捏著戲曲的腔調：「大膽遼賊，爾乃何人？速速報上名來，我穆桂英槍下不殺無名之輩。」只是手中攥著的明明是一根棍子，槍從何來？

羅獵看到他到現在居然還沉浸在戲裡，心中大感有趣，也學著他的樣子道：「在下遼國兵馬大元帥韓昌是也，念你乃是一介女流之輩，今次放你一條生路，快快逃生去吧。」

兩人一唱一和倒是有趣，這樣一來現場的觀眾反倒愣了，這兩人唱得哪一齣？關公戰秦瓊？明明是穆桂英大破天門陣，聽兩人的台詞對答應該是一個穆桂英一個韓昌，可穆桂英怎麼摸了根棍子？權且當是降龍木，這韓昌也太操蛋了，明明穿著現代人的衣服，再說韓昌用的不是三股托天叉嗎？不過很多人一琢磨就釋然了，興許是戲班子故意安排的荒誕戲，以此給大家一個驚喜。

馬上就有人鼓起掌來，大聲叫好。可其中畢竟還是有清醒的人，羅獵一方的幾名同伴自不必說，狼牙寨方面也有人認識羅獵，六當家綠頭蒼蠅呂長根就在其中，他在羅獵鬧事的時候就已經認出了他，心中正在奇怪，現場就已經打了起來，呂長根做了個手勢，示意手下人不要輕舉妄動，且看看形勢的發展再說。

花旦向前跨出一步，長棍倏然向羅獵雙膝橫掃而去，棍掃秋風，高速行進的長棍幻化為大片白色的光影，羅獵雖然和對方只戰了一個回合，就已經知道對方的力量遠勝過自己，手中長槍剛一沾到長棍，身軀就借力飛起，於空中一個翻滾穩穩落在戲台之上，羅獵雙足剛一落地，數名扮演遼兵的演員就向他圍攏上來。羅獵大槍一揮，將劈向自己的長刀全部挑開，別看對方手中的長刀明晃晃寒光耀眼，實際上卻沒有什麼威力，全都是沒開刃的鐵片子道具。

下方的觀眾多半都看暈了，這究竟唱得是哪一齣？就算亂入的這貨是韓昌，天門陣裡面好像也沒有遼兵造反，以下犯上群起而攻之的情節。一場大戲眼看著就變成了一場鬧劇，不過倒是趣味橫生，圍觀眾人發出陣陣大笑。

扮演穆桂英的花旦也隨之回到了舞台上，手中長棍在舞台上重重一頓，朗聲道：「爾等全都退下，且看我取下韓昌的首級。」

羅獵活動了一下雙臂，心中暗歎，這穆桂英的實力真不是蓋的，如果硬碰硬過招，自己必敗無疑。連雲寨看來是做足了準備，且不說這戲班子裡面其他人的實力，單單是眼前的花旦，絕對已經能夠躋身高手之列。

槍棍相交，你來我往，戲班子的樂師心領神會地敲起了鑼鼓點兒，現場鼓掌聲喝彩聲不絕於耳。

花旦用棍將羅獵的手中槍壓制住，兩人貼近了身子，那花旦趁機壓低聲音道：「給你一個機會，老老實實給我滾蛋，否則我絕不會手下留情。」

羅獵嘿嘿一笑，兩人同時用力，將對方推到一邊，彼此間的距離再度拉開。

此時舞台下方剛才空出的桌子已經坐了人，正是連雲寨寨主俏羅剎顏天心，她坐在那裡，美得沒有半點瑕疵的俏臉上不見任何的表情，風波不驚的雙眸靜靜望著戲台。

身邊人為她沏了一壺茶，顏天心比瓷器更加細膩潔白的纖手緩緩端起茶盞，掀開頂蓋，聞了聞茶香，向身邊人耳語了一句，那隨從下去了，沒多久戲台之上就響起了鳴金之聲，鳴金收兵，兩軍交戰的規矩，羅獵可以不守規矩，可扮演穆桂英的花旦卻不能，他將手中長棍撤回，充滿警惕地望著羅獵。

羅獵揚起手中長槍輕輕拋還給他，向他抱了抱拳，騰空躍下舞台，經歷了這場搏鬥，羅獵明顯氣息不順，喘氣比起平時急促了許多。他作勢要離開現場，方才走了兩步就被人攔住了去路，那名攔住他去路的人輕聲道：「這位兄弟，好戲還沒開場，怎麼就走了？」

羅獵微笑望著對方：「我做人做事喜歡留下幾分餘地，適可而止最好。」對方點了點頭道：「我們當家的有情！」

羅獵朝俏羅剎顏天心的方向看了看，發現她的目光仍然專注於舞台，此時鑼鼓點兒再度響起，一場大戲重新拉開帷幕，眾人都將剛才發生的事情當成了一個小插曲。認為是大戲之前的暖場，而羅獵的目的也達到，成功引起了俏羅剎顏天心的注意。

羅獵跟著那人來到顏天心的身邊，顏天心仍然沒有向他看上一眼，只是淡然道：「坐吧！」

羅獵也不客氣，在顏天心的身邊坐下，有人過來給他倒了杯茶，羅獵接過後喝了一口，氣息仍然顯得有些急促，他的體力仍然沒能從剛才的那場交戰中完全恢復過來。

顏天心黑長而蜷曲的睫毛忽閃了一下，她的聲音也如她的外貌一般不食人間煙火，在任何狀況下都興不起半點兒的波瀾：「有什麼話不妨直說，沒必要繞那麼大的彎子。」

雖然對顏天心並不瞭解，可是從她的這番話中已經明白這是一個聰穎過人的女人，對自己的動機她已經看得很透。

羅獵微笑道：「剛才的事情實乃不得已而為之，皆因身分有別，寨主的門檻實在是高不可攀。」

顏天心道：「**身分和門檻皆由自己的本心而生，沒有人擋著你，也沒有門檻攔著你，其實這世上的多半煩惱，都是自己找來的。**」她幽然歎了口氣，明澈如兩泓秋水般的美眸第一次望向羅獵，輕聲道：「**人生苦短，為何不活得簡單點？**」

羅獵越發覺得這個女人不簡單，她的美眸明澈而深邃，雖平淡可是卻有著潤物無聲的穿透力，在她的目光下，讓人從心底不由產生了一種暴露無遺的感覺。

羅獵道：「在下……」他本想介紹一下自己。

顏天心卻毫不客氣地將他的話打斷：「萍水相逢，你是什麼人並不重要，更何況一個別有用心的人根本不會有勇氣說出本來的名字和身分。」

羅獵內心一沉，忽然產生了一種棋逢對手的感覺，難怪顏天心一個女流之輩竟然可以統領聲名顯赫的連雲寨。他決定暫時不說話，調整因為剛才那場搏鬥而變得急促的呼吸，順便恢復一下氣力，利用這一時機剛好可以近距離觀察一下這位蒼白山最為神秘的女匪。

在外人看來，羅獵肆無忌憚的目光顯然有不敬之嫌，然而顏天心卻絲毫沒有介意，目光仍然專注著戲台上的表演，還恰到好處的鼓起掌來，仿若身邊的羅獵根本就不存在。

被人當成空氣絕不是件榮光的事情，羅獵試圖從顏天心的身上找到破綻，然而他很快就意識到自己的努力是徒勞的，無論是外貌還是心態，顏天心都趨於完美，這樣的女人天生就高高在上供人仰視。

遠處的張長弓三人重新聚在了一處，他們偷偷觀望著這邊的狀況，看起來風平浪靜，事態似乎已經平息，唯一改變的就是羅獵成功接近了顏天心，陪著這位冷若冰霜的大美人坐在一張桌旁。

瞎子低聲道：「進展如何？」在白天他的這雙眼幾乎就是擺設，根本看不清那邊的具體狀況。

阿諾出身英國皇家空軍，眼力在幾人之中最好，低聲道：「搞不明白，兩人不知在說什麼？不如走近聽聽。」他準備起身付諸行動的時候，手臂被張長弓有力的大手握住，張長弓用目光制止他們輕舉妄動，羅獵此前專門交代過，要他務必要看住這倆活寶，瞎子和阿諾全都是不省心的主兒。

顏天心的目光投向戲台道：「扮演穆桂英的花旦叫玉滿樓，唱念做打無不精通，放眼當今之民國，他的台上功夫能夠進入前十，這麼好的戲不是每個人都有機會看到的。」

羅獵微笑道：「剛才我已經領教過了。」所謂領教，是因為槍來棍往，和玉滿樓大戰了幾個回合，讓他尷尬的是，自己在這場爭鬥中顯然沒有占到上風。

顏天心將手中的茶盞輕輕落在八仙桌上，意味深長道：「那可不是他的真功夫，你看他歷經一場激戰，步法一如既往的矯健，氣息不見紊亂。」

此時恰到好處地停頓了一下，望著羅獵道：「**練拳不練功，到老一場空，真正的生死搏殺，決定勝負的不僅僅是招式，招式再漂亮，沒有內力根基，威力也無從發揮。**」

她一言道破了羅獵的短板，羅獵雖然眼力和技巧都可以稱得上一流，可是力量並非他的所長，剛才和玉滿樓對戰之時，就被玉滿樓強悍的膂力擊退多次，羅獵也不得不採用四兩撥千斤的戰術，顏天心雖然出現稍晚，但是仍然看到了羅獵和玉滿樓交戰的一幕，力量可以天生，但是內勁卻是依靠後天修為，力量上的不足可以依靠後天修煉內勁彌補，而羅獵顯然並無強大的內勁。從她的這幾句評價，羅獵就已經明白顏天心的武功絕非泛泛。

羅獵道：「頭腦指揮行動，一個人的力氣再大武功再強，如果沒有頭腦，只**怕也逃脫不了被人擺佈的命運。」**

顏天心道：「所以無論任何事都要特別謹慎，想要對付一個人，首先必須要先搞清楚對方的實力，正所謂知己知彼百戰不殆，盲目的樹敵和自尋死路沒什麼分別。」

羅獵道：「受教了！」

顏天心道：「山下有個楊家屯，過去那裡面一直都住著幾戶人家，可前些天路過的時候，村子裡空無一人，還有房屋被焚燒的痕跡，村後樹林裡增添了不少的新墳，狼牙寨的人這些年都未曾動過他們，值此做壽之際，更不會做這種大煞風景的事情，前來黑虎嶺賀壽的隊伍兩隻手能夠查得清楚，只要想查，這件事不難查出。」

羅獵內心一驚，顏天心應該路過了楊家屯，而且發現了他們用來掩埋屍體的墳塚，以此女的聰慧，極有可能追根溯源查到他們的身上。

顏天心又道：「飛鷹堡就算李長青不肯親臨，也不會派出幾個名不經傳的小嘍囉，放眼蒼白山的幾座山頭，叫得出名號的無非就是幾十人，每個人身邊平時都跟著什麼人，他又有什麼習慣，只要稍稍留意，根本不是什麼秘密。」

羅獵道：「想不到顏掌櫃對我們朱三爺還真是關注。」

顏天心微笑道：「女人的好奇心往往都會重一些，尤其是看到散落的子彈殼，星星點點的血跡，還好我還有幾個手下，雖然死人不會說話，可只要細心觀察，還是能夠看出一些蛛絲馬跡的。」

羅獵知道顏天心已經對自己產生了疑心，但是他還是無法確定顏天心的這番話究竟是不是真的，此女智慧出眾，到底是不是在故意試探自己？

羅獵處變不驚，低聲道：「如此說來，回去時我一定要去楊家屯看看，滿足一下我的好奇心。」

顏天心道：「現在回去已經晚了，那裡已經沒有了活人，七個老人和一個孩子都逃了，只不過在這樣的惡劣天氣裡又能走出多遠？追上他們應該不難。」

輕描淡寫的一句話，卻讓羅獵的內心徹底沉了下去，顏天心並非試探自己，她既然能夠說得如此詳細，想必已經遇到了鐵娃和那些倖存的老人，只希望她不要對他們下狠手才好。顏天心雖然生得美麗絕倫，可焉知她不是又一個蘭喜妹。

顏天心的目光顯得耐人尋味，無論什麼時候，她都是這樣風波不驚，無論多麼驚心動魄的事情在她道來都是涓涓如水，平淡無奇。

羅獵道：「既然知道那麼多的事情，為何不揭穿事情的真相？」

「與我何干？」

羅獵從顏天心的這句話中領會到隱藏的含義，顏天心此前沒有揭穿自己，以後也應當不會揭穿他們的身分，因為那樣做對她也沒有半點的好處。他伸手拿起桌上的茶壺，主動為顏天心斟了一杯茶，看似紳士風度十足，實際上這一舉動中卻包含著只有他們兩人才能明白的意思。

顏天心暗暗佩服羅獵泰山崩於前而毫不動容的心態，換成普通人恐怕早已驚慌失措，而羅獵從頭到尾都鎮定自若，即便是她說出了楊家屯的事情，都不見他有任何的慌張。顏天心掃了一眼面前的茶，並未端起，此時戲台之上又演到了高潮之處，現場歡聲雷動。

顏天心道：「這杯茶是認錯還是討饒？」

羅獵微笑道：「人和人之間還是簡單點好，君子之交淡如水。」

顏天心道：「**水至柔，然至柔者至剛，其淡如水，剛柔並濟，相處之道也是如此，然而又有幾人懂得其中真正的道理？**」明澈美眸望著羅獵道：「連區區一杯茶都端不起來，又有什麼資格說這句話？」人往往放不下這張面子，在顏天心看來羅獵也是如此，即便自己已經揭穿了部分真相，羅獵仍然不肯討饒，放不下尊嚴，這就是負隅頑抗，不識時務。

羅獵道：「女人如水，至柔至剛，我今日總算有了領教，不知楊家屯倖存的鄉民是否無恙？」這才是他最為關心的事情，他始終認為是他們一行給楊家屯帶去了那場災難，希望鐵娃平安無事才好。

顏天心道：「還好！」

羅獵居然雙手端起了那杯倒好的茶恭恭敬敬送到了顏天心的面前，這次輪到顏天心詫異了，羅獵完全處於下風都不肯向自己低頭認錯，在自己說出那些村民平安的消息之後，他馬上向自己敬茶，這其中的含義絕非是認錯。

顏天心並沒有馬上接這杯茶，提醒羅獵道：「別人會以為你怕了我！為剛才的行為道歉。」

羅獵道：「正合我意。」

「沒有誠意，這杯茶我不喝！」

羅獵道：「我沒做錯因何要向你道歉？這杯茶是敬你幫助了楊家屯村民。」

顏天心平靜無波的美眸中第一次泛起了漣漪，此人實在是與眾不同，他的舉動幾度出乎自己的意料。顏天心道：「你又怎麼知道我不會騙你？」

羅獵道：「直覺！」顏天心占盡優勢，在她的面前自己已經完全暴露。

顏天心伸出手去接過羅獵雙手奉上的那杯茶，端在手裡並沒有喝：「可若是你的直覺出錯了呢？」

羅獵道：「你生得那麼美，心腸應該壞不到哪裡去。」

他的回答再次出乎顏天心的意料之外，顏天心一時間居然不知怎樣回應，毫無道理的回答，甚至有冒犯自己之嫌。她將這杯茶再度放在了八仙桌上：「剛才的那筆帳又該怎麼算？」

羅獵向顏天心湊近了一些，用只有他們兩人能夠聽到的聲音道：「其實我不喜歡這場戲。」

顏天心秀眉微揚起：「你喜歡聽什麼戲？」

「鴻門宴！」

顏天心沒有說話，目光投向戲台，可注意力卻集中在羅獵的身上，羅獵是在提醒自己，今次蕭天行的壽宴不懷好意。其實不用他說，來此之前她的多名部下就已經奉勸過她不要親自前來，然而最終她還是來了，不入虎穴焉得虎子。

羅獵道：「我只想當一個安安靜靜的看客，可惜有人嫌這戲台上的角兒不夠多，總想拉我湊個數。」他抬起手腕露出了自己的手錶，手指指點了一下十二點鐘的位置，刺殺計畫全都由蘭喜妹制訂，在蘭喜妹的計畫中，今晚零點就是行動正式開始。

「你演誰？」

「項莊！」羅獵停頓了一下道：「其實我更中意陪著沛公逃走的張子房。」

顏天心露出一抹諱莫如深的誘人笑容，示意羅獵端起那杯茶：「你若是肯演，我或許能夠給你提供這個機會，不過我或許會加演一場周瑜打黃蓋。」

羅獵小聲道：「真打？」

顏天心道：「不打怎能騙過別人的眼睛，不打又怎能讓狐狸露出尾巴？」

羅獵道：「黃蓋並無牽絆，畢竟他的家人都在東吳，孫仲謀可以保證他們的安全。」他在委婉提出自己的要求，希望顏天心能夠保證自己同伴的安全。

顏天心微笑道：「置死地而後生，若是沒有慷慨赴死的勇氣又怎能博得險中求勝的機會？」她眼角的餘光掃了羅獵一眼道：「你在賭，我也在賭，沒把握的事情我從不承諾！不過，今晚這裡會上演一場華容道，你不妨讓他們過來看看。」華容道關羽捉放曹，顏天心是借著戲名給羅獵指明了一條供他同伴逃離的退路。

項莊舞劍意在沛公，如果不是形勢所迫，蘭喜妹以麻雀的性命作為要挾，羅獵又怎會答應去行刺顏天心？然而通過彼此間這番試探和交流卻讓羅獵發現，顏天心應該比蘭喜妹更適合成為自己的合作對象，蘭喜妹和顏天心都擁有著過人的精明，兩者相比蘭喜妹更像是一把帶刺的玫瑰，看著雖然嬌艷美麗，可是你一旦想要將她抓住，只會被刺得鮮血淋漓，而顏天心更像是無處著力的水，你越是用力越是不可能將之握住，看似至柔實則至剛。水能覆舟亦能載舟，只要利用得當，就可以借助她的力量達到自己的目的。

羅獵深知自己的一舉一動不可能瞞過蘭喜妹的監視，與其等到蘭喜妹前來找他，不如他變被動為主動。蘭喜妹也非尋常人物，絕不可能被自己輕易蒙蔽，更何況麻雀還在他的手裡，一旦她察覺自己和顏天心之間達成了默契，必然會對麻雀下毒手，想要擺脫蘭喜妹的控制和監視，最好的辦法就是破而後立，置死地而後生。

天氣很好，蕭天行卻不喜歡這樣的天氣，他討厭刺眼的陽光，甚至討厭天空中透明澄澈的藍色，太陽剛剛出來，他就來到了凌天堡西北的藏兵洞，藏兵洞是凌天堡內保存最為完好的工事，其歷史要比凌天堡還要早一些，根據整座凌天堡建築構造來看，當年女真人應當是先在山巖上開鑿出了藏兵洞，然後才在此基礎上又建成了凌天堡。

藏兵洞幾乎掏空了整個凌天堡的地下，隧道縱橫交錯，稱得上是城下之城，戰時用來儲糧藏兵，凌天堡在漫長的歷史歲月中幾經變遷，到清末為山賊所占據，藏兵洞的入口始終沒有被人發現，直到蕭天行登上狼牙寨的頭把交椅，他的把兄弟，凌天堡位居第七的遁地青龍岳廣清，現在狼牙寨的九位當家之中，岳廣清其實是最晚上山的一個，不過他深得蕭天行的器重，將凌天堡的軍備和工事建設都交給了他去打理，而岳廣清為人老成持重，這些年來一直兢兢業業，從未出過任何大的紕漏。藏兵洞就是岳廣清所發現，經過近三年的清理探察，已經修復了其中的一部分，藏兵洞又變得四通八達，成為狼牙寨的另外一個核心所在，即便如此，他們到目前也只是開闢了藏兵洞三分之一的部分，還有很大一部分還未來得及打通。

藏兵洞如今最主要的功用就是儲藏糧食和武器，幾乎每周蕭天行都會來這裡巡視，他喜歡藏兵洞多過於上面的凌天堡，冬暖夏涼，而且沒有上面那刺眼奪目的陽光。

蕭天行在岳廣清的陪同下轉了一圈，在一輛古怪的車輛前停下了腳步，說是車輛卻沒有輪子，通體都用鋼鐵打造，蕭天行圍著這鋼鐵怪物轉了一圈，有些好奇道：「這是什麼？」

岳廣清笑道：「大哥忘了，這叫鐵甲戰車，一年前還是您親自買回來的，我們足足花了半年功夫方才將這家伙運到這裡，三天前方才組裝完成。」

蕭天行拍了拍鐵甲戰車足有三十毫米厚的裝甲，然後踩著履帶爬了上去，要說這輛鐵甲車，是他從俄國的一位軍火販子手中買來，當時花了他三萬個大洋。買來之後方才發現這是一堆被拆散的廢銅爛鐵，又被俄國人敲了兩萬塊的竹杠方才又得到了一張圖紙。

不過蕭天行也因此對那名俄國奸商動了殺心，得到圖紙之後就派人幹掉了他。可俄國軍火商也留有後手，在這輛鐵甲戰車的組裝過程中方才發現圖紙並不完整。

為了將這輛鐵甲車組裝完成，岳廣清也花費了不少的功夫，到處聘請機師，陸續投入了大筆資金，饒是如此，仍然耗去了整整半年方才將這輛龐然大物組裝完成，這輛車整重三十噸，典型的箱型結構，滿載的狀況下可以乘坐十八人。標準武器配置為一槍六跑，一門五七毫米低速火炮，六挺「馬克沁」七．九二毫米重機槍，火力相當強大。動力裝置為兩台直列四缸、水冷汽油發動機，車體為鉚接結構，最大裝甲厚度達四十毫米。

然而即便車體已經組裝完成，目前這輛鐵甲戰車仍然無法移動，距離蕭天行想要將之打造成為移動城堡的想法實在太過遙遠。

蕭天行得知目前鐵甲車仍然無法啟動，不禁皺起了眉頭，如果不能移動，那麼這輛鐵甲戰車和破銅爛鐵有什麼分別？無非是停靠在藏兵洞中的一個地堡罷了，與其這樣倒不如將上面的武器拆下，布置在城堡周圍，還能起到一些作用。

岳廣清看出了他的不悅，陪著笑道：「大哥，應該是發動機壞了，我已經派人前往購置同等型號的發動機，只要發動機一到，將原有損壞的發動機換下，這輛鐵甲車應該就能夠自由行進了。」

蕭天行這才舒展了一下眉頭，從履帶上跳了下來，向後退了幾步，觀察鐵甲車的全貌，沉聲道：「若是全部修好，這輛車最大速度是多少？」

「大概每小時二十里。」岳廣清說完，又補充道：「從這裡到南大門的隧道已完全貫通了，等到鐵甲車修好之後，就可以從這裡沿著隧道直接開到外面。」

蕭天行點了點頭，他想起了什麼，掏出隨身攜帶的九毫米口徑盧格P〇八，照著鐵甲車近距離開了兩槍，清脆的槍響和子彈擊中鐵甲尖銳的聲音混雜在一起，吸引了周圍眾人的注意力，當他們看清是大當家在開槍，慌忙又將臉轉到一邊。

蕭天行走過去，湊近鐵甲車看了看被子彈擊中的地方，只留下兩個淺淺的白印兒，不由得面露喜色，這輛鐵甲車若是全部修好之後，坐在其中豈不是刀槍不入所向披靡？

其實岳廣清本想給蕭天行一個驚喜，此前日夜趕工，就是為了在壽宴之前將鐵甲車修好，希望在蕭天行五十壽辰當日，能夠將這輛鐵甲車送上，最好蕭天行能夠乘坐鐵甲車巡視凌天堡，那才夠威風夠霸氣。可是在實際進展中並不順利，這輛鐵甲車終究還是沒能在大壽之前修好。

蕭天行將手槍插入槍套，身後傳來一個嬌柔的聲音道：「我還以為有敵人潛入呢，搞了半天是大哥在這裡玩呢。」放眼整個狼牙寨膽敢在蕭天行面前這樣說話的也只有一個人，那就是藍色妖姬蘭喜妹。

看到嬌媚動人的蘭喜妹出現在眼前，岳廣清的內心不由得一熱，他暗戀這位嫵媚動人的八妹已久，可是卻不敢表露，整個狼牙寨誰都知道蕭天行對蘭喜妹的寵愛，其實誰也不清楚他們兩人之間的真正關系，不少人猜測蘭喜妹是蕭天行的情人，雖然誰也沒有確實的證據，可英雄美人原本就是應該在一起的。而蕭天行的女人，誰也不敢動，甚至連想都不敢，因為山寨中每個人都清楚冒犯大當家的後果。

蕭天行朝蘭喜妹微微笑了笑，然後向前方走去，蘭喜妹朝岳廣清偷偷拋了個媚眼兒，嚇得岳廣清慌忙將頭低了下去。

蘭喜妹忍不住露出一絲得意的笑容，她喜歡看到男人為自己神魂顛倒的樣子，跟著蕭天行進入了不遠處的密室之中。很多人都不理解為何蕭天行不喜陽光，其實並非是蕭天行自身的怪癖，而是他有隱疾在身，他的肌膚受不了陽光的長期刺激，否則就會生起大片的紅斑，奇癢無比。

蘭喜妹不但是蕭天行的結拜妹子，還兼任著他私人醫生的職責。

「大哥，最近身體如何？」

蕭天行嗯了一聲，從衣袋中抽出一支雪茄，含在口中，蘭喜妹掏出打火機，走過去幫他點燃。

蕭天行低聲道：「事情進行得怎麼樣了？」

蘭喜妹笑道：「大哥交代給我的事情，小妹自當盡心盡力。」

蕭天行點了點頭，把事情交給蘭喜妹他還是放心的：「顏天心這個女人非常的機警，不好對付。」

蘭喜妹道：「她帶來的戲班子其實就是她的近衛軍，一個個武功高強，看來她對咱們可不放心。」

蕭天行抽了口雪茄，吐出移庫濃重的煙霧，沉聲道：「就衝著她敢來，這份膽色已經不是李長青那個鱉孫能夠相比的。」

蘭喜妹道：「飛鷹堡倒也不全是膿包，那個葉無成就是一個厲害的人物。」

蕭天行對飛鷹堡的這種小角色顯然沒什麼興趣，淡然道：「你有幾分把握？」他關心的只是能夠順利將顏天心除去。

蘭喜妹道：「螳螂捕蟬黃雀在後，飛鷹堡的這幾個人雖然有些本事，可指望他們殺掉顏天心並不現實，於是我還準備了後手。」

「後手是誰？」

蘭喜妹居然在此時賣了一個關子：「用不了太久時間，您就知道了。」

請續看《替天行盜》卷三　神廟乍現

替天行盜 卷2 瞞天過海

作者：石章魚
發行人：陳曉林
出版所：風雲時代出版股份有限公司
地址：10576台北市民生東路五段178號7樓之3
電話：(02) 2756-0949
傳真：(02) 2765-3799
執行主編：劉宇青
美術設計：許惠芳
行銷企劃：林安莉
業務總監：張瑋鳳

初版日期：2021年7月
版權授權：閱文集團
ISBN ：978-986-5589-41-7
風雲書網：http://www.eastbooks.com.tw
官方部落格：http://eastbooks.pixnet.net/blog
Facebook：http://www.facebook.com/h7560949
E-mail：h7560949@ms15.hinet.net
劃撥帳號：12043291
戶名：風雲時代出版股份有限公司

風雲發行所：33373桃園市龜山區公西村2鄰復興街304巷96號
電話：(03) 318-1378
傳真：(03) 318-1378
法律顧問：永然法律事務所 李永然律師
北辰著作權事務所 蕭雄淋律師

行政院新聞局局版台業字第3595號 營利事業統一編號22759935

定價：290元

國家圖書館出版品預行編目資料

替天行盜 ／ 石章魚 著. -- 臺北市：風雲時代出版股份有限公司，2021.05- 冊；公分

ISBN 978-986-5589-41-7（第2冊；平裝）

857.7 110003703